# PRINCIPALES TABLES

## DE FEU M.<sup>r</sup>

# DE MENDOZA

( POUR LA TRÈS-PROMPTE RÉDUCTION DES DISTANCES ),

## *Revues, corrigées ou refaites avec soin,*

### ET D'AILLEURS PERFECTIONNÉES ET COMPLÉTÉES

### SOUS LE RAPPORT DE LA PRÉCISION DES RÉSULTATS.

### — AVEC DES TITRES ET DES EXPLICATIONS

### EN FRANÇAIS ET EN ANGLAIS,

*Par L. Richard,*

Cap.<sup>ne</sup> de corvette retraité, chev.<sup>r</sup> de la Légion d'Honneur,
inventeur de *l'Horizoscope*, etc.

» Cette nouvelle Méthode, par sa précision et la brièveté du calcul, mérite
» d'être particulièrement recommandée aux navigateurs qui, sans doute,
» après en avoir fait l'essai, n'hésiteront pas à l'adopter: la simplicité de la for-
» mule dont elle dérive et la manière ingénieuse dont les Tables qui servent
» à la calculer sont disposées, rendent le calcul de la réduction de la dis-
» tance regardé jusqu'à présent comme le plus long et le plus pénible de
» tous, aussi court que celui d'un angle horaire ( *M. de Rossel*, Voyage de
» *D'Entrecasteaux* T. 2, page 188 ). »

» L'utilité des Tables *de Mendoza* est incontestée et j'apprécie beaucoup
» l'idée que vous avez eue d'en répandre l'usage dans la Marine ( S. E.
» le Baron DUPERRÉ, Amiral et Pair de France, Ministre secrétaire d'état de
» la Marine et des Colonies, etc. etc., en 1841 ). »

**PRIX DE L'EXEMPLAIRE BROCHÉ, 7 FR. 50 CENT.**

A BREST,

CHEZ ÉDOUARD ANNER, IMPRIMEUR-LIBRAIRE, RUE SAINT-YVES 32,
ET CHEZ LES AUTRES LIBRAIRES DE LA MARINE, EN FRANCE ET A L'ÉTRANGER.

1842. — 1843.

[illegible]

# [illegible]

[illegible]
[illegible]
[illegible]
[illegible]
[illegible]

[illegible]

[illegible]
[illegible]
[illegible]
[illegible]
[illegible]
[illegible]
[illegible]

[illegible]

[illegible]

[illegible]
[illegible]

<table>
<tr><td>

# M.ᴿ DE

# **MENDOZA'S**

### *PRINCIPAL TABLES,*

### FOR DEDUCING VERY READILY

### *THE LONGITUDE*

### FROM LUNAR DISTANCES.

</td><td>

### PRINCIPALES TABLES

### DE M.ᴿ

# **DE MENDOZA,**

### POUR LA TRÈS-PROMPTE RÉDUCTION

### DES

### DISTANCES LUNAIRES.

</td></tr>
</table>

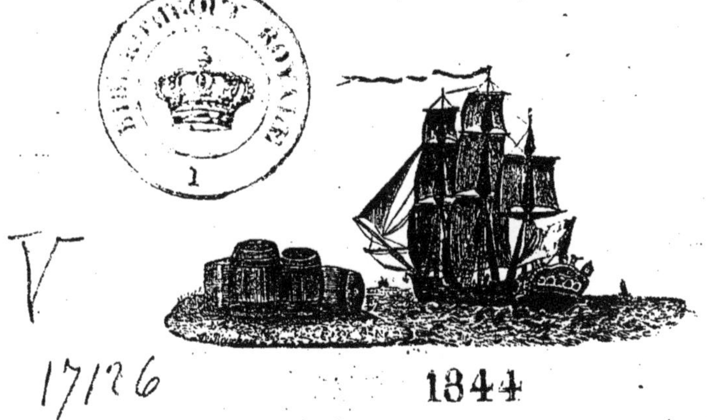

**1844**

# M.ᴿ DE

# MENDOZA'S

## *PRINCIPAL TABLES*

( FOR DEDUCING VERY READILY THE LONGITUDE FROM LUNAR DISTANCES ),

REVISED, CORRECTED OR RECOMPOSED WITH CARE;

AND MOREOVER PERFECTED AND COMPLETED

*AS TO THE EXACTNESS OF RESULTS.*

— WITH TITLES AND EXPLANATIONS

BOTH IN ENGLISH AND FRENCH,

*By L. Richard,*

ancient commander R.N., knight of the *Légion d'Honneur*,
inventor of the *Horizoscope*, etc.

---

» This new Method, by its exactness and the brevity of computation,
» deserves to be peculiarly recommended to Navigators who, doubtless
» upon trial, will not hesitate to adopt it : the simplicity of the for-
» mula from which it is derived, and the ingenious manner in which
» the Tables serving to its application are disposed, *render the compu-*
» *tation* of the reduced distance, till now considered as the longest and
» most painful of all, as short as that of an horary angle ( *M. de Rossel*,
» Voyage de *D'Entrecasteaux*, T. 2, page 188 ). »

. . . . . . . . . . . . . . . . . . . . . . . . . . . . . . . . . . . . . . . .

» The utility *of Mendoza's* Tables is not contested and I appreciate much
» your idea of promoting the use of them in the french navy ( H. E.
» Baron DUPERRÉ, Admiral and *Peer* of France, Minister-secretary of state
» of the Navy and Colonies, etc. etc. in 1841 ). »

---

BREST :

PRINTED AND SOLD BY EDWARD ANNER, *RUE SAINT-YVES* 32, AND THE OTHER
BOOK-SELLERS OF THE NAVY, IN FRANCE AND ELSEWHERE.

1842 — 1843.

( *Price six shillings and six pence, in sheets* ).

TO

## THE RIGHT HONOURABLE

# Sir **JOSEPH BANKS**, Baronet, **K. B.**

*President of the Royal Society, etc. etc.* (1)

SIR,

The veneration I entertain for you, whose life has been so successfully devoted to the cultivation and promotion of science, and the gratitude I feel for the regard with which you honour me, would alone incline me to seize every opportunity of publicly testifying to you those sentiments; but, on the present occasion, I am impelled to address you by still more cogent motives. While I esteem your approbation as one of the most valuable rewards of my labour, it is at the same time incumbent on me to declare, that Navigators will be indebted to you, for a considerable share of any benefit they may derive from the methods offered to their use in the following pages. The warm interest you manifested in my undertaking, has stimulated my diligence, and supported my industry, to the completion of this toilsome composition ; and you have made every effort in your power to promote the utility of my performance, by facilitating its introduction in practice. Should this work meet with a favourable reception from the Public, the idea of its having justified in any degree your good opinion, will be to me a peculiar satisfaction : but my obligations to you are not to be affected by the merit or demerit of my book, or by the fate which may attend it ; and I discharge a pleasing duty, while I thus present it to you, with my sincere acknowledgements for the many marks of friendship which I have experienced from you on various occasions.

I request you to accept them, as the genuine effusions of that warm attachment and high respect, with which I have the honour to remain,

SIR,

Your most devoted and obliged servant,

**JOSEPH DE MENDOZA RIOS.**

Portman-Place,
Nov. 1804.

---

(1) Feu *M. Joseph Banks* fut le savant naturaliste dont il est souvent question dans les derniers voyages du célèbre capitaine *J. Cook*. Du reste, relativement à l'art de naviguer, cette dédicace, dictée par de modestes sentimens de vénération et de reconnaissance, n'est pas de nature à rien ajouter aux lumières acquises de nos jours ; et tout en la conservant à titre de renseignement historique, aussi bien que pour remplir les intentions de l'Auteur, nous n'avons pas cru devoir en publier la traduction.

## PREFACE OF THE AUTHOR.

I HEREWITH offer to the Public, a Collection of Tables, which I announced some time since, and which I have endeavoured to render as convenient and useful as appears to me requisite for the usual calculations of Navigation and Nautical Astronomy.

The expences attending this work are such, that, had it been published in the usual manner, the price of the book must have been so high as to confine its utility solely to that class of Navigators who are in easy circumstances; and which, unfortunately, is not the most numerous. But the Commissioners of Longitude have remedied this disadvantage, by granting a sum of money to reduce the price to the Public; and I here present my most respectful thanks to them, for this honourable testimony of their approbation of my labours.

The Court of Directors of the East India Company, whose liberality with regard to science in general, and particularly that of Navigation, is so well known, have also voted a sum of money, to effect a farther reduction in the price of this work; for which I likewise present to them my best acknowledgements.

With this double assistance, and the additional sacrifice, on my part, of all views of profit, I have settled the sale of this edition on the moderate terms at which it is now published; and, I shall esteem myself happy, if my endeavours to bring these tables before the Public, in the most likely manner to prove useful, should contribute in any degree to improve and diffuse the practice of Nautical Astronomy.

ADVERTISEMENT

---

(1) Cet ouvrage (formant un gros volume de 730 pages, grand in-4°, et où l'on ne voit point d'analyse), a pour titre principal : « *A complete Collection of Tables for Navigation and Nautical Astronomy. — With simple, concise, and accurate Methods, for all the calculations useful at Sea; particularly for deducing the Longitude from Lunar distances, and the Latitude from two altitudes of the Sun. By Joseph de Mendoza Rios, Esq. F. R. S. — London, 1805.* » — Un second titre, placé avant le commencement des Tables, est ainsi conçu : « *Tables to correct the Observed Altitudes of the Sun, Moon and Stars; and the Observed Distances of the Moon to the Sun, or a Star.* » — Quant au faux-titre, composé de la première partie du titre principal, il est suivi de ces mots : « ( *Price One Guinea* 

## PRÉFACE DE L'AUTEUR.

Le volume de Tables que nous publions aujourd'hui, est celui qui fut annoncé il y a quelque temps, et que, pour la simplification des principaux **calculs** d'Astronomie Nautique, nous avons tâché de rendre aussi utile et commode qu'il nous a semblé possible ou à désirer.

. Telles sont, du reste, les dépenses occasionnées par un si long travail que si, pour le publier, nous eussions été réduit à nos seuls moyens, le prix de chaque exemplaire eût été trop élevé pour n'être pas inaccessible aux Navigateurs peu fortunés (qui malheureusement sont les plus nombreux). Mais, d'une part, MM. les Membres du Bureau des Longitudes d'Angleterre ont noblement obvié à cet inconvénient majeur, en votant des fonds suffisans pour obtenir une forte réduction de prix.

Et, d'un autre côté, la Cour des Directeurs de la Compagnie des Indes (dont la grande libéralité en ce qui concerne l'avancement de la Navigation n'est pas moins bien connue), a aussi voté des fonds suffisans pour obtenir une autre réduction de prix. C'est pourquoi nous ne saurions assez dignement exprimer toute notre reconnaissance, pour de si honorables témoignages de la haute approbation qui nous est accordée.

En somme, moyennant cette double et généreuse assistance ( et l'additionnel sacrifice de notre part de toute vue de profit), nous avons pu établir le prix de chaque volume sur des bases suffisamment modérées. — Heureux si nos faibles efforts, pour en démontrer par le fait les notables avantages, peuvent en outre contribuer, pour si peu que ce soit, aux progrès et à la diffusion d'une bonne et saine pratique, en fait d'Astronomie des Marins (1).

*AVIS DE*

---

*Guinea in Sheets*). » — Il nous semble à regretter que notre savant Auteur, un peu trop confiant dans le contenu des différens titres de son ouvrage, n'ait pas plus particulièrement spécifié les nombreux avantages qu'il s'était proposé d'obtenir ( et que nous tâcherons de rendre plus évidens). Apparemment que l'annonce dont il parle et que nous n'avons pu retrouver, entrait à cet égard dans de plus amples détails.

# ADVERTISEMENT OF THE EDITOR.

—

What is necessary to Navigators, in point of Longitudes by the *Luni-astral* Distances? every one says and we have already written it elsewhere: they are results promptly obtained, easily verified and which, in the narrow limits of the errors of observation, leave no doubt concerning the true position of the ship.

Now, M. *de Mendoza's* Tables help the accomplishing of these conditions, better than any others ever published; since the atmospherical situation being the mean (or *Standard*), they give the *accurate* equivalent of the reduced distance, by the simple addition of three Numbers and three proportional parts *taken out at sight.*

Therefore, when these precious Tables appeared, they were received with the greatest favour in England (as aforesaid) and also in France. — One of our most learned Astronomers (the late *M. Delambre*) was even so just and impartial that he publickly prefered them to his own analytic formulas and *to all others* (for the same purpose), not even excepting that of *M. de Borda*.

Likewise, the late *M. de La Lande* attached so great an importance to the copy sent him by the Author, that he would not have intrusted his best friend with it. — As for the late Rear-admiral *de Rossel*, who employed these Tables for the ready verification of all the calculations made (by *M. de Borda's* method) in the voyage of *d'Entrecasteaux*, it may be seen by our epigraph, and still better by his own work, how advantageous an idea he conceived of them.

Notwithstanding this, and even contrarily to the unanimous and very often expressed wishes of the most experienced and learned french navigators, 36 years elapsed before Tables so useful could find an editor in France!

It is not for nothing, because there the skilful observers not being numerous, the chances of sale were few (at such a price); and, also, because something very necessary (which is added in the present edition) was wanting in the first: namely, *the means of*

# AVIS DE L'ÉDITEUR.

—

Ce qu'il faut aux Marins, en fait de Longitudes par les distances *luni-astrales*, chacun le dit et déjà nous l'avons écrit ailleurs: ce sont des résultats promptement obtenus, aisément vérifiés et qui, dans les étroites limites des erreurs d'observation, ne laissent aucun doute sur la véritable position du vaisseau (1).

Or, mieux que toutes autres Tables publiées jusqu'à présent, celles de *M. de Mendoza* permettent de remplir toutes ces conditions; puisque, par une situation atmosphérique moyenne, elles donnent l'équivalent *rigoureux* de la distance réduite, par la simple addition de trois nombres et de trois parties proportionnelles *prises à vue* (2).

Aussi, à l'époque de leur apparition (1805), ces précieuses Tables furent-elles accueillies on ne peut plus favorablement, non seulement en Angleterre, mais aussi en France. — L'un de nos plus savans astronomes, feu *M. Delambre*, poussa même l'esprit de justice et d'impartialité jusqu'à leur accorder publiquement la préférence sur ses propres formules et sur *toutes* les autres (sans en excepter celle de *M. de Borda* (3)).

De son côté, feu *M. de La Lande* attachait tant de prix à un exemplaire reçu de la part de l'Auteur qu'il ne l'eût pas confié à son meilleur ami (4). Quant à M. l'amiral *de Rossel*, qui, en Angleterre, s'était servi de ce moyen pour vérifier promptement toutes les réductions opérées dans le voyage de *d'Entrecasteaux* (5), on peut voir par notre épigraphe et encore mieux par son propre livre, quelle idée avantageuse il en avait conçue (6).

Eh bien, malgré tout cela (et contrairement aux vœux unanimes et très-souvent exprimés par les marins les plus expérimentés et les plus instruits), plus de 36 ans se sont écoulés avant qu'en France des Tables si nécessaires aient pu trouver un éditeur!

Ce n'est pas sans raison, car les bons observateurs y étant comptés et malheureusement clair-semés, nombreuses n'étaient pas les chances de placement (à pareil prix); outre que dans ces Tables, il manquait encore quelque chose de fort essentiel (qui se trouve dans la présente édition): *le moyen d'avoir rigoureusement égard à la situation atmosphérique, laquelle en*

---

(1) Lorsque les distances de la *Connaissance des Temps* sont de la dernière précision (comme il arrive presque toujours), un observateur exercé qui en prend trois séries, peut ordinairement répondre que l'erreur du résultat moyen n'excédera pas un quart de degré. On sait, au surplus, qu'une erreur d'un demi-degré ou même d'un degré entier n'empêche pas de bien *atterrir*; et qu'à la suite d'une longue traversée, le meilleur chronomètre, sujet à beaucoup de variations, est loin de présenter des résultats aussi certains.

(2) Lorsqu'en 1810, M. l'amiral *Lemarant* (qui alors commandait la frégate l'*Astrée* dans la mer des Indes), voulut bien, en nous chargeant de ses montres marines et du calcul de ses excellentes observations, nous enseigner l'usage de ces Tables (alors très-peu répandues), ce ne fut pas sans étonnement de notre part que nous nous vîmes en état de faire *sans faute* trois réductions de distances *en moins* de 20 *minutes*; puisque, dans le même espace de temps et par la célèbre méthode *de Borda*, nous n'eussions pas voulu répondre d'en faire une seule *qui présentât le même degré de certitude et de précision.*

(3) *Connaissances des Temps* de 1806 et de 1808, dont un extrait est ci-joint (v. note 2, page 408).
(4) Navigation de *du Bourguet*, note 1, page 254.
(5) Par la méthode *de Borda*.
(6) » Il faut, quand on veut travailler pour le monde et les siècles, oublier le jour que l'on compte, le lieu où l'on est, les hommes qui nous entourent; il faut ne consulter que la sagesse, ne céder qu'à la raison, ne voir que l'avenir (*M. Regnault de S<sup>t</sup>·Jean d'Angely*. Connaissance des Temps de 1808). » —Tel dut être, en effet, *M. de Mendoza*, capitaine de vaisseau de la marine espagnole, qui publia alternativement en Espagne et en Angleterre tant d'ouvrages distingués sur la Navigation. Mais n'est-il pas singulier que toutes nos Biographies présentent si peu de détails à ce sujet?

4

*means of keeping an* accurate *account of the true at-mospherical situation*, which, in certain cases, may occasion differences of One degree in the Longitude ( as may be seen hereafter ).

Finally, the editor has purposed to attain two ends, all at once : the first, by considerably diminishing the price of these tables ( according to the wishes expressed by the Author ), and preserving as much as possible the english text opposite to the french translation (9), to enable the Mariners of all countries to procure themselves whatever is the *most advantageous in the same Tables* ( *thus and otherwise perfected and completed* ). The second, by taking advantage of the opportunity, to acknowledge publickly some ancient obligations, which he has no other means of worthily requiting... Well satisfied if, by rendering useful at the same time his feeble means and old days, he may, he also, contribute to the progress of science and safety of seamen !

laquelle en certains cas peut occasionner des différences en Longitude *d'un degré et plus* ( comme on le verra ci-après ( 7 ) ).

Finalement, mettre à la disposition des marins de tous les pays ce qu'il y a de plus avantageux dans ces mêmes Tables, ainsi complétées et d'ailleurs améliorées sous d'autres rapports ( 8 ) ; et pour cela, non seulement en diminuer le volume et le prix ( ce dernier de *près des trois-quarts*, conformément aux intentions de l'Auteur ) ; mais encore conserver autant que possible le texte anglais en regard de sa traduction en français ( 10 ) : profiter en outre de l'occasion pour reconnaître en public d'anciennes obligations contractées, et qu'il ne serait pas possible d'acquitter autrement, tel est le double but que l'éditeur s'est efforcé d'atteindre. Il sera très-satisfait si, en utilisant de la sorte ses faibles moyens et ses vieux jours il peut, lui aussi, contribuer le moindrement aux progrès et à la sûreté de la navigation.

---

*Liste des Personnes qui, en venant généreusement en aide à l'éditeur dans les circonstances les plus difficiles de sa vie, ont le plus contribué à le mettre en état de publier la présente édition.*

**MM.**

Le Baron **LEMARANT**, vice-amiral, *vice-président du Conseil* d'Amirauté, etc., etc.

Feu le Comte **DECAEN**, lieutenant général, ancien gouverneur des établissemens français dans l'Inde, etc., etc.

Le V.te **PERNETY**, Pair de France, ancien Conseiller d'État, l'un des premiers Généraux d'Artillerie de la grande armée, etc., etc.

Emmanuel **HALGAN**, vice-amiral, Pair de France, Directeur général du Dépôt des cartes et plans de la Marine, etc., etc.

René **ARNOUS-DESSAULSAYS**, vice-amiral, ancien Directeur général du personnel, etc., etc.

Le Baron **DES ROTOURS**, contre-amiral, ancien gouverneur de la Guadeloupe, etc., etc.

**BÉRENGER** ( de la Drôme ), Pair de France, etc., etc.

**MM.**

J. P. **CUVILLIER**, contre-amiral, ancien gouverneur de Bourbon, etc., etc.

P. L. **KERDRAIN**, contre-amiral, Major général de la Marine à Brest, etc., etc.

A. **DU PETIT-THOUARS**, contre-amiral, commandant la station de la mer du Sud, etc., etc.

A. **DE MOGES**, contre-amiral, commandant la station des Antilles, etc., etc.

**GAUTTIER** ( du Parc ), c.-am.l, explorateur de la mer Noire, etc.

Henry **PERNETY**, commissaire général de la Marine, anciennem.t chargé du service à Bayonne, etc.

Feu le Baron **DU BUC**, ancien intendant de la Martinique, etc.

**LE CARPENTIER**, ancien Directeur du personnel de la Marine, etc., etc.

**MM.**

S. N. **PORTIER**, commissaire général de la Marine, chargé du service à Nantes, etc., etc.

Feu **DARGENT-PERNETY** ( de la Drôme ), ancien chef d'une administration à Marseille, etc., etc.

Feu **DELACROIX**, Député de la Drôme, etc., etc.

L. M. **FOULLIOY**, président du Conseil de Santé, à Brest, etc., etc.

A. B. **FLEURIAU**, ancien capitaine de vaisseau, Directeur du personnel de la Marine, etc., etc.

J. M. **MAHÉ**, ancien comm.dt du vaisseau *la Ville de Varsovie*.

A. J. **VILLARET DE JOYEUSE**, ancien capitaine de vaisseau, etc.

**DE LA PAILLONNE**, colonel d'Artillerie à Rennes, etc., etc.

L. F. M. **LE GOARANT DE TROMELIN**, capitaine de vaisseau, commandant le *Jemmapes*, etc.

**MM.**

J. B. V. **BARBIER** ( du Jura ), capitaine de vaisseau à Toulon, etc.

J. B. **PERREY**, ancien capitaine de vaisseau à Brest, etc., etc.

**D'INDY** ( frères ), l'un ancien sous-préfet, l'autre ancien officier supérieur de cuirassiers, etc.

M. **DE SIGOYER**, sous-préfet à Lodève, etc.

A. **LE MARANT**, capitaine de corvette à Brest, etc.

V. **PERNETY**, chef d'escadron d'Artillerie à Douay, etc.

A. A. **PEYRONNEL**, ancien capitaine de corvette à Lorient, etc.

V. **CAILLET**, professeur de sciences à l'École Navale, etc.

J. B. **TRIAUD**, 2d chirurgien en chef de la Marine à Rochefort, etc.

P. **PAUHER**, sous-commissaire de la Marine à Rochefort, etc.

J. B. **CONSTANTIN**, ancien commis principal de la Marine, à Brest.

---

(7) Au lieu d'un seul moyen qu'il fallait pour compléter la méthode de *M. de Mendoza*, ici on en trouvera deux, dont un est en outre applicable à *toutes les méthodes connues*. A la vérité ce dernier n'est pas aussi nouveau que le premier ( qui fut annoncé à l'Académie des Sciences, vers la fin de 1833, et mentionné dans quelques journaux, au commencement de 1834 ). En se réservant donc l'exclusive propriété de ce qui lui appartient de droit, ne fut-ce que pour prévenir une concurrence ruineuse, l'éditeur a lieu d'espérer qu'il ne menacera ni ne compromettra aucun légitime intérêt.

(8) Ces diverses améliorations, dont l'ensemble tend à rendre les résultats presqu'aussi rigoureux que ceux péniblement obtenus par la méthode *de Borda*, sont minutieusement expliquées ci-après : les principales d'entr'elles l'avaient déjà été dans un petit ouvrage publié en 1840 ( tant par mesure de précaution, que pour aller au-devant d'une sage critique ). On peut, au surplus, en prendre un avant-goût dans la Table des matières. — Quant au titre de ce petit ouvrage, on le trouvera ci-après ( note 1, page 402 ).

(9) The editor being not well acquainted with the *English language* ( for which he never had a Teacher ), ought to fear of committing some faults of orthography ( *particularly in his own additions* ). But if this disadvantage has any importance for his entire satisfaction, it is not so for the computations of Longitude : he will endeavour to compensate this, by giving, as a proof of his attentive verifications and cares, a first *Errata* ( for the english edition ) containing the

indication of about 136 faults found by him, 110 of which in great Table XI. ( here Table XIII. ) — Yet it is no more than one only fault for nearly three pages ( which together contain more than 29 000 numbers or arithmetical figures ) : Finally, by considering that few of these faults may figure in two consecutive computations, we may conclude that they are very little dangerous for navigation ; and, also, that the Author has wrought as well as possible, in such a case.

(10) L'éditeur n'étant pas très familiarisé avec la langue anglaise, pour laquelle il n'a point eu de professeur, a lieu de craindre de laisser passer plus d'une faute d'orthographe, ( surtout dans ses propres additions ). Mais si cela importe beaucoup pour son entière satisfaction, cela importe peu pour les calculs de Longitude ; et il tâchera de s'en dédommager en offrant aux navigateurs, comme témoignage de ses soins, un premier supplément *d'Errata* pour l'édition anglaise de 1805, contenant l'indication d'environ 136 fautes d'impression *inédites*, dont 110 pour les 300 pages de la principale Table XI ( *devenue Table XIII* ). — Ce n'est d'ailleurs qu'*une seule faute pour près de trois pages* ( qui ensemble contiennent plus de 29,000 chiffres ) ; et si l'on veut bien prendre garde que très-peu de ces fautes peuvent figurer dans deux réductions consécutives, on en conclura sans doute qu'elles ne sont guères dangereuses pour la navigation. Du reste, notre propre expérience vient de nous prouver que, pour les éviter, l'Auteur dût prendre toute sorte de précautions ( v. à la fin du volume ce que *M. Delambre* en aurait dit ).

## Corrections des angles auxiliaires de la table XII, d'après les différences logarithmiques de M. *Burckhardt*, (additives).

Correction à raison de la hauteur app.te — on account of the app. altit. (du of ⊙) ; de l'☆ ou la Planète — of the ☆ or Planet, Parallaxe horizont.le / Horizontal parall.

| Hauteur apparente. / Apparent Altitude. | Janvier. / January. | Avr. Oct. / Apr. Oct. | Juillet. / July. | ☆ 0″ | 10″ | 20″ | 30″ |
|---|---|---|---|---|---|---|---|
| 3 0 | 9,05 | 9,05 | 9,05 | 8,8 | 9,1 | 9,4 | 9,7 |
| 3 10 | 8,49 | 8,49 | 8,49 | 8,2 | 8,5 | 8,9 | 9,2 |
| 3 20 | 7,98 | 7,97 | 7,97 | 7,7 | 8,0 | 8,4 | 8,7 |
| 3 30 | 7,50 | 7,49 | 7,49 | 7,2 | 7,5 | 7,9 | 8,2 |
| 3 40 | 7,06 | 7,05 | 7,04 | 6,8 | 7,1 | 7,5 | 7,8 |
| 3 50 | 6,66 | 6,65 | 6,64 | 6,4 | 6,7 | 7,1 | 7,4 |
| 4 0 | 6,31 | 6,30 | 6,29 | 6,0 | 6,4 | 6,7 | 7,1 |
| 4 20 | 5,69 | 5,68 | 5,67 | 5,3 | 5,7 | 6,2 | 6,6 |
| 4 40 | 5,15 | 5,14 | 5,13 | 4,8 | 5,2 | 5,7 | 6,1 |
| 5 0 | 4,69 | 4,68 | 4,67 | 4,2 | 4,7 | 5,2 | 5,7 |
| 5 20 | 4,28 | 4,27 | 4,26 | 3,8 | 4,3 | 4,9 | 5,4 |
| 5 40 | 3,96 | 3,95 | 3,94 | 3,5 | 4,0 | 4,6 | 5,2 |
| 6 0 | 3,69 | 3,68 | 3,67 | 3,2 | 3,8 | 4,4 | 5,0 |
| 6 20 | 3,47 | 3,46 | 3,45 | 2,9 | 3,6 | 4,2 | 4,9 |
| 6 40 | 3,25 | 3,24 | 3,23 | 2,7 | 3,4 | 4,0 | 4,7 |
| 7 0 | 3,07 | 3,06 | 3,05 | 2,5 | 3,2 | 3,8 | 4,5 |
| 7 30 | 2,82 | 2,81 | 2,80 | 2,2 | 2,9 | 3,6 | 4,4 |
| 8 0 | 2,60 | 2,59 | 2,58 | 1,9 | 2,7 | 3,5 | 4,3 |
| 9 0 | 2,31 | 2,30 | 2,29 | 1,5 | 2,4 | 3,3 | 4,2 |
| 10 0 | 2,12 | 2,11 | 2,10 | 1,3 | 2,3 | 3,2 | 4,3 |
| 11 0 | 2,02 | 2,00 | 1,98 | 1,1 | 2,2 | 3,3 | 4,4 |
| 12 0 | 1,94 | 1,92 | 1,90 | 0,9 | 2,1 | 3,3 | 4,5 |
| 13 0 | 1,89 | 1,87 | 1,85 | 0,8 | 2,0 | 3,3 | 4,6 |
| 14 0 | 1,88 | 1,86 | 1,84 | 0,7 | 2,1 | 3,4 | 4,8 |
| 15 0 | 1,88 | 1,86 | 1,84 | 0,6 | 2,1 | 3,5 | 5,0 |
| 16 0 | 1,89 | 1,87 | 1,85 | 0,5 | 2,1 | 3,6 | 5,2 |
| 17 0 | 1,92 | 1,89 | 1,87 | 0,5 | 2,1 | 3,8 | 5,4 |
| 18 0 | 1,95 | 1,92 | 1,89 | 0,4 | 2,2 | 3,9 | 5,7 |
| 19 0 | 1,98 | 1,95 | 1,92 | 0,4 | 2,2 | 4,1 | 5,9 |
| 20 0 | 2,03 | 2,00 | 1,97 | 0,3 | 2,3 | 4,2 | 6,2 |
| 21 0 | 2,08 | 2,05 | 2,02 | 0,3 | 2,4 | 4,4 | 6,4 |
| 22 0 | 2,14 | 2,11 | 2,08 | 0,3 | 2,4 | 4,6 | 6,7 |
| 23 0 | 2,19 | 2,16 | 2,13 | 0,2 | 2,5 | 4,7 | 6,9 |
| 24 0 | 2,25 | 2,22 | 2,19 | 0,2 | 2,6 | 4,9 | 7,2 |
| 25 0 | 2,31 | 2,27 | 2,24 | 0,2 | 2,6 | 5,0 | 7,5 |
| 26 0 | 2,39 | 2,35 | 2,31 | 0,2 | 2,7 | 5,2 | 7,7 |
| 28 0 | 2,50 | 2,46 | 2,42 | 0,2 | 2,8 | 5,5 | 8,2 |
| 30 0 | 2,63 | 2,59 | 2,55 | 0,1 | 3,0 | 5,8 | 8,7 |
| 32 0 | 2,78 | 2,73 | 2,69 | 0,1 | 3,2 | 6,2 | 9,3 |
| 34 0 | 2,91 | 2,86 | 2,81 | 0,1 | 3,3 | 6,5 | 9,7 |
| 36 0 | 3,03 | 2,97 | 2,91 | 0,1 | 3,4 | 6,8 | 10,2 |
| 38 0 | 3,17 | 3,11 | 3,05 | 0,1 | 3,6 | 7,1 | 10,6 |
| 40 0 | 3,30 | 3,24 | 3,18 | 0,1 | 3,8 | 7,4 | 11,1 |
| 42 0 | 3,41 | 3,35 | 3,29 | 0,1 | 3,9 | 7,7 | 11,6 |
| 44 0 | 3,52 | 3,46 | 3,40 | 0,1 | 4,0 | 8,0 | 12,0 |
| 46 0 | 3,63 | 3,57 | 3,51 | 0,0 | 4,2 | 8,3 | 12,4 |
| 48 0 | 3,76 | 3,70 | 3,64 | 0,0 | 4,3 | 8,6 | 12,8 |
| 50 0 | 3,87 | 3,81 | 3,75 | 0,0 | 4,4 | 8,8 | 13,2 |
| 52 0 | 3,98 | 3,92 | 3,86 | 0,0 | 4,6 | 9,1 | 13,6 |
| 54 0 | 4,10 | 4,03 | 3,96 | 0,0 | 4,7 | 9,3 | 14,0 |
| 57 0 | 4,23 | 4,16 | 4,09 | 0,0 | 4,9 | 9,7 | 14,5 |
| 60 0 | 4,37 | 4,30 | 4,23 | 0,0 | 5,0 | 10,0 | 15,0 |
| 63 0 | 4,49 | 4,41 | 4,34 | 0,0 | 5,1 | 10,2 | 15,3 |
| 66 0 | 4,59 | 4,51 | 4,43 | 0,0 | 5,2 | 10,5 | 15,7 |
| 69 0 | 4,67 | 4,59 | 4,51 | 0,0 | 5,3 | 10,7 | 16,0 |
| 72 0 | 4,76 | 4,68 | 4,60 | 0,0 | 5,4 | 10,9 | 16,3 |
| 75 0 | 4,84 | 4,76 | 4,68 | 0,0 | 5,5 | 11,1 | 16,6 |
| 78 0 | 4,89 | 4,81 | 4,73 | 0,0 | 5,6 | 11,2 | 16,8 |
| 84 0 | 4,97 | 4,89 | 4,81 | 0,0 | 5,7 | 11,4 | 17,1 |
| 90 0 | 5,04 | 4,95 | 4,87 | 0,0 | 5,8 | 11,5 | 17,3 |

*Les mêmes corrections,* d'après les tables IV et XXV, *sont d'autre part.*

## Addition à la table VI.
Corrections des réfractions *complémentaires* de la table V, etc., pour avoir égard au thermomètre et au baromètre.

*For reducing the compl. refractions of table V to the actual weight and temperature of the atmosphere.*

Degrees of English and French thermometers. / *Degrés des thermomètres Anglais et Français.*

| Thermom. of Fahr. / haut.re app.te | 32° (0°) | 41° (5°) | 50° (10°) | 59° (15°) | 68° (20°) | 77° (25°) | 86° (30°) | 95° (35°) | 104° (40°) |
|---|---|---|---|---|---|---|---|---|---|
|  | — | — |  | + | + | + | + | + | + |
| 0 0 | 79,8 | 39,2 | 0,0 | 37,8 | 74,2 | 109,4 | 143,4 | 176,3 | 208,0 |
| 0 3 | 78,4 | 38,5 | 0,0 | 37,1 | 72,9 | 107,5 | 140,9 | 173,3 | 204,5 |
| 0 6 | 77,1 | 37,9 | 0,0 | 36,5 | 71,7 | 105,7 | 138,5 | 170,3 | 201,0 |
| 0 9 | 75,8 | 37,2 | 0,0 | 35,9 | 70,5 | 103,9 | 136,2 | 167,4 | 197,6 |
| 0 12 | 74,5 | 36,6 | 0,0 | 35,3 | 69,3 | 102,2 | 133,9 | 164,6 | 194,3 |
| 0 15 | 73,3 | 36,0 | 0,0 | 34,7 | 68,1 | 100,4 | 131,7 | 161,8 | 191,0 |
| 0 18 | 72,0 | 35,4 | 0,0 | 34,1 | 67,0 | 98,8 | 129,5 | 159,2 | 187,8 |
| 0 21 | 70,8 | 34,8 | 0,0 | 33,5 | 65,9 | 97,1 | 127,3 | 156,5 | 184,7 |
| 0 24 | 69,7 | 34,2 | 0,0 | 33,0 | 64,8 | 95,5 | 125,2 | 153,9 | 181,7 |
| 0 27 | 68,5 | 33,6 | 0,0 | 32,4 | 63,7 | 94,0 | 123,2 | 151,4 | 178,7 |
| 0 30 | 67,4 | 33,1 | 0,0 | 31,9 | 62,7 | 92,4 | 121,2 | 148,9 | 175,8 |
| 0 33 | 66,3 | 32,6 | 0,0 | 31,4 | 61,7 | 90,9 | 119,2 | 146,5 | 172,9 |
| 0 36 | 65,3 | 32,0 | 0,0 | 30,9 | 60,7 | 89,5 | 117,3 | 144,2 | 170,1 |
| 0 39 | 64,2 | 31,5 | 0,0 | 30,4 | 59,7 | 88,0 | 115,4 | 141,8 | 167,4 |
| 0 42 | 63,2 | 31,0 | 0,0 | 29,9 | 58,8 | 86,6 | 113,6 | 139,6 | 164,7 |
| 0 45 | 62,2 | 30,5 | 0,0 | 29,4 | 57,8 | 85,3 | 111,7 | 137,4 | 162,1 |
| 0 48 | 61,2 | 30,0 | 0,0 | 29,0 | 56,9 | 83,9 | 110,0 | 135,2 | 159,6 |
| 0 51 | 60,3 | 29,6 | 0,0 | 28,5 | 56,0 | 82,6 | 108,3 | 133,1 | 157,1 |
| 0 54 | 59,3 | 29,1 | 0,0 | 28,1 | 55,2 | 81,4 | 106,6 | 131,1 | 154,8 |
| 0 57 | 58,4 | 28,7 | 0,0 | 27,6 | 54,3 | 80,1 | 105,0 | 129,1 | 152,3 |
| 1 0 | 57,5 | 28,2 | 0,0 | 27,2 | 53,5 | 78,9 | 103,4 | 127,1 | 150,0 |
| 1 4 | 56,4 | 27,7 | 0,0 | 26,7 | 52,4 | 77,3 | 101,3 | 124,5 | 147,0 |
| 1 8 | 55,3 | 27,1 | 0,0 | 26,2 | 51,4 | 75,8 | 99,3 | 122,1 | 144,1 |
| 1 12 | 54,2 | 26,6 | 0,0 | 25,6 | 50,4 | 74,3 | 97,4 | 119,7 | 141,3 |
| 1 16 | 53,1 | 26,1 | 0,0 | 25,1 | 49,4 | 72,8 | 95,5 | 117,3 | 138,5 |
| 1 20 | 52,1 | 25,6 | 0,0 | 24,7 | 48,5 | 71,4 | 93,7 | 115,1 | 135,9 |
| 1 24 | 51,1 | 25,1 | 0,0 | 24,2 | 47,5 | 70,1 | 91,9 | 112,9 | 133,3 |
| 1 28 | 50,2 | 24,6 | 0,0 | 23,7 | 46,6 | 68,7 | 90,1 | 110,8 | 130,8 |
| 1 32 | 49,2 | 24,2 | 0,0 | 23,3 | 45,8 | 67,5 | 88,4 | 108,7 | 128,3 |
| 1 36 | 48,3 | 23,7 | 0,0 | 22,9 | 44,9 | 66,2 | 86,8 | 106,7 | 126,0 |
| 1 40 | 47,4 | 23,3 | 0,0 | 22,5 | 44,2 | 65,0 | 85,3 | 104,8 | 123,7 |
| 1 44 | 46,6 | 22,9 | 0,0 | 22,0 | 43,3 | 63,9 | 83,7 | 102,9 | 121,4 |
| 1 48 | 45,7 | 22,4 | 0,0 | 21,7 | 42,6 | 62,7 | 82,2 | 101,1 | 119,3 |
| 1 52 | 44,9 | 22,0 | 0,0 | 21,3 | 41,8 | 61,6 | 80,8 | 99,3 | 117,2 |
| 1 56 | 44,2 | 21,7 | 0,0 | 20,9 | 41,1 | 60,6 | 79,4 | 97,6 | 115,2 |
| 2 0 | 43,4 | 21,3 | 0,0 | 20,5 | 40,4 | 59,5 | 78,0 | 95,9 | 113,2 |
| 2 5 | 42,5 | 20,9 | 0,0 | 20,1 | 39,5 | 58,2 | 76,3 | 93,8 | 110,8 |
| 2 10 | 41,6 | 20,4 | 0,0 | 19,7 | 38,7 | 57,0 | 74,7 | 91,9 | 108,5 |
| 2 15 | 40,7 | 20,0 | 0,0 | 19,3 | 37,9 | 55,8 | 73,2 | 90,0 | 106,2 |
| 2 20 | 39,9 | 19,6 | 0,0 | 18,9 | 37,1 | 54,7 | 71,7 | 88,2 | 104,0 |
| 2 25 | 39,0 | 19,2 | 0,0 | 18,5 | 36,4 | 53,6 | 70,3 | 86,4 | 102,0 |
| 2 30 | 38,3 | 18,8 | 0,0 | 18,2 | 35,7 | 52,6 | 68,9 | 84,7 | 100,0 |
| 2 35 | 37,6 | 18,4 | 0,0 | 17,8 | 35,0 | 51,5 | 67,5 | 83,0 | 98,0 |
| 2 40 | 36,9 | 18,1 | 0,0 | 17,4 | 34,3 | 50,5 | 66,2 | 81,4 | 96,1 |
| 2 45 | 36,1 | 17,7 | 0,0 | 17,1 | 33,6 | 49,6 | 65,0 | 79,9 | 94,3 |
| 2 50 | 35,5 | 17,4 | 0,0 | 16,8 | 33,0 | 48,7 | 63,8 | 78,4 | 92,5 |
| 2 55 | 34,8 | 17,1 | 0,0 | 16,5 | 32,4 | 47,8 | 62,6 | 76,9 | 90,8 |
| 3 0 | 34,2 | 16,8 | 0,0 | 16,2 | 31,8 | 46,9 | 61,4 | 75,5 | 89,1 |
| 3 5 | 33,6 | 16,5 | 0,0 | 15,9 | 31,2 | 46,0 | 60,3 | 74,2 | 87,5 |
| 3 10 | 33,0 | 16,2 | 0,0 | 15,6 | 30,7 | 45,2 | 59,2 | 72,9 | 86,0 |
| 3 15 | 32,4 | 15,9 | 0,0 | 15,3 | 30,1 | 44,4 | 58,2 | 71,6 | 84,5 |
| 3 20 | 31,8 | 15,6 | 0,0 | 15,1 | 29,6 | 43,6 | 57,2 | 70,3 | 83,0 |
| 3 25 | 31,3 | 15,3 | 0,0 | 14,8 | 29,1 | 42,9 | 56,2 | 69,1 | 81,6 |
| 3 30 | 30,8 | 15,1 | 0,0 | 14,6 | 28,6 | 42,2 | 55,3 | 67,9 | 80,2 |
| 3 35 | 30,2 | 14,8 | 0,0 | 14,3 | 28,1 | 41,5 | 54,4 | 66,8 | 78,9 |
| 3 40 | 29,7 | 14,6 | 0,0 | 14,1 | 27,7 | 40,8 | 53,4 | 65,7 | 77,6 |
| 3 45 | 29,2 | 14,3 | 0,0 | 13,9 | 27,2 | 40,1 | 52,6 | 64,7 | 76,3 |
| 3 50 | 28,8 | 14,1 | 0,0 | 13,6 | 26,8 | 39,5 | 51,7 | 63,6 | 74,1 |
| 3 55 | 28,3 | 13,9 | 0,0 | 13,4 | 26,3 | 38,8 | 50,9 | 62,6 | 73,9 |
| 4 0 | 27,9 | 13,7 | 0,0 | 13,2 | 25,9 | 38,2 | 50,1 | 61,6 | 72,7 |
| Baro. { 0,m | 7900 | 7748 | 7600 | 7461 | 7323 | 7190 | 7062 | 6938 | 6820 |
| Baro. { In. | 4,10 | 3,50 | 2,92 | 2,37 | 1,83 | 1,31 | 0,81 | 0,32 |  |

Dix-millièmes de mètre. — *Inches and hundr.* (+27 *Inch.*)

## Angles de la verticale avec le rayon terrestre.
*Angles of the vertical with the terrestrial radius.*

| Latitude. | Angles de la verticale. | Différences. (+) | Latitude. | Angles of the vertical. | Différences. (—) |
|---|---|---|---|---|---|
| 0 | 0′ 0″ | 24 | 45 | 11′ 16″ | 0 |
| 1 | 0′ 24″ | 23 | 46 | 11′ 16″ | 1 |
| 2 | 0′ 47″ | 23 | 47 | 11′ 15″ | 2 |
| 3 | 1′ 10″ | 24 | 48 | 11′ 13″ | 3 |
| 4 | 1′ 34″ | 23 | 49 | 11′ 10″ | 4 |
| 5 | 1′ 57″ | 23 | 50 | 11′ 6″ | 4 |
| 6 | 2′ 20″ | 23 | 51 | 11′ 2″ | 5 |
| 7 | 2′ 43″ | 23 | 52 | 10′ 57″ | 6 |
| 8 | 3′ 6″ | 22 | 53 | 10′ 51″ | 7 |
| 9 | 3′ 28″ | 22 | 54 | 10′ 44″ | 8 |
| 10 | 3′ 50″ | 22 | 55 | 10′ 36″ | 8 |
| 11 | 4′ 12″ | 22 | 56 | 10′ 28″ | 9 |
| 12 | 4′ 34″ | 22 | 57 | 10′ 19″ | 10 |
| 13 | 4′ 56″ | 21 | 58 | 10′ 9″ | 11 |
| 14 | 5′ 17″ | 20 | 59 | 9′ 58″ | 12 |
| 15 | 5′ 37″ | 20 | 60 | 9′ 46″ | 12 |
| 16 | 5′ 57″ | 20 | 61 | 9′ 34″ | 13 |
| 17 | 6′ 17″ | 19 | 62 | 9′ 21″ | 13 |
| 18 | 6′ 36″ | 19 | 63 | 9′ 8″ | 14 |
| 19 | 6′ 55″ | 18 | 64 | 8′ 54″ | 15 |
| 20 | 7′ 13″ | 18 | 65 | 8′ 39″ | 15 |
| 21 | 7′ 31″ | 17 | 66 | 8′ 24″ | 16 |
| 22 | 7′ 48″ | 17 | 67 | 8′ 8″ | 17 |
| 23 | 8′ 5″ | 16 | 68 | 7′ 51″ | 17 |
| 24 | 8′ 21″ | 16 | 69 | 7′ 34″ | 18 |
| 25 | 8′ 37″ | 15 | 70 | 7′ 16″ | 19 |
| 26 | 8′ 52″ | 14 | 71 | 6′ 57″ | 19 |
| 27 | 9′ 6″ | 14 | 72 | 6′ 38″ | 19 |
| 28 | 9′ 20″ | 13 | 73 | 6′ 19″ | 20 |
| 29 | 9′ 33″ | 12 | 74 | 5′ 59″ | 20 |
| 30 | 9′ 45″ | 11 | 75 | 5′ 39″ | 21 |
| 31 | 9′ 56″ | 11 | 76 | 5′ 18″ | 21 |
| 32 | 10′ 7″ | 10 | 77 | 4′ 57″ | 21 |
| 33 | 10′ 17″ | 9 | 78 | 4′ 36″ | 22 |
| 34 | 10′ 26″ | 8 | 79 | 4′ 14″ | 22 |
| 35 | 10′ 34″ | 8 | 80 | 3′ 52″ | 22 |
| 36 | 10′ 42″ | 7 | 81 | 3′ 30″ | 23 |
| 37 | 10′ 49″ | 6 | 82 | 3′ 7″ | 23 |
| 38 | 10′ 55″ | 6 | 83 | 2′ 44″ | 23 |
| 39 | 11′ 1″ | 4 | 84 | 2′ 21″ | 23 |
| 40 | 11′ 5″ | 4 | 85 | 1′ 58″ | 24 |
| 41 | 11′ 9″ | 3 | 86 | 1′ 34″ | 23 |
| 42 | 11′ 12″ | 2 | 87 | 1′ 11″ | 24 |
| 43 | 11′ 14″ | 2 | 88 | 0′ 47″ | 23 |
| 44 | 11′ 16″ | 0 | 89 | 0′ 24″ | 24 |
| 45 | 11′ 16″ |  | 90 | 0′ 0″ |  |

Non utilisés dans la méthode de *M. de Borda* (qui pour avoir égard à l'aplatissement de la terre est *plus élégante, plus simple, et non moins exacte* que toutes les autres méthodes), ces angles ne sont ici donnés qu'à titre de renseignement.

*Aplatissement supposé de* 1/306me *d'après* M. Arago.

**Corrections des angles auxiliaires de la table XII, d'après les réfractions de la table IV, (additives). / Corrections (additive) of the auxiliary angles (of Table XII.), from the refractions of Nautical Almanac or Table XXV.**

Correction du ⊙ / of ⊙ à raison de la hauteur app.ᵗᵉ — on account of the app. altit.ᵉ; de l'☆ ou la Planète / of the ☆ or Planet — Parallaxe horizont. Horizontal parall.

| Apparent Altitude (° ') | Janvier / January | Avr. Oct. / Apr. Oct. | Juillet / July | ☆ 0″ | 10″ | 20″ | 30″ |
|---|---|---|---|---|---|---|---|
| 4 0 | 6,01 | 6,00 | 5,99 | 5,7 | 6,1 | 6,4 | 6,7 |
| 4 10 | 5,63 | 5,67 | 5,65 | 5,3 | 5,7 | 6,1 | 6,5 |
| 4 20 | 5,41 | 5,49 | 5,39 | 5,0 | 5,4 | 5,9 | 6,3 |
| 4 30 | 5,15 | 5,13 | 5,13 | 4,8 | 5,2 | 5,6 | 6,1 |
| 4 40 | 4,89 | 4,88 | 4,87 | 4,5 | 5,0 | 5,4 | 5,9 |
| 4 50 | 4,68 | 4,67 | 4,66 | 4,3 | 4,7 | 5,2 | 5,7 |
| 5 0 | 4,50 | 4,49 | 4,48 | 4,1 | 4,5 | 5,0 | 5,6 |
| 5 10 | 4,28 | 4,27 | 4,26 | 3,9 | 4,4 | 4,9 | 5,4 |
| 5 20 | 4,13 | 4,12 | 4,11 | 3,7 | 4,2 | 4,7 | 5,2 |
| 5 30 | 3,96 | 3,95 | 3,94 | 3,5 | 4,0 | 4,6 | 5,2 |
| 5 40 | 3,79 | 3,78 | 3,77 | 3,3 | 3,9 | 4,4 | 5,0 |
| 5 50 | 3,66 | 3,65 | 3,64 | 3,2 | 3,7 | 4,3 | 4,9 |
| 6 0 | 3,52 | 3,51 | 3,50 | 3,0 | 3,6 | 4,2 | 4,8 |
| 6 20 | 3,31 | 3,30 | 3,29 | 2,7 | 3,4 | 4,0 | 4,6 |
| 6 40 | 3,11 | 3,10 | 3,09 | 2,5 | 3,2 | 3,9 | 4,5 |
| 7 0 | 2,93 | 2,92 | 2,91 | 2,3 | 3,0 | 3,7 | 4,4 |
| 7 30 | 2,70 | 2,69 | 2,68 | 2,0 | 2,8 | 3,5 | 4,3 |
| 8 0 | 2,52 | 2,51 | 2,50 | 1,8 | 2,6 | 3,5 | 4,2 |
| 9 0 | 2,23 | 2,22 | 2,21 | 1,5 | 2,4 | 3,3 | 4,1 |
| 10 0 | 2,09 | 2,08 | 2,07 | 1,2 | 2,2 | 3,2 | 4,2 |
| 11 0 | 1,97 | 1,95 | 1,93 | 1,0 | 2,1 | 3,2 | 4,3 |
| 12 0 | 1,91 | 1,89 | 1,87 | 0,9 | 2,1 | 3,2 | 4,4 |
| 13 0 | 1,86 | 1,84 | 1,82 | 0,7 | 2,0 | 3,3 | 4,6 |
| 14 0 | 1,83 | 1,81 | 1,79 | 0,6 | 2,0 | 3,4 | 4,8 |
| 15 0 | 1,84 | 1,82 | 1,80 | 0,6 | 2,0 | 3,5 | 5,0 |
| 16 0 | 1,86 | 1,84 | 1,82 | 0,5 | 2,0 | 3,6 | 5,2 |
| 17 0 | 1,90 | 1,87 | 1,85 | 0,4 | 2,1 | 3,8 | 5,4 |
| 18 0 | 1,93 | 1,90 | 1,87 | 0,4 | 2,1 | 3,9 | 5,7 |
| 19 0 | 1,97 | 1,94 | 1,91 | 0,4 | 2,2 | 4,0 | 5,9 |
| 20 0 | 2,01 | 1,98 | 1,95 | 0,3 | 2,3 | 4,2 | 6,1 |
| 21 0 | 2,06 | 2,03 | 2,00 | 0,3 | 2,3 | 4,3 | 6,4 |
| 22 0 | 2,11 | 2,08 | 2,05 | 0,2 | 2,4 | 4,5 | 6,7 |
| 23 0 | 2,16 | 2,13 | 2,10 | 0,2 | 2,4 | 4,7 | 6,9 |
| 24 0 | 2,21 | 2,18 | 2,15 | 0,2 | 2,5 | 4,8 | 7,1 |
| 25 0 | 2,28 | 2,24 | 2,21 | 0,2 | 2,6 | 5,0 | 7,3 |
| 26 0 | 2,34 | 2,30 | 2,26 | 0,2 | 2,6 | 5,1 | 7,6 |
| 28 0 | 2,47 | 2,43 | 2,39 | 0,1 | 2,8 | 5,5 | 8,2 |
| 30 0 | 2,61 | 2,57 | 2,53 | 0,1 | 3,0 | 5,8 | 8,7 |
| 32 0 | 2,75 | 2,72 | 2,66 | 0,1 | 3,1 | 6,1 | 9,2 |
| 34 0 | 2,88 | 2,83 | 2,78 | 0,1 | 3,3 | 6,5 | 9,7 |
| 36 0 | 3,02 | 2,96 | 2,90 | 0,1 | 3,4 | 6,8 | 10,2 |
| 38 0 | 3,15 | 3,09 | 3,03 | 0,1 | 3,6 | 7,1 | 10,7 |
| 40 0 | 3,28 | 3,22 | 3,16 | 0,1 | 3,7 | 7,4 | 11,1 |
| 42 0 | 3,40 | 3,34 | 3,28 | 0,1 | 3,9 | 7,7 | 11,5 |
| 44 0 | 3,51 | 3,45 | 3,39 | 0,0 | 4,0 | 8,0 | 11,9 |
| 46 0 | 3,62 | 3,56 | 3,50 | 0,0 | 4,1 | 8,2 | 12,3 |
| 48 0 | 3,72 | 3,66 | 3,60 | 0,0 | 4,3 | 8,5 | 12,7 |
| 50 0 | 3,82 | 3,76 | 3,70 | 0,0 | 4,4 | 8,7 | 13,0 |
| 52 0 | 3,92 | 3,86 | 3,80 | 0,0 | 4,5 | 8,9 | 13,4 |
| 54 0 | 4,02 | 3,95 | 3,88 | 0,0 | 4,6 | 9,2 | 13,7 |
| 57 0 | 4,17 | 4,10 | 4,03 | 0,0 | 4,8 | 9,5 | 14,2 |
| 60 0 | 4,31 | 4,24 | 4,17 | 0,0 | 4,9 | 9,8 | 14,7 |
| 63 0 | 4,45 | 4,37 | 4,30 | 0,0 | 5,1 | 10,1 | 15,2 |
| 66 0 | 4,57 | 4,49 | 4,41 | 0,0 | 5,2 | 10,4 | 15,6 |
| 69 0 | 4,67 | 4,59 | 4,51 | 0,0 | 5,3 | 10,7 | 16,0 |
| 72 0 | 4,76 | 4,68 | 4,60 | 0,0 | 5,4 | 10,9 | 16,3 |
| 75 0 | 4,83 | 4,75 | 4,67 | 0,0 | 5,5 | 11,1 | 16,6 |
| 78 0 | 4,88 | 4,80 | 4,72 | 0,0 | 5,6 | 11,2 | 16,8 |
| 84 0 | 4,95 | 4,87 | 4,79 | 0,0 | 5,7 | 11,3 | 17,0 |
| 90 0 | 5,03 | 4,94 | 4,86 | 0,0 | 5,7 | 11,5 | 17,2 |

Cette partie de la table volante (*supposée perdue*) compose la table X.

**Corrections (additive) of the auxiliary angles (of Table XII.), from the refractions of Nautical Almanac or Table XXV.**

Correction du ⊙ / of ⊙ à raison de la hauteur app.ᵗᵉ — on account of the app. altit.ᵉ; de l'☆ ou la Planète / of the ☆ or Planet — Horizontal parallax. Paral. horizontale.

| Apparent Altitude (° ') | Janvier / January | Apr. Oct. / Avr. Oct. | Juillet / July | ☆ 0″ | 10″ | 20″ | 30″ |
|---|---|---|---|---|---|---|---|
| 4 0 | 5,87 | 5,86 | 5,85 | 5,5 | 5,9 | 6,3 | 6,6 |
| 4 10 | 5,57 | 5,56 | 5,55 | 5,2 | 5,6 | 6,0 | 6,4 |
| 4 20 | 5,28 | 5,27 | 5,26 | 4,9 | 5,3 | 5,7 | 6,2 |
| 4 30 | 5,01 | 5,00 | 4,99 | 4,6 | 5,1 | 5,5 | 5,9 |
| 4 40 | 4,77 | 4,76 | 4,75 | 4,4 | 4,8 | 5,3 | 5,7 |
| 4 50 | 4,55 | 4,54 | 4,53 | 4,1 | 4,6 | 5,1 | 5,6 |
| 5 0 | 4,34 | 4,33 | 4,32 | 3,9 | 4,4 | 4,8 | 5,3 |
| 5 10 | 4,13 | 4,12 | 4,11 | 3,7 | 4,2 | 4,7 | 5,1 |
| 5 20 | 3,94 | 3,93 | 3,92 | 3,5 | 4,0 | 4,5 | 5,0 |
| 5 30 | 3,78 | 3,77 | 3,76 | 3,4 | 3,9 | 4,4 | 4,9 |
| 5 40 | 3,65 | 3,64 | 3,63 | 3,2 | 3,7 | 4,3 | 4,8 |
| 5 50 | 3,53 | 3,52 | 3,51 | 3,0 | 3,6 | 4,2 | 4,7 |
| 6 0 | 3,41 | 3,40 | 3,39 | 2,8 | 3,4 | 4,0 | 4,6 |
| 6 20 | 3,18 | 3,17 | 3,16 | 2,6 | 3,2 | 3,9 | 4,5 |
| 6 40 | 2,98 | 2,97 | 2,96 | 2,4 | 3,0 | 3,7 | 4,3 |
| 7 0 | 2,81 | 2,80 | 2,79 | 2,2 | 2,9 | 3,6 | 4,3 |
| 7 30 | 2,65 | 2,64 | 2,63 | 2,0 | 2,8 | 3,5 | 4,2 |
| 8 0 | 2,50 | 2,49 | 2,48 | 1,8 | 2,6 | 3,4 | 4,2 |
| 9 0 | 2,20 | 2,19 | 2,18 | 1,5 | 2,3 | 3,2 | 4,1 |
| 10 0 | 2,06 | 2,05 | 2,04 | 1,2 | 2,2 | 3,2 | 4,1 |
| 11 0 | 1,97 | 1,95 | 1,93 | 1,0 | 2,1 | 3,2 | 4,3 |
| 12 0 | 1,88 | 1,86 | 1,84 | 0,9 | 2,0 | 3,2 | 4,3 |
| 13 0 | 1,83 | 1,81 | 1,79 | 0,7 | 2,0 | 3,3 | 4,5 |
| 14 0 | 1,80 | 1,78 | 1,76 | 0,6 | 2,0 | 3,4 | 4,6 |
| 15 0 | 1,83 | 1,81 | 1,79 | 0,5 | 2,0 | 3,5 | 4,9 |
| 16 0 | 1,86 | 1,84 | 1,82 | 0,5 | 2,1 | 3,6 | 5,2 |
| 17 0 | 1,89 | 1,86 | 1,84 | 0,4 | 2,1 | 3,7 | 5,4 |
| 18 0 | 1,93 | 1,90 | 1,87 | 0,4 | 2,1 | 3,9 | 5,7 |
| 19 0 | 1,98 | 1,95 | 1,92 | 0,4 | 2,2 | 4,1 | 5,9 |
| 20 0 | 2,03 | 2,00 | 1,97 | 0,3 | 2,3 | 4,2 | 6,2 |
| 21 0 | 2,08 | 2,05 | 2,02 | 0,3 | 2,3 | 4,4 | 6,4 |
| 22 0 | 2,14 | 2,11 | 2,08 | 0,3 | 2,4 | 4,6 | 6,7 |
| 23 0 | 2,19 | 2,16 | 2,13 | 0,2 | 2,5 | 4,7 | 6,9 |
| 24 0 | 2,25 | 2,22 | 2,19 | 0,2 | 2,6 | 4,9 | 7,2 |
| 25 0 | 2,31 | 2,27 | 2,24 | 0,2 | 2,6 | 5,0 | 7,4 |
| 26 0 | 2,36 | 2,32 | 2,28 | 0,2 | 2,7 | 5,2 | 7,6 |
| 28 0 | 2,50 | 2,46 | 2,42 | 0,2 | 2,8 | 5,5 | 8,1 |
| 30 0 | 2,63 | 2,59 | 2,55 | 0,2 | 3,0 | 5,8 | 8,7 |
| 32 0 | 2,77 | 2,72 | 2,68 | 0,1 | 3,2 | 6,2 | 9,2 |
| 34 0 | 2,89 | 2,84 | 2,79 | 0,1 | 3,3 | 6,5 | 9,7 |
| 36 0 | 3,01 | 2,95 | 2,90 | 0,1 | 3,4 | 6,8 | 10,2 |
| 38 0 | 3,14 | 3,08 | 3,02 | 0,1 | 3,6 | 7,1 | 10,7 |
| 40 0 | 3,28 | 3,22 | 3,16 | 0,1 | 3,7 | 7,4 | 11,1 |
| 42 0 | 3,40 | 3,34 | 3,28 | 0,1 | 3,9 | 7,7 | 11,5 |
| 44 0 | 3,51 | 3,45 | 3,39 | 0,0 | 4,0 | 8,0 | 11,9 |
| 46 0 | 3,62 | 3,56 | 3,50 | 0,0 | 4,1 | 8,2 | 12,3 |
| 48 0 | 3,72 | 3,66 | 3,60 | 0,0 | 4,3 | 8,5 | 12,7 |
| 50 0 | 3,82 | 3,76 | 3,70 | 0,0 | 4,4 | 8,7 | 13,0 |
| 52 0 | 3,92 | 3,86 | 3,80 | 0,0 | 4,5 | 8,9 | 13,4 |
| 54 0 | 4,02 | 3,95 | 3,88 | 0,0 | 4,6 | 9,2 | 13,7 |
| 57 0 | 4,17 | 4,10 | 4,03 | 0,0 | 4,8 | 9,5 | 14,2 |
| 60 0 | 4,31 | 4,24 | 4,17 | 0,0 | 4,9 | 9,8 | 14,7 |
| 63 0 | 4,45 | 4,37 | 4,30 | 0,0 | 5,1 | 10,1 | 15,2 |
| 66 0 | 4,57 | 4,49 | 4,41 | 0,0 | 5,2 | 10,4 | 15,6 |
| 69 0 | 4,67 | 4,59 | 4,51 | 0,0 | 5,3 | 10,7 | 16,0 |
| 72 0 | 4,76 | 4,68 | 4,60 | 0,0 | 5,4 | 10,9 | 16,3 |
| 75 0 | 4,83 | 4,75 | 4,67 | 0,0 | 5,5 | 11,1 | 16,6 |
| 78 0 | 4,88 | 4,80 | 4,72 | 0,0 | 5,6 | 11,2 | 16,8 |
| 84 0 | 4,95 | 4,87 | 4,79 | 0,0 | 5,7 | 11,3 | 17,0 |
| 90 0 | 5,03 | 4,94 | 4,86 | 0,0 | 5,7 | 11,5 | 17,2 |

*This part of the Loose Table (supposed lost) composes table XXVI.*

**Comparaison des trois tables de réfractions (sans égard à la différence de pression atmosphérique). / Comparison of the three Tables of refractions.**

Pour ramener les réfractions de la table IV à celles / To convert refractions of Table IV into refractions of the:

| Apparent Altitude (° ') | du Nautical alman. | de la Conn. des Tems | Apparent Altitude (° ') | Nautical almanac | Conn. des Tems |
|---|---|---|---|---|---|
| 0 0 | +4,7 | +0,0 | 12 0 | +0,2 | +0,1 |
| 0 10 | 3,9 | 0,2 | 12 20 | 0,1 | —0,1 |
| 0 20 | 3,5 | —0,2 | 12 40 | —0,1 | 0,2 |
| 0 30 | 4,8 | 0,2 | 13 0 | 0,0 | 0,0 |
| 0 40 | 4,0 | +0,2 | 13 20 | +0,1 | 0,1 |
| 0 50 | +4,5 | +0,1 | 13 40 | +0,1 | +0,1 |
| 1 0 | 3,8 | 0,0 | 14 0 | 0,1 | 0,0 |
| 1 10 | 3,4 | 0,0 | 14 30 | 0,0 | 0,0 |
| 1 20 | 4,0 | 0,0 | 15 0 | 0,0 | 0,0 |
| 1 30 | 5,1 | 0,0 | 15 30 | 0,0 | 0,0 |
| 1 40 | +5,2 | —0,0 | 16 0 | +0,0 | +0,0 |
| 1 50 | 5,3 | 0,2 | 16 30 | 0,0 | 0,0 |
| 2 0 | 6,7 | 0,1 | 17 0 | 0,1 | 0,1 |
| 2 10 | 6,7 | 0,0 | 17 30 | 0,0 | 0,1 |
| 2 20 | 6,5 | 0,2 | 18 0 | 0,1 | 0,1 |
| 2 30 | +7,5 | —0,0 | 19 0 | —0,0 | +0,0 |
| 2 40 | 7,9 | 0,0 | 20 0 | 0,1 | 0,0 |
| 2 50 | 7,0 | 0,1 | 21 0 | 0,2 | —0,1 |
| 3 0 | 6,8 | 0,1 | 22 0 | 0,1 | 0,0 |
| 3 10 | 6,7 | 0,0 | 23 0 | +0,1 | +0,1 |
| 3 20 | +6,7 | +0,2 | 24 0 | —0,1 | +0,0 |
| 3 30 | 5,5 | 0,2 | 25 0 | 0,2 | —0,1 |
| 3 40 | 5,6 | 0,2 | 26 0 | 0,0 | 0,0 |
| 3 50 | 4,8 | 0,1 | 27 0 | 0,1 | 0,0 |
| 4 0 | 5,7 | 0,0 | 28 0 | 0,1 | —0,1 |
| 4 10 | +3,4 | —0,0 | 29 0 | —0,1 | +0,0 |
| 4 20 | 3,5 | 0,1 | 30 0 | 0,1 | 0,0 |
| 4 30 | 3,2 | 0,1 | 31 0 | 0,1 | 0,0 |
| 4 40 | 3,4 | 0,1 | 32 0 | 0,0 | 0,1 |
| 4 50 | 4,1 | 0,0 | 33 0 | 0,0 | 0,1 |
| 5 0 | +3,7 | —0,0 | 34 0 | —0,1 | +0,0 |
| 5 10 | 3,5 | 0,1 | 35 0 | 0,0 | 0,1 |
| 5 20 | 3,5 | 0,1 | 36 0 | 0,0 | 0,1 |
| 5 30 | 1,9 | 0,1 | 37 0 | 0,1 | 0,1 |
| 5 40 | 2,3 | 0,1 | 38 0 | 0,1 | —0,1 |
| 5 50 | +2,6 | —0,1 | 39 0 | —0,1 | —0,1 |
| 6 0 | 2,1 | 0,0 | 40 0 | 0,0 | 0,0 |
| 6 10 | 2,9 | +0,1 | 41 0 | 0,0 | 0,0 |
| 6 20 | 2,5 | 0,1 | 42 0 | 0,0 | 0,0 |
| 6 30 | 2,4 | 0,0 | 43 0 | 0,0 | 0,0 |
| 6 40 | +1,9 | —0,1 | 44 0 | —0,0 | —0,0 |
| 6 50 | 2,0 | 0,3 | 45 0 | 0,1 | 0,1 |
| 7 0 | 1,6 | 0,5 | 46 0 | 0,1 | 0,0 |
| 7 10 | 0,9 | 0,6 | 47 0 | 0,0 | 0,0 |
| 7 20 | 0,9 | 0,7 | 48 0 | 0,1 | 0,0 |
| 7 30 | +0,5 | —0,7 | 49 0 | —0,1 | —0,0 |
| 7 40 | 0,8 | 0,6 | 50 0 | 0,1 | 0,0 |
| 7 50 | 0,7 | 0,4 | 52 0 | 0,1 | 0,0 |
| 8 0 | 0,5 | 0,1 | 54 0 | 0,1 | +0,1 |
| 8 20 | 1,1 | +0,1 | 56 0 | 0,0 | 0,0 |
| 8 40 | +0,7 | —0,1 | 58 0 | —0,0 | —0,0 |
| 9 0 | 0,5 | +0,1 | 60 0 | 0,0 | 0,0 |
| 9 20 | —0,6 | —0,1 | 65 0 | 0,0 | 0,0 |
| 9 40 | 0,4 | 0,1 | 70 0 | 0,0 | 0,0 |
| 10 0 | +0,2 | 0,0 | 71 0 | 0,2 | 0,1 |
| 10 20 | +0,1 | —0,2 | 72 0 | —0,1 | —0,0 |
| 10 40 | —0,5 | 0,2 | 75 0 | 0,1 | 0,0 |
| 11 0 | 0,7 | 0,0 | 80 0 | 0,1 | 0,0 |
| 11 20 | 0,8 | +0,3 | 81 0 | 0,3 | 0,0 |
| 11 40 | 0,4 | 0,3 | etc. | idem. | idem. |

Comparison of the three Tables of refractions.

# EXPLANATION

### AND USE

# OF THE TABLES;

## WITH PROBLEMS

### AND EXAMPLES.

---

* The articles, paragraphs and notes of the Author which have undergone no change, in the present edition, are pointed out by inverted commas at the beginning and at the end; those which are so only at the beginning have been shortened or enlarged : as to those preceded and followed with an asterisk, they have been added, as well as the notes in french ( *unmarked* ) which have no correspondent in english. *

---

## EXPLANATION OF THE TABLES (1).

»PREVIOUS to the Explanations of the several Tables, I shall make the following general Remarks : as the minutes and seconds of the circle differ so much from the minutes and seconds of time, I have thought proper to distinguish them by different marks, or signs; which will, I hope, produce perspicuity and prevent mistakes. I have, therefore, adopted for the latter the initial letters of the words; an $m$ will accordingly be found to mark the minutes of time, and an $s$ to denote the seconds, etc., in the same manner as we use an $h$ to mark the hours; leaving the signs °, ', ', etc. exclusively, for the expressions which apply to the divisions of the circle. »

»When à $C$ is placed before the Roman numbers of the tables, it is intended to signify, that the page, thus marked, is a continuation of the subject, or table, contained in the preceding pages. »

»Except when the contrary is expressed, I always use

---

(1)* It is not indispensably necessary to read these first explanations to be enabled to apply the principal methods of *M. de Mendoza*, either because these ingenious methods are sufficiently well explained by the numerical examples that this illustrious learned man has given of them, or because after the new plan that we have adopted, the most part of the tables are accompanied with some short explanations almost always sufficient in practice. ( There are some faults of orthography, see the *errata* if necessary ). *

(2)* La lecture de ces premières explications n'est pas absolument nécessaire pour être en état d'appliquer les principales méthodes de *M. de Mendoza*; soit parce que ces ingénieuses méthodes sont suffisamment bien expliquées par les exemples numériques que cet illustre savant en a donnés; soit à raison de ce que, d'après le nouveau plan que nous avons suivi, la plupart des tables sont accompagnées d'espèces *d'aides-mémoire*, presque toujours suffisans dans la pratique. *

---

# PROBLÊMES

### ET

# EXEMPLES,

### PRÉCÉDÉS D'UNE COURTE EXPLICATION

## DES TABLES.

---

* Les articles, paragraphes et notes de l'Auteur, qui n'ont éprouvé aucun changement dans la présente édition, sont guillemettés au commencement et à la fin ; ceux qui ne le sont qu'au commencement ont été abrégés ou amplifiés : quant à ceux précédés et suivis d'un *astérisque*, ils ont été ajoutés ( ainsi que les notes *sans signe* qui n'ont point de correspondantes en anglais).*

---

## EXPLICATION DES TABLES (2).

» Avant d'aller plus loin, disons un mot d'une légère modification et de quelques renseignemens qui, ailleurs, seraient moins faciles à retrouver, au fait : comme les minutes et secondes de la division du cercle valent quinze fois moins que celles de la division du temps, nous croyons devoir les distinguer par des signes assez différens pour prévenir tout malentendu à cet égard. C'est pourquoi, tout en conservant leur acception ordinaire aux anciens signes °, ', ', nous exprimons constamment les *heures*, minutes et secondes au moyen des initiales $h$, $m$, $s$, (3).

» A moins d'avertissement contraire, les heures sont toujours comptées en temps *moyen* astronomique, conformément à l'usage généralement adopté; ce qui suppose, comme on sait, que le jour commence à midi temps moyen (douze heures plus tard que le jour civil), et que les 24 heures, d'un jour à l'autre, sont comptées consécutivement et en une seule série (4).

» Pour ce qui est des longitudes géographiques,
elles sont

---

(3) Les tables XI et XII (qui donnent la parallaxe de hauteur de la Lune moins la réfraction, ainsi que l'angle auxiliaire A, en 46 grandes pages), ayant été reconstruites sur un nouveau plan qui, au besoin, permet d'avoir égard aux dixièmes de seconde, il nous a semblé plus avantageux d'y représenter les *minutes de degré* par des $m$, conformément à ce qui s'est pratiqué et se pratique encore dans la publication du *Nautical Almanac*, etc. Mais c'est le seul cas où nous nous soyons écarté de cette modification établie par l'auteur.

(4) Les applications numériques de l'auteur étant basées sur le *temps vrai*, conformément à ce qui se pratiquait jadis, nous croyons devoir les conserver en cet état (mais en les disposant un peu plus économiquement). Quant aux nouvelles applications, la plupart expliquées en français, elles sont toutes basées sur le *temps moyen*.

use astronomical time in conformity with the Nautical Almanac, supposing the day to begin at noon (twelve hours later than the civil day), and counting it up to twenty-four hours, or till the succeeding noon. »

»When I express the ship's longitude, I understand that it is reckoned from the meridian of the Royal Observatory at Greenwich. »

TABLE I. — *Dips and distances of the Horizon of the Sea.*

»This table contains the difference in the situations of the true horizon and the visible horizon of the sea, according to the height of the observer's eye above the water; allowance being made for the effect of horizontal refraction. The Dip is to be subtracted from the altitudes taken at sea with Hadley's Quadrant, except when the back observation is used, in which case the Dip must be added. »

*Question.*—What is the Dip for 20 feet of elevation of the observer's eye ? *Answer*, 4' 23".

» *Distances from the visible Horizon to the Observer.* — This part of table may be useful to find the distances from a ship at sea to any other object, when the height depressed under the horizon is known. Suppose, for example, that an observer on the deck of a ship, having his eye elevated 17 feet above the sea, is in sight of a light-house on shore, and that from the part of it discovered he estimates that the remaining height hidden under the horizon is 70 feet; the distance from the ship to the light-house will be concluded as follows,

Distance for { 17 feet.......... 4 miles, 4
{ 70 feet.......... 8      9
Distance required....... (Sum). 13 miles, 3

»If the object is at the edge of the visible horizon, the distance for the elevation of the eye will be the distance required. »    TABLE II

elles sont comptées du méridien de *Paris* dans les exemples expliqués en français, et du méridien de *Greenwich* dans ceux expliqués en anglais.

» Enfin, quand un *C* précède le numéro d'une table ( écrit en chiffres romains ), il signifie *continuation* de cette table. »

TABLE I.—*Dépressions et distances de l'horizon de la mer.*

» On appelle dépression l'angle formé par deux rayons visuels qui, contenus dans un même plan vertical, sont menés, savoir, le supérieur dans le plan de l'horizon vrai, et l'inférieur tangentiellement à l'horizon *marin*, *visuel* ou *apparent*. — Cet angle, une fois calculé pour chaque élévation au-dessus du niveau de la mer, doit être diminué d'environ les 8 centièmes de sa totalité, et ce, à raison des effets de la réfraction atmosphérique, approximativement déterminés par les expériences de *MM. Biot* et *Arago* (1). On sait, au surplus, que les dépressions qui sont sensiblement entre elles comme les racines carrées des élévations (2), sont à retrancher des hauteurs observées *par devant* et à ajouter à celles observées *par derrière* (3).

Quelle est, d'après cette première partie de la table, la dépression pour 9 mètres d'élévation de l'œil observateur ? *R.* 5' 19".

» *Distances de l'horizon marin.* — La seconde partie de cette table peut être utile pour déterminer à quelle distance on se trouve d'un vaisseau ou de tout autre objet dont la partie *noyée* ( c'est-à-dire cachée sous l'horizon) est d'une élévation connue. Supposons, par exemple, qu'un observateur ayant son œil élevé de 6 mètres au-dessus du niveau de la mer, aperçoive le haut d'un phare dont la partie noyée ait 22 mètres d'élévation (au-dessus du même niveau) : voici l'opération à effectuer, au moyen de cette partie de la table. »

Distance de l'horizon pour { 6 mètres... 4 milles, 7
{ 22........ 9      0
Donc, distance totale demandée..... 13 milles, 7

» Il est d'ailleurs évident que si l'élévation de la partie noyée étant nulle, l'objet observé se trouvait justement à l'horizon marin, la distance demandée serait simplement égale à la distance de cet horizon à l'observateur (4). »    TABLE II

---

(1) Dans les parages brumeux, tels que ceux de Terre-Neuve, où la dépression peut varier accidentellement de six minutes ( peut-être même de 10 à 12), au lieu de la prendre dans des tables qui ne peuvent la donner qu'approximativement, il vaudra bien mieux de deux choses l'une, ou l'observer à l'aide d'un *Dépressiomètre*, ce qui est plus facile qu'on ne croit, ou se servir d'un *Horizoscope* dont les erreurs ne peuvent guère aller qu'à trois à quatre minutes, et moins par une belle mer. (V. pages 17, 63 et 88 de notre brochure publiée en 1840 ). — Cette brochure, de 176 pages in-8° et de cinq grandes planches, est intitulée : *Essai sur les Instrumens et sur les Tables de Navigation et d'Astronomie ; c'est-à-dire, sur différens moyens de prendre hauteur pendant la nuit et la brume; d'augmenter indéfiniment la stabilité et la précision dans la mesure des distances luni-astrales; de perfectionner l'Héliomètre, la Boussole, les tables de logarithmes et les tables* de Mendoza. — Brest, chez **M. Anner**, prix 2 fr. — On y trouve les différentes descriptions de l'*Horizoscope*, de l'*Horizon de nuit et de brume*, ( de plusieurs autres horizons), des cercles de *MM. Mayer*, *de Borda* et *de Mendoza*, du *cercle symétrique* et de plusieurs autres *Diastasomètres* et *Dépressiomètres*, l'Histoire et la description de l'ingénieux octant de *Caleb Smith*, du *secteur répétiteur*, de l'*Héliomètre* devenu également répétiteur, etc.

(2) Navigation de *du Bourguet*, p. 90.

(3) Les dépressions contenues dans la première partie de cette table ont été calculées par la formule $d = 2, 02679$ (qui est un log.

constant) $+ \frac{1}{2}$ log. de l'élévation de l'œil en mètres, la dépression corrigée $d$ étant évaluée en secondes. Cette formule, non moins simple que commode, se trouve d'ailleurs, page 230, de l'excellent Cours de Navigation de *M. Caillet* fils, savant professeur de l'Ecole navale, qui, en fait de formules, nous servira souvent de guide on ne peut plus éclairé. — Quant aux dépressions anglaises, elles ont été calculées par la formule analogue $d = 1, 76879 + \frac{1}{2}$ logarithme de l'élévation de l'œil en pieds ( *in feet* ).

(4) Ces distances ont été trouvées par la formule $d' = 0, 28485$ ( qui est un log. constant) $+ \frac{1}{2}$ log. de l'élévation de l'œil en mètres, laquelle formule se déduit de celle de la dépression.

TABLE II. — *Augmentation of the Moon's horizontal semidiameter , as the altitude of that star increases.*

* This table is grounded on the Moon's drawing nearer to the observer as it rises above the horizon, since at the zenith it is nearer to him by about the length of the terrestrial radius , at most; this table, we say, has been deduced from that published in 1806 by the french Board of Longitudes.*

TABLE III. — *Diminution of the horizontal parallax according to the increase of the latitude.*

* The parallax of any star being the greatest projection of the terrestrial radius seen from the center of this star, and the radius which tends to the pole being shorter by a 306 th , than that which tends to the equator ( upon *M. Arago's* authority), it follows that the parallax, which naturally makes the stars appear less elevated than they really are, must diminish as the latitude increases. — In *M. de Borda's* method which, to correct the lunar distances, on account of this spheroidal figure of the Earth, dispenses with observing or computing the azimuths of the two stars, as well as taking into account the angle of the vertical , *this diminution of parallax becomes an augmentation* ( what the author who knew it very well seems not to have published expressively ).*

TABLE IV. — *Corrections (* subtractive *) of the apparent altitudes of the Sun and Stars: (* as to these of *Planets* , see also table IX ).

» By an effect of the refraction which the rays of light suffer in their passage through our atmosphere , the heavenly bodies appear higher than they really are , by a quantity , which is at its maximum at the horizon , and gradually decreases till it vanishes at the zenith. The present table gives the corrections which must, on this account, be subtracted from the observed altitudes of the stars. »

» The parallax of the Sun diminishes the effect of the refraction, and the difference is here given for applying , at once, the result of both corrections to the sun's altitude. »

» The corrections are found at sight in this table *to the nearest*

TABLE II. — *Augmentation du demi-diamètre horizontal de la Lune , selon l'accroissement de la hauteur de cet astre.*

* Cette table fondée sur ce que la Lune s'approche de l'observateur à mesure qu'elle s'élève sur l'horizon, tellement qu'au zénith elle en est plus voisine d'à-peu-près la longueur du rayon terrestre aboutissant au lieu de l'observation ; cette table, disons-nous, a été déduite de celle publiée, en 1806, par le Bureau des Longitudes (1).*

TABLE III. —*Diminution de la parallaxe horizontale, suivant l'augmentation de la latitude.*

* La parallaxe d'un astre quelconque étant la plus grande projection du rayon terrestre vu du centre de cet astre, et le rayon qui aboutit au pôle étant, d'après *M. Arago*, plus court d'un 306ᵉ que celui qui aboutit à l'équateur, il s'ensuit que cette parallaxe, qui naturellement fait paraître les astres moins élevés qu'ils ne le sont, doit diminuer à mesure que la latitude augmente.*

* Dans la méthode de *M. de Borda* qui , pour avoir *rigoureusement* égard à cet aplatissement de la terre , dispense d'observer ou de calculer les azimuths des deux astres, ainsi que de tenir compte de l'angle de la verticale, *cette diminution de parallaxe devient une augmentation* , ce que l'auteur qui le savait fort bien ne semble pas avoir clairement publié (2).*

TABLE IV. — *Réfraction moyenne moins la parallaxe de hauteur du Soleil, et réfraction moyenne des Etoiles (pour les Planètes, v. aussi table IX).*

» Par l'effet des inflexions successives que les rayons lumineux éprouvent en traversant l'atmosphère, leur trajectoire devient une courbe dont la convexité est tournée vers le zénith et la concavité vers le nadir , comme on sait. Or, comme chaque astre ne peut être vu que sur le prolongement de la tangente à cette courbe , il s'ensuit que tous les corps célestes doivent paraître plus élevés qu'ils ne le sont réellement, et cela, d'une quantité qui atteint son *maximum* lorsqu'ils sont à l'horizon et qui va ensuite en diminuant graduellement jusqu'au zénith ( où elle devient tout-à-fait nulle). C'est pourquoi les nombres de cette table (que l'Astronomie a déterminés par une longue suite d'expériences et d'approximations successives) sont à retrancher des hauteurs apparentes pour obtenir les hauteurs vraies. On sait également que l'effet de la parallaxe agit en sens contraire de celui de la réfraction. On trouvera, ci-après, des applications *de cette*

---

(1) V. la 44ᵉ table de *M. Bürg* , expliquée par *M. Delambre*, laquelle a été calculée par la formule $a = (n \sin 1'') d^2 \cos D + \frac{1}{2} (n \sin 1'')^2 d^3 \cos^2 D$, dans laquelle $a$ est l'augmentation demandée, $n$ le rapport constant de la parallaxe P au demi-diamètre $d$, et D la distance apparente de la Lune au zénith...

Le diamètre vu à l'horizon , dit *M. Delambre*, est déjà plus grand de $0'',17$ qu'il ne serait s'il était vu du centre de la terre : et comme d'après la table l'augmentation est nulle en ce cas, c'est que tous les termes qui la composent ont été diminués de cette quantité ( exprimée par $\frac{1}{2} n^2 \sin^2 1'' d^3$ ).

(2) Les nombres de la table III ont été calculés par la formule $N = a\, P \sin^2 L$, dans laquelle $a$ est l'aplatissement , P la parallaxe équatoriale et L la latitude. D'après *M. Delambre*, il faudrait en retrancher une petite quantité exprimée par $\frac{5}{2} P a^2 \sin^2 2 L$, dont le *maximum* serait de $0'',0133$, suivant lui, et de $0,1033$ selon nous. ( Il se peut que quelque faute d'impression se soit glissée par-là ). Quant aux angles de la verticale, ils sont donnés surabondamment par la table volante.

*the nearest tenth of a second*, in a manner which is evident, and of which many examples will be given hereafter. »

TABLE V. — *Complementary corrections* (additive) *of the apparent altitudes of the second Star.* (*The Sun's mean horizontal parallax being supposed 8′, 6 according to the best authorities*).

* Each correction is equal to one degree added to the parallax in altitude diminished from the refraction. To obtain, therefore, the correction of any Planet's altitude (that the table does not give immediately), it is sufficient to add, to the analogous correction of the stars, the parallax in altitude of this Planet (found in table IX). *

» This table V is arranged in the same manner as table IV, and requires no farther explanation. »

TABLE VI. — *Corrections for reducing the mean refractions to the actual weight and temperature of the atmosphere.*

* Each of these corrections, found separately by means of the apparent altitude of the star (lateral argument on the left), and the situation of thermometer or barometer (top or bottom argument), is to be applied conformably to its proper sign to the corresponding number in table V or XI (which are both used in the reduction of distances), and with a contrary sign to the number of table IV (which is used only in the more common computations of latitude, horary angle, etc., in which great precision is much less required. *

TABLE VII. — *Logarithms of the refraction and of its atmospherical factors ( for 50 degrees of* Fahrenheit's *thermometer and 29,92 inches of the barometer.*

* The logarithm of the refraction, corrected on
account

de cette table IV qui, dans la réduction des distances par la méthode de *M. de Mendoza*, est avantageusement remplacée par la table V (1).

TABLE V. — *Correction* complémentaire, *à ajouter à la hauteur apparente du second astre.* (*La parallaxe horizontale moyenne du Soleil étant supposée de 8′,6 d'après la Connaissance des Tems* ).

* Cette correction est égale à 1 degré plus la parallaxe de hauteur, moins la réfraction. Pour avoir donc la correction de hauteur d'une planète (que la table ne donne pas immédiatement), il suffit d'ajouter, à la correction analogue des étoiles, la parallaxe de hauteur de cette planète (prise dans la table IX). *

» La table V est d'ailleurs disposée comme la table IV et les différences des nombres y sont généralement les mêmes (2).

TABLE VI.—*Corrections à appliquer aux réfractions moyennes, pour tenir compte de la température et du poids de l'atmosphère.*

* Chacune de ces corrections, qui se prend séparément à l'aide de la hauteur apparente de l'astre (argument latéral à gauche), et de la situation du thermomètre ou du baromètre (argument supérieur ou inférieur), s'applique, conformément à son signe, au nombre correspondant de la table V ou de la table XI ( qui servent l'un et l'autre à la réduction des distances), et, avec un signe contraire, au nombre de la table IV (qui ne sert qu'à des calculs plus communs de latitude, d'angle horaire, etc, où la dernière précision est beaucoup moins à désirer (3) ). *

TABLE VII. — *Logarithmes de la réfraction et de ses facteurs atmosphériques (pour 10 degrés du thermomètre centigrade et 0ᵐ,760 du baromètre ).*

* Le logarithme de la réfraction, corrigée à raison de la situation du thermomètre et du baromètre,
est égal

---

(1) Les nombres de la table IV ont été, pour la plupart, déduits de la table logarithmique de *M. Delambre*, où l'on a seulement adouci quelques légères aspérités qui se faisaient remarquer, soit dans les différens ordres de différences de ces logarithmes, *pris de 5 en 5 degrés, ou même de degré en degré,* soit dans le calcul minutieux de certaines tables où les moindres irrégularités des réfractions employées devenaient très-sensibles. La plus forte de ces aspérités a été trouvée de 0″,7 vers les 7° 30′ de hauteur apparente et, toutes vérifications faites, la correction en a été reconnue très-légitime. Cette table de *M. Delambre*, ainsi modifiée et un peu plus étendue, est d'ailleurs reproduite page 14, v. table VII. — On trouvera, page 398, une petite addition à la table IV (pour les hauteurs *négatives* des étoiles), et page 399, les réfractions du docteur *Young*, en usage chez les anglais, et on verra, par la table volante, qu'elles diffèrent assez peu de celles de *M. de Laplace*. Il résulte d'ailleurs, des récens travaux de *M. Biot* ( insérés dans la *Connaissance des Tems*, à partir de celle de 1839) que ces dernières réfractions, bien que très-perfectionnées, sont encore assez peu certaines pour être sujettes à varier, savoir : à 10° de hauteur apparente de + 0″,60 (limite d'erreur 2″,24) ; à 6° de + 3″,78 (limite d'erreur 17″,40) ; à 5° de + 5″,07 (limite d'erreur 54′,13) ; à 4° de + 2″,68 (limite d'erreur 75′,10); à 3° 30′ de — 5″,17 (limite d'erreur 118″,49), ce qui justifie de reste les petites corrections qu'on s'est permises. Au surplus, dès que, par suite de ces grands travaux de *M. Biot*, une nouvelle tabl

de réfractions aura été adoptée par le Bureau des Longitudes, on s'empressera d'apporter aux présentes tables *de Mendoza* toutes les rectifications nécessaires. Quant aux formules pour calculer les réfractions, comme on les trouve, soit dans la *Mécanique céleste*, soit dans la *Connaissance des Tems* de 1839, nous nous bornerons à reproduire en son lieu celle du docteur *Young*, qui, comme celle de *Bradley*, a l'avantage d'être applicable aux petites aussi bien qu'aux grandes hauteurs (reste à savoir avec quel degré de précision). — En expliquant l'usage de la Table XXIV, nous indiquerons, d'ailleurs, un nouveau moyen d'observer en mer les réfractions *circonhorizontales*, et par conséquent d'utiliser les petites hauteurs du soleil presqu'aussi bien que les grandes : pour cela, si l'on est muni d'un bon Micromètre, de M. l'abbé *Rochon*, on n'aura besoin ni de baromètre, ni de thermomètre.

(2) Cette table V a été imaginée par *M. de Mendoza* pour simplifier dans sa méthode la préparation du calcul, et cela, en rendant *additives* celles des corrections des hauteurs apparentes qui étaient *soustractives*; ce qui effectivement permet d'avoir un peu plus vite la somme des hauteurs *corrigées* ( qui excède celle des hauteurs *vraies* d'environ un degré, sans aucun inconvénient, comme on le verra page 408, note 2).

(3) Bien que les corrections de la table VI aient été rigoureusement obtenues au moyen des logarithmes de la table VII, on ne doit les considérer comme étant de la dernière précision que dans

account of the atmospherical situation, *is equal to the sum of the three particular logarithms found in this table. Principally grounded on that of M. Delambre,* it enables us to attain the hundredths of a second, and it is besides a little more regular and extensive. *

TABLE VIII. — *Contractions of the Semidiameter of the Sun and Moon (each of which being supposed 16 minutes).*

» By an effect of the difference between the refractions which take place at different altitudes, the apparent semidiameter of the Sun and Moon is less, in proportion as the same semidiameter is inclined to the diameter parallel to the horizon; which is not affected by this cause. This correction may, therefore, be subtracted from the semidiameter given by the ephemeris, when great accuracy is desired in the use of the lunar distances, for the purpose of ascertaining the longitude. »

TABLE IX. — *The Planets' parallax in altitude.*

* This must be subtracted from the refraction before we subtract the latter from the apparent altitude to have

est égal à la somme des trois logarithmes particuliers pris dans cette table (1). Principalement fondée sur celle de *M. Delambre*, elle permet d'atteindre aux centièmes de seconde, outre qu'elle présente un peu plus de régularité et d'étendue, avons-nous dit (2). *

TABLE. VIII. — *Accourcissement du demi-diamètre du Soleil ou de la Lune (en supposant chaque demi-diamètre moyen de 16 minutes).*

» Par le très-sensible effet des différences de réfraction près de l'horizon, le bord *inférieur* de chaque astre devant paraître proportionnellement *plus élevé* que le supérieur, il en résulte que chaque diamètre est d'autant plus accourci que la hauteur étant plus petite, il est lui-même plus incliné par rapport au diamètre horizontal, lequel n'est donc aucunement altéré par cette cause (3). C'est pourquoi, lorsqu'il s'agit d'atteindre à une grande précision dans la réduction des distances lunaires, la correction indiquée dans cette table doit être retranchée de chaque demi-diamètre pris dans la *Connaissance des Tems* ( après avoir été elle-même corrigée à raison de la grandeur absolue de ce demi-diamètre (4) ). »

TABLE IX. — *Parallaxe de hauteur des Planètes.*

* Se retranche de la réfraction avant d'ôter celle-ci de la

---

deux cas : le premier, si l'une des deux corrections ( thermométrique ou barométrique ) étant voisine de la moyenne, l'autre en est plus ou moins éloignée; et le second, si les deux corrections agissant en sens contraire sont à-peu-près égales. Autrement, quand les hauteurs sont très-petites, il y aurait des cas où l'erreur pourrait être de plusieurs secondes, et par conséquent où il vaudrait beaucoup mieux faire usage de la table VII (*v. la note 2 ci-après*).

(1) Pour la rectification de cette table, voir ce qui a été dit page 404, note 1.

(2) Le thermomètre centigrade étant, par exemple, à 40° et le baromètre à $0^m,700$ veut-on obtenir le logarithme de la réfraction corrigée, pour 4 degrés de hauteur apparente ?

Logarithme { du facteur { de la réfraction moyenne pour 4°. . . . . . . 2,85020
thermométrique pour 40°. . . . . 9,95296
barométrique pour $0^m,700$. . . . 9,96428

Somme, = logarithme de la réfraction corrigée. . . . . . . 2,76744
Donc réfraction corrigée. . . . . . . 9'45',38

Voici maintenant ce qu'on eût trouvé par les tables IV et VI :
Réfraction moyenne pour 4°, table IV.. . . . . . 11'48',3
Table VI, correction { thermométr.e — 72',7 } — 2. 8 ,6 } 9.39,70
barométr.e — 55 ,9

Donc, erreur de la table VI en ce cas. . . . . . . . . . . . . . 5″,68

Elle provient évidemment de ce que la réfraction moyenne se trouve alternativement multipliée par chacun des facteurs, au lieu de l'être seulement par leur produit ; c'est pourquoi nous dresserons incessamment une nouvelle table qui offrira la somme des logarithmes facteurs pour tous les cas possibles. ( V. Table E ).

Les logarithmes des facteurs thermométriques ont été recalculés par la formule

$$F = \frac{1}{(1 + 0,00375\,x)\left(1 + \dfrac{x}{5550}\right)}, \quad x \text{ étant le degré}$$

du thermomètre centigrade dont on veut avoir le logarithme facteur, 0,00375 le coefficient de la dilatation des gaz pour chaque degré du thermomètre centigrade ( d'après *M. Gay-Lussac* ), et $\frac{1}{5550^e}$ un autre coefficient récemment rectifié par *M. Biot*, et d'ailleurs indiqué comme étant à retrancher de la longueur de la colonne barométrique ( pour chaque degré du même thermomètre ), afin de la réduire à la température de zéro ( au lieu d'un $5412^e$ qu'avait trouvé *M. de Laplace* ). — Un facteur logarithmique, ainsi calculé, supposerait une température moyenne de zéro, et comme celle adoptée est réellement de + 10°, il convient d'appliquer à ce facteur une correction constante qui avait été trouvée de + 0,01678 et qui, d'après cette rectification

de *M. Biot*, se réduit à + 0,01677 ( facteur logarithmique pour 0° ). *M. Delambre* ayant dû, en outre, retrancher le premier de ces deux facteurs de chaque logarithme de la réfraction moyenne, en aurait donc ôté 0,00001 de trop et qu'il faudrait maintenant y restituer ( ce que nous n'avons pas fait ). — Quant aux logarithmes des facteurs barométriques, ils ont été obtenus bien plus simplement par la formule $F' = \frac{u}{B}$, où B = 760 millimètres ( hauteur moyenne du baromètre au niveau de la mer ), et $u$ le nombre de millimètres exprimant la situation effective de cet instrument. *M. Delambre* a joint aux Tables astronomiques publiées par le Bureau des Longitudes, en 1806, les démonstrations de presque toutes ces formules. Nous n'avons pas reproduit la *table complémentaire* de cet auteur, parce que les corrections qu'elle donne sont basées sur une formule qui nous semble trop hypothétique et d'ailleurs trop peu généralement applicable. Il en est de même de sa table *anti-logarithmique* ( servant à trouver la réfraction dont le logarithme est connu ), parce qu'elle est d'un usage moins commode que celui d'une table ordinaire de logarithmes des nombres.

(3) Contrairement à l'idée émise par cette dernière phrase de l'auteur, *M. Delambre* remarquait avec raison que, par la convergence des verticaux, le diamètre horizontal devait lui-même éprouver un léger accourcissement.

(4) En supposant que $a$ soit l'accourcissement d'un demi-diamètre incliné de 90 degrés par rapport au diamètre horizontal, c'est-à-dire, en supposant que $a$ soit le *maximum* d'accourcissement pour une hauteur donnée, on obtient l'accourcissement $a'$ pour toute autre inclinaison I par la formule $a' = a \sin^2 I$..... C'est ainsi que les nombres de cette table ont été calculés, après avoir fait en sorte que $a$ correspondît, pour chaque hauteur apparente, à une différence de hauteur *vraie* de 16 minutes.... Au surplus, cette correction d'accourcissement, bien que très-nécessaire en certains cas, n'a pas été jusqu'à présent d'une application facile, parce que pour obtenir l'inclinaison I que l'observation n'a pu donner, il a fallu se résoudre à calculer chaque angle à l'astre ( au moyen de la distance et des deux hauteurs apparentes ou vraies ) et prendre les différences I de ces angles à 90 degrés.... Il nous semble que cette inclinaison pourrait s'obtenir suffisamment bien et d'une manière plus simple, à l'aide d'un petit globe, où l'horizon figurerait l'arc de distance compris entre les deux méridiens, qui représenteraient les verticaux des deux astres, et où l'on mesurerait, avec un rapporteur, chaque inclinaison I, à deux ou trois degrés près, pour le moins.

have the true altitude ; or , what is still better , must be added to the apparent altitude when it is diminished from the refraction. *

TABLE X. — *Corrections* ( additive ) *of the auxiliary angles found in table XII.*

* This table X, which has been computed by means of the refractions of table IV, must be used only by french navigators (2), when the loose table detached from the volume is lost. As to its use, it is explained at the same time as the use of table XII and by many numerical examples given hereafter. *

TABLE XI. — *Corrections (*additive*) of the Apparent Altitudes of the Moon.*

» The Moon's horizontal parallax may be found by the Nautical Almanac. The parallax becomes less , as the altitude increases; but (except when at the zenith) it always makes the Moon appear lower than it is. This effect , however , is diminished by the refraction, which operates in a contrary way on the apparent situations. The present table gives the result of these two corrections, which is to be added to the Moon's apparent altitude, in order to obtain the true altitude. »

» The numbers will be found at sight to any minute of altitude; and the proportional parts for seconds of parallax are given to every degree, so that they need only be added to the former , in order to have the correction required.

» The parts of this, and the following table , which depend on the same arguments, are printed in opposite pages, so that both may be used at one opening of the book. »

* The ● and 9 ( which are counted for 0 or 9 ) , and also the semicolons , *denote* the changes of *one unit* in the numbers of minutes (in these corrections, and also in the auxiliary angles hereafter). *

TABLE XII. — *Auxiliary angles or arguments for table XIII.*

» The arrangement of this table XII, being similar to the preceding , the use of it only varies from the other, in requiring an additional correction according to the altitude

ci de la hauteur apparente pour avoir la hauteur vraie; ou bien , ce qui vaut encore mieux , s'ajoute à la hauteur apparente quand on en a ôté la réfraction (1*)*. *

TABLE X. — *Correction des angles auxiliaires donnés par la Table XII, (additive).*

* Cette table X, qui a été calculée au moyen des réfractions de la table IV , ne doit servir que dans le cas où la table volante , détachée du volume, se serait égarée : quant à son usage, il est expliqué en même temps que celui des tables XII et XIII ( v. note 1 page 407 ). *

TABLE XI. — *Parallaxe de hauteur de la Lune , diminuée de la réfraction moyenne, (additive).*

» La *Connaissance des tems* donnant pour l'équateur la parallaxe horizontale de la Lune, on en conclut d'abord ( au moyen de la table III ) , celle correspondante au lieu de l'observation. Ensuite , à l'aide de cette parallaxe ainsi corrigée et de la hauteur apparente de la Lune, on prend dans la présente table la parallaxe de hauteur diminuée de la moyenne réfraction , et on l'ajoute à la hauteur apparente pour avoir la hauteur vraie de cet astre.... Les tables XI et XII ( ci-devant IX et X ) dépendant des mêmes argumens, ont été placées en regard l'une de l'autre, afin que la même ouverture de livre permît d'y prendre les deux nombres à la fois (3). »

* Les ● et les 9 ( qui comptent partout pour des 0 ou des 9 ), ainsi que les points et virgules, indiquent les changemens d'unité dans les minutes de parallaxe moins la réfraction ( et dans celles des angles auxiliaires de la table XII ). *

* On demande la correction de la table XI correspondante à 36° 52' 48" de hauteur apparente de la lune et à 61' 27" de parallaxe horizontale corrigée ?

$$\text{Pour} \begin{cases} 36° \ 54' \ 0'' \text{ de haut. app. } ☾ \text{ et } 61' \ 0'' \text{ de parall.} & 47' \ 30'',2 \\ - \quad\quad 1 \ 12 = 1',2. \dots\dots\dots\dots\dots & + \quad 0 ,7 \\ \quad\quad\quad\quad\quad 0 \ 27 \dots\dots\dots & + \ 21 ,5 \end{cases}$$

Donc , correction demandée , somme . . . . . . . . . . $\overline{47' \ 52'',4}$

TABLE XII. — *Angle auxiliaire servant d'argument pour la table XIII.*

» L'arrangement de cette table XII et de ses différentes parties proportionnelles est en tout semblable à celui de la table XI; mais le nombre qu'on y prend exige une correction de plus (relativement à la hauteur du

---

(1) La parallaxe de hauteur $P' = P \cos. H$, P étant la parallaxe horizontale et H la hauteur de l'astre *diminuée de la réfraction.*

(2) Other navigators will use more probably table XXVI calculated by means of doctor *Young's* réfractions inserted in the *Nautical Almanac*, and also in table XXV.

(3) Cette table contient quatre colonnes de plus par page que dans l'édition originale, savoir, deux pour les 53 minutes de parallaxe qui avaient été omises, faute d'espace, et deux de parties proportionnelles (qui n'étaient données que de 2 en 2 degrés et séparément). On les a réunies toutes quatre, afin qu'on y puisse voir d'un coup-d'œil les moindres variations occasionnées par les changemens de degré. Ainsi,

dans l'exemple précédent, au lieu de se borner à prendre dans la colonne de 36° la correction pour les 27 secondes de parallaxe, qui eût été de 21",7, nous l'avons prise plus exactement dans la colonne de 37° ( à cause qu'il la fallait pour 36° 53' ). — Pour compléter ce système, sous le rapport de la précision, on a encore ajouté au bas de chaque page une petite table pour les deux minutes de hauteur que la grande table n'a pu donner directement. Bien entendu qu'en mer on pourra presque toujours se dispenser de tenir compte des dixièmes de seconde ; mais, pour les observations à terre, il nous a paru avantageux de ne rien laisser à désirer à cet égard. — Quant à la formule pour calculer la parallaxe de hauteur, v. la note 1.

to the altitude of the Sun, Planets or Star, which is given by the Loose table or table XXVI.

TABLE XIII. — *Numbers I, II and III, the sum of which is equal to the versed-sine of the corrected distance.*

Arguments for the numbers
- **II**: *Corrected sums of altitudes.*
- **I**: *Sums of apparent altitudes* ) *and auxiliary*
- **III**: *Apparent distances* ) *angles.*

*Sums for finding the corrected distances.*

» All the numbers of this table are given for each complete degree, and to every minute of lateral argument, in two opposite pages. Numbers II, depend on the corrected sums of altitudes, and the parts for seconds are placed by the column of minutes, which, for that purpose, must be used as if it referred to seconds. Numbers I and III, depend on a double argument; but parts for seconds are only wanted for the top, or auxiliary argument, and these are likewise exhibited at the side of the column of minutes. It is to be observed, that the parts for seconds are always additive, *and must be taken even when the number is 0 second* ».

» The arrangement of the Sums for finding the Corrected Distances is similar to that of Numbers II. »

» All the numbers are composed of *six* decimal figures, the last four of which are constantly printed and the

---

(1) Pour se conformer à toutes les exigences possibles, cette correction qu'on a placée dans la table volante, faute de pouvoir la mettre en marge de chaque page ( comme dans l'édition originale, où elle était beaucoup trop abrégée ); cette correction, disons-nous, a été calculée de trois manières différentes, savoir : 1° au moyen des différences logarithmiques de *M. Burckhardt* ; 2° à l'aide des réfractions de la table IV ; et 3° avec celles de la table XXV. ( Les tables X et XXVI offrent un *duplicata* de ces derniers calculs pour le cas où la table volante viendrait à s'égarer, avons nous dit). — Veut-on maintenant le nombre de la table XII correspondant également à 36° 52′ 48″ de hauteur apparente de la lune, à 61′ 27″ de parallaxe horizontale corrigée, et de plus à 5° 40′ de hauteur du Soleil ( en avril ou en octobre )?

Pour { 36° 52′ 0″ de haut. de la ☾ et 61′ 0″ de parall. 20′10″5
0 48 = 0′,8.. . . . . . . . . . . . . . . . . . . . . 0,4
0 27. . . . . . . . . . 9,6
5 40 0 de haut. du ☉ (Table X ou Table volante). 3,8

Donc, angle auxiliaire demandé, somme. . . . . . . . 20′ 24″3

Veut-on encore, ce qui a manqué à *M. de Mendoza*, pouvoir corriger cet angle à raison de l'état du thermomètre et du baromètre, l'un étant par exemple à 40° cent. et l'autre à 0ᵐ,710 ? On trouvera table XV que la correction à appliquer est de + 11″,8 (et que dans des cas extrêmes elle pourrait être d'environ 16 secondes, qui peuvent occasionner un degré et plus d'erreur en longitude).... Les nombres A de la table XII ont d'ailleurs été trouvés par la formule, log. cos A = D+D′ — log. de 2, dans laquelle D est la différence logarithmique de la Lune= $\dfrac{\cos \text{ hauteur vraie}}{\cos \text{ hauteur app.}^{te}}$ et D′ celle du second astre que, pour plus de simplicité, on a supposée constante et égale à 0,0001227, *maximum* trouvé pour les étoiles par *M. Burckhardt* (v. la *Connaissance des Tems*)... *MM. Krafft et de Mendoza* avaient probablement pris pour constante la différence logarithmique de 25 degrés, qui pour nous se fût prêtée moins commodément au calcul des différentes corrections indiquées par la table volante ( ce qui, du reste, importe peu quant au résultat final ).

Il est encore à remarquer que tant que les hauteurs apparentes de la Lune ne sont pas au-dessous d'un degré et demi, tous les angles auxiliaires A étant compris entre 60 degrés et 60° 34′ 1″,3 on a pu n'en imprimer que les minutes, secondes et dixièmes ( puisque la table ne commence réellement qu'à 2 degrés)... Au-dessous de cette

---

teur du second astre) ainsi qu'on le verra par la note qui suit (1). »

TABLE XIII. — *Nombres I, II et III, dont la somme est égale au sinus verse de la distance réduite... Sinus verses naturels de 10 à 160 degrés, etc.*

Argumens pour trouver le nombre
- **I**: *Somme des hauteurs apparentes* ) *et angle*
- **III**: *Distance apparente luni-astrale* ) *auxiliaire.*
- **II**: *Somme des hauteurs corrigées.*

» Pour chaque degré de premier ou d'unique argument (imprimé en gros caractères hors du cadre et répété en plusieurs endroits en caractères plus petits), il y a dans cette principale table de *M. de Mendoza*, deux pages opposées où chacun des trois nombres a sa place marquée, et peut d'abord s'y prendre de minute en minute. — On tient ensuite compte des secondes, s'il le faut, au moyen d'une des colonnes de parties proportionnelles placées à côté des minutes, et où ces parties se prennent ordinairement sans calcul (à l'aide de ces minutes comptées pour des secondes). Comme il y a quelquefois deux ou trois de ces colonnes (au lieu d'une seule qui existait dans l'édition originale), le choix en est déterminé, selon l'usage, par le nombre de minutes du premier argument. — Le nombre II, qui ne dépend que d'un seul argument, est placé à gauche de la première de ces deux pages, et plus à gauche se trouvent d'abord la colonne des minutes et ensuite celle des parties proportionnelles (qui est parfois double et jamais triple).

» Le reste de la première page et la majeure partie de la seconde sont occupées par les nombres I ou III, comme s'ils ne formaient qu'un seul et même nombre, et leurs parties proportionnelles sont également placées à côté des minutes. Bien que ces deux nombres-là dépendent chacun de deux argumens, par une sage disposition de l'auteur, il n'est besoin de prendre pour chacun d'eux qu'une seule partie proportionnelle, qui est celle relative aux secondes de l'angle auxiliaire. Ces trois parties proportionnelles, ainsi trouvées sans calcul, sont d'ailleurs *additives*; mais il est des cas, assez nombreux, où *négliger d'en prendre pour zéro seconde serait commettre une erreur d'une minute*, comme on le verra plus loin p. 408.—Quant à la table de sinus verses naturels, où se cherche la distance réduite correspondante à la somme des trois nombres, elle est disposée à droite de la seconde page, précisément comme celle des nombres II l'est à gauche de la première. (Les nombres II sont des susinus verses arrangés comme il sera dit)... Tous les nombres sont composés de *six* figures décimales (2) dont les quatre dernières sont constamment imprimées et les deux premières ne le sont qu'une fois par case de cinq lignes

---

limite d'environ un degré et demi, lesdits angles sont donc *inférieurs* à 60 degrés.

(2) Comme auparavant; mais il semblait qu'il y en avait *sept*, de la manière dont les calculs étaient expliqués et effectués.

and the first two only once by zone, or section, of five lines. — When no sign precedes these two first figures they are invariable for all the numbers I or III placed on the same line with them ( or in the same zone ). If, on the contrary, they are preceded by an algebraical sign, either of addition or subtraction, it indicates that the second figure is liable to vary of *one unit*, more or less, according to what is explained at the bottom of each page, in english or in french, alternatively. The sign $+$ and the number ● (which is counted for 0), are constantly applied, on this account, from 10 to 90 degrees of distance. In the same manner, the signe — and the number 9 ( which is counted for 9 ), are also used from 90 to 160 degrees.

*Examples.*

What is Number I. for Sum of Apparent Altitudes 67°. 56', and Auxiliary Angle 19'. 34' ?

Number I. for S.A.A. 67°. 56', and Aux. Ang. 19' 0'. . . 627917
Parts for 34'. . .   109

Number I. required. ,. . . . . . . . . . . . . . . . 628026

What is Number III. for Apparent Distance 129°. 2' and Auxiliary Angle 32' 0'' ?

Number III. for A.D. 129°.2', and Aux. Ang. 32' 0'. . . 619273
Parts for 0'. . .   320

Number III. required. . . . . . . . . . . . . . . . 619593

What is Number II. for Corrected Sum of Altitudes 84°.43'.47'' ?
Number II. for 84°. 43'. . . . . . . . . . . . . . . 109156
Parts for 47'. . .   63

Number II. required. . . . . . . . . . . . . . . . 109219

What is the Corrected Distance for the Sum 217014, when the Apparent Distance is about 39° 30' ?

Sum 216849 answers to 38°. 27'. 0''  ⎫
7014                 ⎪ Corrected Distance
Diff.   165. . . . . . to      55  ⎬ required . . . . 38°. 27'. 55''

TABLE. XIV.—*Proportional Logarithms, for an interval of 3, 12 or 24 hours.*

» These Proportional Logarithms, contrived by the present

---

gnes (1). Quand aucun signe ne précède ces deux premières figures, elles sont invariables pour tous les nombres I ou III situés sur la même ligne qu'elles (ou dans la même case). Si, au contraire, elles sont précédées d'un signe algébrique, soit de l'addition ou de la soustraction, il signifie que la seconde figure est sujette à varier d'une unité en plus ou en moins, selon ce qui est expliqué au bas de chaque page, en français ou en anglais, alternativement. Le signe $+$ et le chiffre ● (qui compte en même temps pour 0), sont constamment employés à cet effet de 10 à 90 degrés de distance : tandis que le signe — et le chiffre 9 (qui compte aussi pour un 9), sont pareillement employés de 90 à 160 degrés (2).

* *Exemples.* — Quel est le nombre I, quand la somme des hauteurs apparentes est de 36°47' et l'angle auxiliaire de 33'58'' ?

Page 113, pour 36°47' de S. H. A. et 33' 0'' d'angle A. . . 212447
partie proportionnelle pour 58'' . . . . . . . . . 392

Donc, nombre I requis, somme 212839

On demande le nombre III pour la distance apparente de 128°39' et l'angle auxiliaire de 15' 0'' ?

Page 296, pour 128°39' de D. A. et 15' 0'' d'angle A. . . . . 619520
partie proportionnelle pour 0''. . . . . . . . . . . 315

Donc, nombre III demandé. 619835

On veut avoir le nombre II pour la somme des hauteurs corrigées 63°52'17'' ?

Page 166, pour 63°52' de H. C. . . . . . . . . . . . . . . 455804
partie proportionnelle pour 17'. . . . . . . . . . . 185

Donc, nombre II voulu. 455989

Enfin, quelle est la distance réduite, quand la somme des trois nombres est de 477648 (sachant que la distance apparente est d'environ 59° et que celle-ci ne peut être corrigée que d'environ un degré, au plus) ?

Somme des trois nombres. . . . . . . . . . . . . . . . 477648
Page 157, pour 58°50' 0'',0 de distance on aurait. . . . . . 477501

Il y faut ajouter     0. 35,5 de partie prop.lle pour la diff.os.   147

Donc, 58°30'35,5 est la distance réduite demandée. *

TABLE. XIV.—*Logarithmes proportionnels, pour un intervalle de 3, 12 ou 24 heures.*

»Ces logarithmes ont été imaginés par le savant astronome

---

(1) Cette simplification, qui consiste à supprimer les rayons entiers qui figuraient inutilement au commencement de chaque nombre, nous a permis de doubler le nombre des parties proportionnelles, sans augmenter un cadre déjà très-étendu.

(2) Expliquons maintenant la très-laborieuse construction de cette plus grande table de *M. de Mendoza* (qui n'occupe pas moins de 300 pages), et qui a eu pour objet de simplifier considérablement la formule de l'auteur (exposée dans les *Transactions philosophiques* de 1797, dans la *Connaissance des Tems* de l'an V, et dans notre *Essai sur les tables de navigation*); car, bien que déjà plus simple que celle de *M. de Borda*, cette formule, dans ses applications, exigeait cependant la recherche et l'addition de *cinq* sinus verses naturels, ainsi que plusieurs autres opérations plus ou moins fastidieuses ou sujettes à erreur (ne fût-ce qu'à raison de la longueur des calculs). Cette formule revenait du reste à la suivante : sinus verse $x + 4$ rayons entiers (qui pouvaient être avantageusement négligés dans les tables et dans les calculs, comme nous l'avons fait dans la présente édition) == somme des nombres I, II et III.... Le nombre I étant la somme des sinus verses ( L+S+A ) et ($\pm$L$\mp$S$\mp$A); le nombre II le *susinus verse* (ou sinus verse du supplément) de (L'+S'); et le nombre III la somme des sinus verses (D+A) et ($\pm$D$\mp$A). L et S étant d'ailleurs les hauteurs apparentes des deux astres comparés, L' et S' leurs hauteurs vraies, A l'angle auxiliaire donné par la table XII, D la distance apparente et $x$ la distance réduite (à trouver). D'où l'on voit que chaque nombre I ou III de la table XIII se compose de la somme de deux sinus verses naturels, *qui correspondent eux-mêmes, l'un à la somme l'autre à la différence de deux angles; et, par conséquent, que la même table a*

pu *très-heureusement donner ces deux nombres.* D'un autre côté, l'auteur a disposé sa table de susinus verses de manière à ce que le nombre II fût égal au sinus verse de ( 180°—L'—S'+59' ), au lieu de l'être simplement à ( 180°—L'—S') et voici pourquoi : La table V donnant, comme on l'a dit, le complément à 1° de la réfraction du second astre (au lieu de la réfraction même), il en résulte que la somme des hauteurs *corrigées* se trouve plus grande d'un degré que celle des hauteurs vraies. Il a donc fallu augmenter de cette même quantité l'argument de cette partie de la table, et en même temps, pour rendre *additives* des parties proportionnelles qui eussent été *soustractives*, diminuer ce même argument d'une minute. Un moyen à-peu-près semblable a dû être employé à l'égard des nombres I ou III, dont les parties proportionnelles auraient été également *soustractives* : c'est-à-dire qu'au-delà de 90 degrés de distance, il a fallu diminuer l'angle auxiliaire d'une minute et compenser la différence par les parties proportionnelles pour les secondes.

● *Il paraît impossible,* dit *M. Delambre* à cet égard, *d'ajouter rien*
● *désormais à la simplicité et à l'uniformité de cette méthode....*
● *Dans le volume de l'an XIV* (1806), *je lui ai donné ouvertement la*
● *préférence sur la mienne et sur toutes les autres... Cet ouvrage*
● ( de M. de Mendoza ) *est le plus complet, le mieux conçu, le*
● *plus commode qui ait encore paru sur l'astronomie nautique.*
● Le Bureau des Longitudes et la Cour des Directeurs de la Compa-
● gnie des Indes ont voté des sommes pour en faciliter l'impression
● et pour que le prix pût être réduit à la modique somme d'une
● guinée, pour laquelle on peut se le procurer à Londres ( *Connais-*
● *sance des Tems* de 1808, page 443 et suivantes). ●

present learned Astronomer Royal, are peculiarly useful for finding the apparent time, at Greenwich, by the observed distance from the Moon to the Sun, or a star. The top argument, containing the degrees, or hours, and minutes, is to be joined with the lateral argument, containing the seconds as they are wanted, either for time, or for degrees. Thus, the Proportional Logarithm of 0° 9′ 27″, or 0ʰ 9ᵐ 27ˢ, is 1,27984. »

*In the intervals for 12 and 24 hours there are also two arguments to find every proportional logarithm, one of which is at the bottom and the other lateral on the right : thus, the preceding logarithm 1,27984 is that of 0° 37′ 48″ when the interval is for 12 hours, and that of 1° 15′ 36″ when that interval is for 24 hours. The only inconvenience of such an extension in using Table XIV., is that the logarithms being no longer given from second to second, there may be cases in which the proportional parts cannot be found at sight with facility.*

*The fourth term of the proportion, required in { time / degrees }, is corresponding to the { difference / sum } of the two proportional logarithms, found in this table. — Many examples of these short calculations will be given hereafter.*

TABLE XV. — *Atmospherical Correction to be applied to every auxiliary angle of table XII.*

*This correction, exemplified page 407, is not necessary when the apparent distance and sum of altitudes are both 90 degrees, because, in this case, an error of 34 minutes in the auxiliary angle alters in nothing the number I. or III. ( then equal to a cipher or to two entire radii, as may be seen page 221 ). But in every other case, it is so much the more indispensable as the apparent distance and sum of altitudes are lesser ; and in some cases its omission might occasion errors of at least two minutes in the reduction, and consequently of more than one degree in the longitude (2). Finally, it may be found indifferently by means of the situations of the english or french thermometer and barometer, and for that purpose, the altitudes and the distance of the two stars *or Planets*, are happily of no consideration (4).*  TABLE XVI.

---

(1) Chaque logarithme proportionnel est le logarithme ordinaire du nombre de minutes et secondes indiqué par les deux argumens, lequel a été retranché de 4,033424 logarith. de 3 heures = 180 minutes ou 10800 secondes. C'est une imitation des logarithmes *logistiques* pour 60 minutes dont on se servait dès 1661 ( V. l'Astronomie Caroline de *Street*, ou l'astronomie *de Lalande*, art. 477 et 4111 ).

(2) *If the distance and sum of altitudes were both not greater than 10°, the error in longitude may be of more than two degrees.*

(3) *Si la distance et la somme des hauteurs n'étaient l'une et l'autre que de 10°, l'erreur en longitude pourrait aller jusqu'à deux degrés et demi.*

(4) *The construction of this table is grounded, first, upon the logarithmic cosine of an auxiliary angle being equal to the sum of *logarithmic differences* of the two observed stars, diminished by a constant



---

tronome royal ( *M. Maskelyne* ), pour abréger le calcul de l'heure comptée sous le premier méridien, à l'aide d'une distance lunaire observée et corrigée, comme il sera dit (1). Chacun de ces logarithmes se prend, au surplus, au moyen de deux argumens, l'un *supérieur* contenant des degrés et minutes ( ou des heures et minutes ) et l'autre *latéral à gauche* contenant des secondes ( s'il s'agit de l'intervalle de 3 heures ). Ainsi le logarithme proportionnel de 2° 39′ 48″ (ou de 2ʰ 39ᵐ 48ˢ) est alors 0.05170 ou simplement 5170...*Quant aux intervalles de 12 et de 24 heures, il y a aussi, pour trouver chaque logarithme, deux argumens dont un *inférieur* et l'autre *latéral à droite*. Ainsi le précédent logarithme 5170 est celui de 10° 39′ 12″ relativement à l'intervalle de 12 heures, et celui de 21° 18′ 24″ quand cet intervalle est de 24 heures. Le seul inconvénient d'une telle extension donnée à l'usage de la table XIV, c'est que les logarithmes n'étant plus imprimés de seconde en seconde, il peut y avoir des cas où leurs parties proportionnelles ne peuvent que difficilement être prises à vue.*

*Le quatrième terme de la proportion, demandé en { temps / degrés }, correspond à la { différence / somme } des deux logarithmes proportionnels pris dans cette table. — On trouvera ci-après plusieurs exemples de ces petits calculs.*

TABLE XV. — *Correction atmosphérique à appliquer à chaque angle auxiliaire de la table XII.*

*Cette correction, dont on a pu voir un exemple page 407, n'est pas nécessaire quand la distance apparente et la somme des hauteurs sont l'une et l'autre de 90 degrés, parce qu'alors 34 minutes d'erreur dans l'angle auxiliaire n'altèrent aucunement le nombre I ou III (en ce cas égal à zéro ou à deux rayons, comme on peut le voir page 221). Mais partout ailleurs elle est d'autant plus indispensable que la distance apparente et la somme des hauteurs sont plus petites; et qu'en certains cas son omission pourrait occasionner des erreurs d'au moins deux minutes sur la réduction et par conséquent de plus d'un degré sur la longitude (3). — Elle peut, du reste, se prendre indifféremment au moyen de la situation du thermomètre et du baromètre français ou anglais, et pour cela les hauteurs et la distance des deux astres ne sont heureusement d'aucune considération (5).*  TABLE XVI.

---

constant quantity ( viz, by 0,301030 the logarithm of 2 ), it follows that the atmospherical corrections, given by the *Connaissance des Temps*, which are proper for these differences, are equally so for these cosines. — 2° When these corrections must be applied to the sum of the logarithmic differences of two stars, they are necessarily equal to twice the corrections indicated by the *Connaissance des Temps* for a single star. — 3° To convert these corrections into seconds of the auxiliary angles, we might easily take advantage of this circumstance that the differences of logarithmic cosines of the said angles may be, without any sensible error, considered as constant ( and generally equal to 37 ten-millionth of a unit for a second ). — Now, the double of the correction indicated by the *Connaissance des Temps*, for every degree of the *centigrade* thermometer, would be ten ten-millionth; but on making the calculation again, we find

(5) *V. d'autre part.*  it only

TABLE XVI. — *Variation in the reduction*, according to the apparent distance and the two altitudes, for a barometrical change of 1 ½ inch ( = 38 millimètres ), or a thermometrical change of 24°,75 of Fahrenheit ( = 13°,75 centigrades ).

*The construction of this and the following tables, has not only in view to complete, by a *second* means, *M. de Mendoza's* principal method, as to the accuracy, but also to simplify notably all the possible methods for reducing the Lunar Distances : and that, by suppressing every other atmospherical correction, for the auxiliary angle and the two altitudes; ( that is to say, every correction found separately in tables VI. and XV.)*

*In each of the short tables which compose table XVI., the numbers of seconds of variation in the reduction, are found by means of three arguments, viz: with *the second altitude* ( which is commonly *the lesser*, bottom argument); with the apparent distance at the top of the table, and with the *first* or *greater* altitude on the left. — The variation required, being found in the same line as the first altitude, is to be corrected only on account of differences of the second altitudes, and rarely on account of the other differences, as may be seen by the table itself.*

*Thus, for example, for 40° 15' of apparent distance, 41° 50' and 7° 30' of first and second altitude, we find, first, page 373, for 40° of distance 42° and 7° of altitude, 17 seconds of variation in the reduction : and 2 dly, in the short table following, for the same distance, 42° and 8° of altitude, only 15 seconds. The difference — 2 seconds, being that corresponding to an augmentation of one degree in the second altitude, for an augmentation of 30 minutes, the proportional part is therefore, one second, to be subtracted from the above 17 seconds, and the variation required is then definitively 16 seconds : (because the 10 minutes less in the first altitude and the 15 minutes more in the

it only 9,2 for the middle altitude of 45 degrees ; (and even 9, 0 for many other altitudes above 10 degrees, the corrections below this limit being still less. — Then, by dividing these 9, 2 by 37, the quotient is 0″,25 = correction for every degree of the centigrade thermometer. — In the same manner, by dividing 3, 2 (= twice the barometrical correction indicated by the *Connaissance des Temps*), by 37, we find 0″,0865 by *millimètre*, and for five *millimètres* 0″,4325.... Such are really the two quantities ( 0″,25 and 0″,4325 ) which variously combined have been used in the construction of this new table : and if *M. de Mendoza* who, to complete his excellent method, was so much in want of such a table, could not find that very facile construction, it must be imputed to his not having lived long enough, to be acquainted with the ingenious means indicated by *M. Burckhardt* to correct the logarithmic differences ( likewise on account of the actual weight and temperature of the atmosphere).—The best proof, in fact, that our learned author could not surmount this little difficulty, is that, in the numerous applications he has given of his useful tables, he has taken great care not to speak of such corrections, which incompletely made (by means of his table V. or our table VI. ), could alter much the exactness of his *results* ( see if necessary note 2 page 409 , and our *Essai* pages 151 and 153 ).*

(5) *La construction de cette table est fondée sur ce que : 1° le logarithme cosinus d'un angle auxiliaire étant égal à la somme des différences logarithmiques des deux astres, diminuée de 0,301030, logarithme de 2, il s'ensuit que les corrections atmosphériques qui conviennent à ces différences, conviennent également à ce cosinus.

2° Ces corrections, quand elles doivent s'appliquer à la somme des différences logarithmiques de deux astres comparés, sont nécessairement doubles de celles indiquées par la *Connaissance des Temps*, pour un seul astre.                                        3° Et enfin,

---

TABLE XVI. — *Variation de réduction*, selon la distance et les deux hauteurs apparentes, *pour un changement barométrique de* 38 *millimètres* (= 1 ½ inch ), *ou pour un changement therm.* de 13°,75 *centigrades* (= 24°,75 de Fahrenheit ).

*La construction de cette table et de celle qui la suit, n'a pas seulement pour but de compléter, sous le rapport de la précision et par un *second* moyen, la principale méthode de *M. de Mendoza*, elle a aussi pour objet de simplifier assez notablement toutes les méthodes de réduction possibles, et ce, en supprimant toute minutieuse correction *atmosphérique*, tant de l'angle auxiliaire que des deux hauteurs ; ( c'est-à-dire toute correction prise séparément dans les tables VI et XV).*

*Dans chacune des petites tables qui composent cette table XVI, les nombres de secondes de la variation de réduction se prennent d'ailleurs au moyen de trois argumens, savoir : 1° à l'aide de la seconde des deux hauteurs qui, le plus ordinairement, est la plus petite des deux ( argument inférieur ); 2° au moyen de la distance apparente ( argument supérieur ); 3° et enfin, sur la même ligne que la première hauteur ( argument latéral à gauche ), on trouve la variation demandée; ( que l'on corrige, au besoin, à raison des différences de la plus petite des deux hauteurs, et très-rarement à raison des autres différences, comme on peut le voir par ces petites tables mêmes ).*

* Ainsi, par exemple, pour 35° 45' de distance apparente, 40° 9' et 6° 20' de première et de seconde hauteur, on trouve d'abord, page 372, pour 36 degrés de distance, 40 et 6 degrés de hauteur, 20 secondes de variation de réduction ; puis dans la petite table suivante, pour la même distance, pour 40 et 7 degrés de hauteur, seulement 17 secondes. La différence, *moins 3 secondes*, étant celle correspondante à une augmentation d'un degré dans la seconde hauteur, pour une augmentation de 20 minutes, on a donc une seconde à retrancher des 20 secondes ci-dessus, et la variation demandée est donc de 19 secondes; car les 9 minutes de plus dans la première hauteur et les 15 minutes de moins dans la distance, ne changent presque rien au résultat; c'est pourquoi nous avons pu restreindre, dans d'assez étroites limites, la construction de toutes ces petites tables ( dont nous augmenterons par la suite le degré de précision, si faire se peut, en recalculant leurs nombres au dixième de seconde ). — Quant aux signes négatifs qu'on y remarque çà et là, ils avertissent, premièrement, que la dernière variation de chaque colonne correspond à

---

3° Et enfin, *pour convertir ces mêmes corrections en secondes des angles auxiliaires*, on a dû profiter de ce que les *différences des logarithmes cosinus desdits angles peuvent, sans erreur sensible, être considérées comme constantes* ( et généralement égales à 37 dix-millionièmes d'unité par seconde).

Or, le double de la correction indiquée par la *Connaissance des Temps*, pour chaque degré du thermomètre centigrade, serait de 10 dix-millionièmes; mais, en recalculant cette quantité, nous ne la trouvons que de 9,2 pour la hauteur moyenne de 45 degrés; (et même que de 9,0 pour bon nombre de hauteurs supérieures à 10 degrés, les corrections au-dessous de cette limite étant encore plus faibles ).

En divisant donc ces 9,2 par 37, il vient 0″,25 de correction pour chaque degré du thermomètre centigrade. Pareillement, en divisant 3,2 ( double de la correction barométrique indiquée par la *Connaissance des Temps*) par 37, on a 0″,0865 par millimètre, et pour cinq millimètres 0″,4325. Telles sont effectivement les deux quantités (0″,25 et 0″,4325) qui, diversement combinées, ont servi à la construction

in the distance, occasion but very little change in the result.—As to the *negative* signs, printed in the columns under the numbers, they denote, first, that the last variation in each column corresponds to a first altitude *lesser* than that really indicated; (because the Lunar Distance cannot be less than the difference between the two altitudes). And, secondly, that this variation is the greatest possible in this same column. — It is to diminish the length of table XVI., that the numbers corresponding to the lowest second altitudes have been disposed in two parts. — Finally, these variations of reduction (carefully verified as to their *maxima* and *minima* and generally found accurate), have been collected in the great english tables which bear the name of *Shepherd* (and were constructed about 1772, by *MM. Lyons, Parkinson* and *Williams*, according to the celebrated method of the former).*

TABLE XVII. — *Corrections to be applied* to the Lunar Distances *which have been reduced without considering the situations of the thermometer and barometer.**

*The using of this table is similar to that of table VI., except that instead of entering it by means of the apparent altitude for lateral argument, we enter it by means of the variation in reduction (found in table XVI.) — In fact, this using permits us to avoid the two proportions or the proportional parts necessitated by *M. Lyons'* method.*

TABLE XVIII. — *Sums of the same atmospherical corrections, for a change of* one second *in the variation of reduction.**

* In this particular case, the table gives, to a hundredth of a second, the sum of the two corrections which must be taken separately out of table XVII.; but in every other case, as to attain the same end, we must multiply this sum by the number of seconds of variation taken out of table XVI., which would sometimes occasion some error, we purpose to obviate it, by computing as many similar tables, as there may be seconds in this variation; (that is to say 32 tables, if the mariners continue to observe the *Luni-Solar* distances only as far as 120 degrees; and about 40, if they wish to observe them as far as 160 degrees).*                TABLE XIX.

---

truction de cette Table XV; et on peut la considérer comme d'autant plus rigoureuse que, la correction y indiquée pour l'angle auxiliaire fût-elle un *maximum* de 16 secondes, l'erreur s'élèverait à peine à $0'',2$. Si pourtant on voulait encore en tenir compte, il n'y aurait qu'à multiplier cette correction par l'un des facteurs suivans, selon le cas.

*Angles auxiliaires de 60 degrés, plus les minutes que voici:*

| Angle A=60° | +0′ | +5′ | +10′ | +15′ | +20′ | +25′ | +30′ | +34′ |
|---|---|---|---|---|---|---|---|---|
| Facteurs. . . | 1,014 | 1,011 | 1,008 | 1,004 | 1,000 | 0,997 | 0,994 | 0,992 |

Enfin, si *M. de Mendoza* qui, pour compléter son excellente méthode, avait tant besoin d'une pareille table, n'en a pu trouver la très-facile construction, il faut l'attribuer, selon toute apparence, à ce qu'il n'a pas assez vécu pour connaître l'ingénieux moyen indiqué par *M. Burckhardt*, pour corriger les différences logarithmiques (également à raison des changemens de température et de poids de l'atmosphère). La preuve, au *surplus*, que notre savant auteur n'a pu triompher de cette petite difficulté, c'est que dans les nombreuses applications qu'il a données de ses tables, il s'est bien gardé de parler de semblables corrections qui, incomplètement faites d'après sa table V ou notre table VI, pouvaient beaucoup altérer la précision de ses résultats. ( Voir au besoin note 3 page 409, et notre *Essai* pages 151 et 153. )*

(1) * Un changement barométrique de 38 millimètres, aux environs de la pression moyenne $0^m,760$ ( c'est-à-dire compté de $0^m,741$

---

pond à une première hauteur plus petite que celle réellement indiquée dans la colonne de gauche; (parce que cette colonne offre des lacunes dans les nombres de degrés, et que la distance apparente ne saurait être moindre que la différence des deux hauteurs); et secondement, que cette variation dans sa colonne est un *maximum*.
— C'est pour diminuer encore l'étendue de cette table que les nombres correspondans aux plus petites des secondes hauteurs ont été disposés en deux parties. — Au surplus, ces *variations de réduction* (soigneusement vérifiées, quant à leur *maxima* et *minima*, et, à peu d'exceptions près, trouvées très-rigoureuses), ont été recueillies dans les grandes tables anglaises qui portent le nom de *Shepherd* et qui, d'après cet auteur, furent construites vers 1772, par *MM. Parkinson, Williams* et *Lyons*, d'après la célèbre méthode de ce dernier.*

TABLE XVII. — *Corrections à appliquer* aux distances *qui ont été réduites sans tenir compte de la température et du poids de l'atmosphère.**

* L'usage de cette table est semblable à celui de la table VI, à cela près qu'au lieu d'y entrer au moyen de la hauteur apparente pour argument latéral, on y entre au moyen de la variation de réduction ( prise dans la table XVI ). — Cet usage permet d'ailleurs d'éviter les deux proportions ou les parties proportionnelles exigées par la méthode de *Lyons* (1).*

TABLE XVIII. — *Sommes des mêmes corrections atmosphériques, pour un changement* d'une seconde *dans la variation de réduction.**

* En ce cas particulier, la table donne, au centième de seconde, la somme des deux corrections qu'il faut prendre séparément dans la table XVII; mais, en tout autre cas, comme pour arriver au même but, il faudrait multiplier cette somme par le nombre de secondes de la variation prise dans la table XVI, ce qui parfois serait sujet à erreur, on se propose d'y obvier en construisant autant de pareilles tables qu'il peut y avoir de secondes dans cette variation (c'est-à-dire, 32 tables, si on continue à n'observer les distances Luni-Solaires que jusqu'à 120 degrés, et environ 40, si on veut les observer jusqu'à 160 degrés ).                TABLE XIX.

---

à $0^m,779$ ), faisant varier le facteur barométrique de 0,0500, il s'ensuit qu'autant de fois cette quantité se trouvera comprise dans ledit facteur ( ou s'il est *négatif* dans son complément) autant de fois il faudra répéter la variation de réduction, en plus ou en moins, *pour avoir l'une des corrections indiquées par cette table...* Veut-on, par exemple, celle correspondante à 40 secondes de variation de réduction et à 50 degrés du thermomètre centigrade? Le logarithme facteur donné par la table VII étant 9,93828, le facteur négatif ou fractionnaire est 0,86752 dont le complément 0,13248 étant divisé par 0,05, donne pour quotient 2,6496. Or, en multipliant celui-ci par 40 (nombre de secondes de la variation de réduction, qui n'est que rarement aussi forte), on a pour produit $105'',98$ ou $106'',0$ comme dans la table.... En supposant donc que ce soit là le *maximum* approché de la correction thermométrique, si on y ajoute $42'',0$ pour le *maximum* approché de la correction barométrique, on a pour somme *deux minutes 32 secondes de correction à appliquer aux distances*; et dès-lors, en négligeant cette correction, comme on le fait trop souvent, on s'expose à commettre une erreur sur la longitude dont le *maximum* peut être *d'un degré et quart* ( et qui a lieu quand la distance étant très-grande la somme des hauteurs est aussi un *maximum*). — Bien que les nombres de la table XVII soient disposés comme ceux de la table VI, ils sont moins sujets à l'inconvénient signalé page 404 note 3; parce que le *maximum* de variation est un facteur bien plus petit que celui résultant des moyennes réfractions *circonhorizontales*.*

TABLE XIX. — *Logarithmic Sums, to abridge the two short calculations of M. de Borda , for correcting the Lunar Distances on account of the spheroidal figure of the Earth.*

1. *Reduce the Lunar Distance ( *Problem XIII.*), by means of the Moon's horizontal parallax , *augmented* by the correction found in table III (2).*

2. *With the latitude of the place and the *second star's* declination, for arguments , take out of table XIX. a first logarithmic sum , and also three proportional parts *additive* , viz , for the minutes both of declination and latitude , for the minutes and seconds of *equatorial* parallax (4).*

3. *With the same latitude and the *Moon's* declination , for arguments , take a second logarithmic sum and three proportional parts , just in the same manner.*

4. *To the first logarithmic sum ( *total* ), add the logarithmic cosecant of the apparent distance ( *table XXIII.* ) and the result will be the logarithm of the first correction of the above *reduced* distance.*

5. *To the second logarithmic sum ( also *total* ) , add the cotangent of the apparent distance , and you will have the logarithm of the second correction of the same *reduced* distance.*

6. *Now , to apply properly these two corrections , here is the equivalent of the rules given by *M. de Borda* :—The first correction, generally *additive*, can become *subtractive* only if the latitude of the place and the declination of the second star are of a different denomination. — The second correction , equally *additive* , may become *subtractive* , either in the same case of a different denomination , or when the apparent distance is less than 90 degrees; but if these two cases take place at the same time , this second correction becomes *additive* again.*

* To complete these rules immediately, here follows an anticipated application of them.*

* November 3 ,

(1) Il est bon de rappeler ici , que cette partie de la méthode de *M. de Borda* a été trouvée bien digne de cet illustre auteur, par des savans très-capables de l'apprécier, et notamment par *MM. du Bourguet*, page 424 de sa Navigation , et *V. Caillet*, professeur de sciences à l'École navale , qui , en outre , a eu l'extrême obligeance de faciliter nos recherches à ce sujet, comme on le verra plus particulièrement note 6, ci-après.

(2) *In the *ordinary* reducing of the Lunar Distances, this correction is always *subtractive* , as it is well known.*

(3) *Dans la réduction *ordinaire* des distances, cette correction est toujours *soustractive*, comme on sait.*

(4) *As far as 29 degrees, the proportional parts for the minutes of latitude are the same as for those of declination... ( The ellipticity of the earth being supposed , by *M. Arago*, to be one 300 *th.*)*

(5) * Jusqu'à 29 degrés, les parties proportionnelles pour les minutes de latitude sont les mêmes que pour celles de déclinaison, et ensuite celles pour la latitude sont au bas de la table. — Pour un seul degré de latitude et autant de déclinaison on aurait 7,801 de somme logarithmique, qu'il n'a pas été possible d'imprimer en son

lieu

---

TABLE XIX. — *Sommes logarithmiques, pour abréger les deux petits calculs de M. de Borda , quand il s'agit de corriger les distances à raison de l'aplatissement de la Terre (1).*

1. * Réduisez la distance ( *Problême XIII* ) en employant la parallaxe horizontale de la Lune, *augmentée* de la correction prise dans la table III (3).*

2.*Au moyen de la latitude du lieu et de la déclinaison *du second astre*, pour argumens, prenez dans la table XIX une première somme logarithmique, ainsi que trois parties proportionnelles additives , savoir, pour les minutes tant de déclinaison que de latitude, pour les minutes et secondes de parallaxe *équatoriale* (5).*

3. *Au moyen de la même latitude et de la déclinaison *de la Lune* , pour argumens, prenez une seconde somme logarithmique et trois parties proportionnelles , absolument de la même manière.*

4. *A la première somme logarithmique ( *totale* ) , ajoutez le logarithme cosécante de la distance apparente ( *table XXIII*), et le résultat sera le logarithme de la première correction à opérer sur la distance *réduite* ( comme on l'a indiqué ci-dessus ).*

5. *A la seconde somme logarithmique (aussi *totale*) , ajoutez la cotangente de la distance apparente, et vous aurez le logarithme de la seconde correction à opérer sur la même distance *réduite*.*

6. *Maintenant, pour bien appliquer ces deux corrections , voici l'équivalent des règles enseignées par *M. de Borda* : —La première correction, généralement *additive* , ne peut devenir *soustractive* que si la latitude du lieu et la déclinaison du second astre sont de différente dénomination. — La seconde correction , également *additive* , devient *soustractive*, soit dans le même cas d'une différente dénomination, soit quand la distance apparente est plus petite que 90 degrés ; mais si ces deux cas ont lieu en même temps, cette seconde correction redevient *additive* (6).*

* Pour compléter immédiatement ces principes , en voici une application anticipée.*

* Le 5 Septembre

lieu sans nuire à la simplicité de la table. Au surplus, le *maximum* de la correction qui pourrait en résulter serait toujours très-petit , et on peut en dire autant des autres cas où la déclinaison étant au-dessous d'un degré , il n'a pas été possible non plus de donner ses parties proportionnelles. Si pourtant on voulait y avoir égard , au logarithme constant 1,318 , il faudrait joindre les logarithmes sinus de la déclinaison et de la latitude, ainsi que la partie proportionnelle donnée par la table pour la parallaxe *équatoriale*, et on aurait, comme précédemment, la somme logarithmique voulue. ( Aplatissement supposé d'un 306 ème, d'après *M. Arago* ). *

(6) D'après l'ouvrage de *M. de Borda*, la formule qui donne l'ensemble de ces deux corrections reviendrait à $2\,p\,a\,\sin L\,(\dfrac{\sin N}{\sin D} - \cot D \sin M)$; mais *M. Caillet* ayant bien voulu , à ma demande, examiner s'il n'y aurait pas là quelque faute d'impression, a trouvé qu'en effet les lettres M et N ayant été transposées dans les dernières réductions de cette formule, elle devait être rectifiée , *conformément à l'application*

*tion*

* November 3, 1836, latitude 75° 50' S, the apparent distance of the Moon's centre from Venus being 19"31', Venus' declination 2°7', that of the Moon 12°47' (both N), and the horizontal parallax 55'53" (not corrected by means of Table III.): the two corrections of the reduced distance are required?

*First correction.*

For { 75° 0' lat. 2° 0' declin. 9.846
       0.50 id.     pp.   2
            0.7 id. pp.   25
       0.55'53"h. parall. pp.   23

App. dist. 19" 31' log. cosec. 0.476
Sum = log. of first corr."n 0.372
First correction (*subtractive*) 2",4

*Second correction.*

For { 75° 0' lat. 12° 0' decl. 0.621
       0. 50 id.     pp.   2
            0.47 id. pp.   27
       0.55'53' h. parall. pp.   23

App. dist. 19" 31' log. cot. 0.430
Sum = log. of second corr."n 1.123
Second corr."n ( *additive* ). 13",3

Therefore, the total correction to be added to the reduced distance is 13",3 — 2",4 = 10",9.

( As to the logarithms of numbers and of cotangents, which are wanted to make this calculation, see the following page. ) *

TABLE XX. — *To correct the observed time at Greenwich, on account of the second differences of the Lunar Distances, given by the Nautical Almanac (1).*

* This time, when deduced from the observation of Lunar Distances (by means of the proportional logarithms), can be of great accuracy, only if the second differences are null or nearly so : but it may be corrected as follows. *

1. * Conformably to the rules taught by the *Connaissance des Temps*, give the sign + to the three first differences when the distances increase, and the sign — when they decrease.... The second differences will have the same sign as the first, when these last increase, and a contrary sign when they decrease *

2. * With the time at Greenwich for lateral argument

---

*tion numérique de l'auteur*, ainsi qu'il suit : 2 *p a* sin L ( sin M / sin D — cot D sin N), ou 2 *p a* sin L ( sin M coséc D — sin N cot D); *p* étant d'ailleurs la parallaxe équatoriale, *a* l'aplatissement supposé, L la latitude du lieu, M la déclinaison du second astre, N celle de la Lune, et D la distance apparente. D'où l'on voit que cette nouvelle table XIX donne les différentes sommes logarithmiques de 2 *p a* sin L sin M, ou sin N, à volonté ; c'est-à-dire, les trois premiers logarithmes des deux petits calculs de *M. de Borda* (en ayant même égard à tous les changemens de parallaxe au lieu de s'en tenir, comme lui, à la parallaxe moyenne de 57 minutes)... Les tables XIII et XIV de *M. de Mendoza* ( que nous n'avons pas reproduites, parce qu'il a négligé d'en faire connaître l'usage), avaient sans doute la même destination, puisque la table XIII, par exemple, est intitulée : *Corrections, to be added to the Lunar Distances, on account of the spheroidal figure of the Earth...* D'après *M. Cuillet*, ces deux tables ont dû être basées sur la formule 2 *p a* sin L cos N —

$$4\,p\,a\,\sin L \;\frac{\sin\!\left(\dfrac{☆ + ☾ + \mathrm{D}}{2} - ☾\right)\sin\!\left(\dfrac{☆ + ☾ + \mathrm{D}}{2} - \mathrm{D}\right)}{\sin \mathrm{D}}$$ ; la table

XIII donnant le premier terme évalué en secondes de degré, et la table XIV le logarithme de 4 *p a* sin L pour servir au calcul ( assez long ) du second terme : les signes ☆ et ☾ indiquant les distances polaires des deux astres observés, et l'aplatissement ayant été supposé par l'auteur d'un 321ᵐᵉ ( ce qui conduit au nombre constant 21",3 au lieu de celui 34" trouvé par *M. de Borda* pour un aplatissement d'un 200ᵐᵉ. )... Du reste, que la parallaxe soit donnée pour l'équateur comme elle l'est aujourd'hui, ou bien pour Paris comme elle l'était autrefois, ces deux formules, basées sur les mêmes principes, n'éprouvent pas le moindre changement.

Au surplus,

---

* Le 5 Septembre 1836, par les 75° 40' de latitude nord, la distance apparente de la Lune à Vénus étant de 20"10', la déclinaison de la Lune de 27°10', celle de Vénus de 15" 16' (toutes deux boréales), et la parallaxe horizontale de 54'22" ( non corrigée par la Table III) , on demande les deux corrections d'aplatissement ?

*Première correction.*

Pour { 75° 0'lat° et 15° 0' décl. 0.716
         0.40 id.     pp.   1
              0.16 id. pp.   7
         0.54'22" de parall. pp.   11

Dist. app. 20"10' log. cosec. 0.462
Som.=log. de la 1re corr."n 1.197
Première corr."n(*positive*). 15",7

*Deuxième correction.*

Pour { 75° 0'lat° et27°0' décl. 0.960
         0.40 id.     pp.   1
              0.14 id. pp.   3
         0°54'22" de parall. pp.   11

Distance app. 20"10'log. cot. 0.435
Som = log. de la 2e corr."n 1.410
Seconde corr."n (*négative*). 25",7

Donc, correction totale 15",7 — 25",7 = — 10",0

Dont il faudrait, en ce cas, diminuer la distance réduite.

( Quant aux logarithmes des nombres et des cotangentes qui manquent pour faire ce calcul, v. d'autre part ). *

TABLE XX. — *Pour corriger l'heure de Paris, à raison des secondes différences des distances annoncées par la Connaissance des Temps (2).*

* Cette heure, en se déduisant de l'observation des distances ( à l'aide des logarithmes proportionnels ), ne peut être de la dernière précision que si les différences secondes sont à-peu-près nulles : elle peut d'ailleurs se corriger ainsi qu'il suit. *

1. * Conformément aux règles enseignées par la *Connaissance des Temps*, donnez le signe + aux trois différences premières, quand les distances vont en augmentant, et le signe — quand elles vont en diminuant.... Les secondes différences seront de même signe que les premières, quand celles-ci croîtront, et de signe contraire quand elles décroîtront. *

2. * Avec l'heure de Paris pour argument latéral

---

Au surplus, toutes ces corrections d'aplatissement n'ont guère été jusqu'à présent, pour les marins, qu'un objet de pure curiosité ; soit parce que leur somme ne pouvant s'élever qu'à dix ou douze secondes au plus (quand les distances ne sont pas très-grande-), on ne risque pas grand'chose en les négligeant ; soit à raison de ce que pour les opérer par quelqu'une des laborieuses méthodes qu'on a tenté de mettre à la place de celle de *M. de Borda*, il a fallu se résoudre à l'emploi d'un trop grand nombre de logarithmes, joint à celui des angles de la verticale et des azimuths observés ou calculés, comme nous l'avons déjà dit.... L'emploi de ces angles, sans doute très-avantageux dans le calcul des parallaxes, comme l'a écrit *M. Delambre*, a même un assez grand inconvénient dans le calcul des hauteurs destinées à la réduction des distances : c'est que toutes les tables de réfraction étant calculées par rapport à l'horizon ou au zénith apparent, on ne sait vraiment plus comment s'en servir pour corriger, *avec précision*, de semblables hauteurs qui, se trouvant rapportées à un plan perpendiculaire au rayon terrestre, affectent toute sorte d'azimuths. En effet, la différence de onze minutes qui peut exister dans l'évaluation des deux hauteurs vraies d'un même astre, ne peut manquer d'occasionner une notable incertitude sur la véritable réfraction à employer ( surtout si ces hauteurs sont très-petites )... Rien de pareil dans la méthode de *M. de Borda*, qui conduit promptement à des résultats très-précis ; mais qui, à raison de ce que la correction de parallaxe y est prise en sens contraire, donne nécessairement pour les distances des corrections plus fortes que les autres méthodes.

(1) * This table and the rules which follow it have been deduced from those inserted in the *Annales Maritimes* for the year 1828, by *M. A. Le Huen*, Examiner of the Royal Navy. *

(2) *Cette table, ainsi que les règles qui l'accompagnent, ont été déduites de celles que *M. A. Le Huen*, Examinateur de la Marine, a fait insérer dans les *Annales Maritimes* de 1828.*

ment (1) , and half the sum of the two second differences for top argument , take out of table XX., a
correction in seconds of degree , which would be
that to be applied to the true distance if , having
calculated it by means of table XIV., the question was
of correcting it on the same account (3). *

3. * Instead of that, multiply this correction by
the factor taken out of table XX. ( which will be
found by means of the first difference used in the
calculation of the time at Greenwich ), and you will
have , in seconds of time , the correction required. *

4. * This last correction will be applied to the
time at Greenwich , conformably to the sign of the
second

ral (2) , et la demi-somme des deux secondes différences pour argument supérieur , prenez dans cette
table XX , une correction en secondes de degré , qui
serait celle à appliquer à la distance si , l'ayant calculée à l'aide de la table XIV , on se proposait de la
corriger pareillement (4).*

3. * Au lieu de cela , multipliez cette correction
par le facteur de la table XX (que vous aurez trouvé ,
au moyen de la différence première des distances
ayant servi au calcul de l'heure de Paris), et vous
aurez en secondes de temps la correction demandée. *

4. * Cette dernière correction s'appliquera à l'heure
de Paris , conformément au signe de la différence
seconde

(1) * This apparent time must be first diminished by all the multiples of three hours it may contain. *

(2) *Cette heure devra, comme de raison, être préalablement dimi-nuée de tous les multiples de 3 heures qu'elle pourra contenir.*

(3) * In this case, the correction would be of a contrary sign with that of the mean second difference.*

(4) * En ce cas, la correction serait de signe opposé à celui de la seconde différence moyenne , comme on sait. *

Logarithmic cotangents, from 1 to 179 degrees (*for the preceding computation, page 413*). — Logarithmes des cotangentes comprises entre 1 et 179 dégrés (pour le précédent calcul , page 413).

| Degrees. | | Cotang. | For 10' | Degrés. | | Cotang. | Pour 10' | Degrees. | | Cotang. | For 10' |
|---|---|---|---|---|---|---|---|---|---|---|---|
| 1 | 179 | 1.758 | 50,2 | 16 | 164 | 0.543 | 4,6 | 31 | 149 | 0.221 | 2,8 |
| 2 | 178 | 1.457 | 29,4 | 17 | 163 | 0.515 | 4,4 | 32 | 148 | 0.204 | 2,8 |
| 3 | 177 | 1.281 | 20,9 | 18 | 162 | 0.488 | 4,2 | 33 | 147 | 0.187 | 2,7 |
| 4 | 176 | 1.155 | 16,2 | 19 | 161 | 0.463 | 4,0 | 34 | 146 | 0.171 | 2,7 |
| 5 | 175 | 1.058 | 13,3 | 20 | 160 | 0.439 | 3,8 | 35 | 145 | 0.155 | 2,7 |
| 6 | 174 | 0.978 | 11,3 | 21 | 159 | 0.416 | 3,7 | 36 | 144 | 0.139 | 2,7 |
| 7 | 173 | 0.911 | 9,8 | 22 | 158 | 0.394 | 3,6 | 37 | 143 | 0.123 | 2,6 |
| 8 | 172 | 0.852 | 8,7 | 23 | 157 | 0.372 | 3,5 | 38 | 142 | 0.107 | 2,6 |
| 9 | 171 | 0.800 | 7,8 | 24 | 156 | 0.351 | 3,4 | 39 | 141 | 0.092 | 2,6 |
| 10 | 170 | 0.754 | 7,1 | 25 | 155 | 0.331 | 3,3 | 40 | 140 | 0.076 | 2,6 |
| 11 | 169 | 0.711 | 6,5 | 26 | 154 | 0.312 | 3,2 | 41 | 139 | 0.061 | 2,6 |
| 12 | 168 | 0.673 | 6,0 | 27 | 153 | 0.293 | 3,1 | 42 | 138 | 0.046 | 2,5 |
| 13 | 167 | 0.637 | 5,6 | 28 | 152 | 0.274 | 3,0 | 43 | 137 | 0.030 | 2,5 |
| 14 | 166 | 0.603 | 5,2 | 29 | 151 | 0.256 | 2,9 | 44 | 136 | 0.015 | 2,5 |
| 15 | 165 | 0.572 | 4,9 | 30 | 150 | 0.239 | 2,9 | 45 | 135 | 0.000 | 2,5 |

| Degrés. | | Cotang. | Pour 10' | Degrees. | | Cotang. | For 10' | Degrés. | | Cotang. | Pour 10' |
|---|---|---|---|---|---|---|---|---|---|---|---|
| 46 | 134 | 9.985 | 2,5 | 61 | 119 | 9.744 | 3,0 | 76 | 104 | 9.397 | 5,6 |
| 47 | 133 | 9.970 | 2,5 | 62 | 118 | 9.726 | 3,1 | 77 | 103 | 9.363 | 6,0 |
| 48 | 132 | 9.954 | 2,5 | 63 | 117 | 9.707 | 3,2 | 78 | 102 | 9.327 | 6,5 |
| 49 | 131 | 9.939 | 2,5 | 64 | 116 | 9.688 | 3,3 | 79 | 101 | 9.289 | 7,1 |
| 50 | 130 | 9.924 | 2,6 | 65 | 115 | 9.669 | 3,4 | 80 | 100 | 9.246 | 7,8 |
| 51 | 129 | 9.908 | 2,6 | 66 | 114 | 9.649 | 3,5 | 81 | 99 | 9.200 | 8,7 |
| 52 | 128 | 9.893 | 2,6 | 67 | 113 | 9.628 | 3,6 | 82 | 98 | 9.148 | 9,8 |
| 53 | 127 | 9.877 | 2,6 | 68 | 112 | 9.606 | 3,7 | 83 | 97 | 9.089 | 11,3 |
| 54 | 126 | 9.861 | 2,6 | 69 | 111 | 9.584 | 3,8 | 84 | 96 | 9.022 | 13,3 |
| 55 | 125 | 9.845 | 2,7 | 70 | 110 | 9.561 | 4,0 | 85 | 95 | 8.942 | 16,2 |
| 56 | 124 | 9.829 | 2,7 | 71 | 109 | 9.537 | 4,2 | 86 | 94 | 8.845 | 20,9 |
| 57 | 123 | 9.813 | 2,7 | 72 | 108 | 9.512 | 4,4 | 87 | 93 | 8.719 | 29,4 |
| 58 | 122 | 9.796 | 2,8 | 73 | 107 | 9.485 | 4,6 | 88 | 92 | 8.543 | 50,2 |
| 59 | 121 | 9.779 | 2,8 | 74 | 106 | 9.457 | 4,9 | 89 | 91 | 8.242 | ....... |
| 60 | 120 | 9.761 | 2,9 | 75 | 105 | 9.428 | 5,2 | 90 | 90 | ....... | ....... |

Logarithms of numbers, from 0 to 309 (*or from 0″ to 30″, 9*) for the same computation. — Logarithmes des nombres, de 0 à 309 ( ou de 0′ à 30″,9 ) pour le même calcul.

Argument : *units or*, by diminishing the characteristic by one unit, *tenths of a second.* — Argument : unités ou, *en diminuant la caractéristique d'une unité*, dixièmes de seconde.

| Ten. | 0 | 1 | 2 | 3 | 4 | 5 | 6 | 7 | 8 | 9 |
|---|---|---|---|---|---|---|---|---|---|---|
| 0 | Inf. n | 0.000 | 0.301 | 0.477 | 0.602 | 0.699 | 0.778 | 0.845 | 0.903 | 0.954 |
| 1 | 1.000 | 1.041 | 1.079 | 1.114 | 1.146 | 1.176 | 1.204 | 1.230 | 1.255 | 1.279 |
| 2 | 1.301 | 1.322 | 1.342 | 1.362 | 1.380 | 1.398 | 1.415 | 1.431 | 1.447 | 1.462 |
| 3 | 1.477 | 1.491 | 1.505 | 1.519 | 1.531 | 1.544 | 1.556 | 1.568 | 1.580 | 1.591 |
| 4 | 1.602 | 1.613 | 1.623 | 1.633 | 1.643 | 1.653 | 1.663 | 1.672 | 1.681 | 1.690 |
| 5 | 1.699 | 1.708 | 1.716 | 1.724 | 1.732 | 1.740 | 1.748 | 1.756 | 1.763 | 1.771 |
| 6 | 1.778 | 1.785 | 1.792 | 1.799 | 1.806 | 1.813 | 1.820 | 1.826 | 1.833 | 1.839 |
| 7 | 1.845 | 1.851 | 1.857 | 1.863 | 1.869 | 1.875 | 1.881 | 1.886 | 1.892 | 1.898 |
| 8 | 1.903 | 1.908 | 1.914 | 1.919 | 1.924 | 1.929 | 1.934 | 1.940 | 1.944 | 1.949 |
| 9 | 1.954 | 1.959 | 1.964 | 1.968 | 1.973 | 1.978 | 1.982 | 1.987 | 1.991 | 1.996 |
| 10 | 2.000 | 2.004 | 2.009 | 2.013 | 2.017 | 2.021 | 2.025 | 2.029 | 2.033 | 2.037 |
| 11 | 2.041 | 2.045 | 2.049 | 2.053 | 2.057 | 2.061 | 2.064 | 2.068 | 2.072 | 2.076 |
| 12 | 2.079 | 2.083 | 2.086 | 2.090 | 2.093 | 2.097 | 2.100 | 2.104 | 2.107 | 2.111 |
| 13 | 2.114 | 2.117 | 2.121 | 2.124 | 2.127 | 2.130 | 2.134 | 2.137 | 2.140 | 2.143 |
| 14 | 2.146 | 2.149 | 2.152 | 2.155 | 2.158 | 2.161 | 2.164 | 2.167 | 2.170 | 2.173 |
| 15 | 2.176 | 2.179 | 2.182 | 2.185 | 2.188 | 2.190 | 2.193 | 2.196 | 2.199 | 2.201 |

| Dixaines. | 0 | 1 | 2 | 3 | 4 | 5 | 6 | 7 | 8 | 9 |
|---|---|---|---|---|---|---|---|---|---|---|
| 15 | 2.176 | 2.179 | 2.182 | 2.185 | 2.188 | 2.190 | 2.193 | 2.196 | 2.199 | 2.201 |
| 16 | 2.204 | 2.207 | 2.210 | 2.212 | 2.215 | 2.217 | 2.220 | 2.223 | 2.225 | 2.228 |
| 17 | 2.230 | 2.233 | 2.236 | 2.238 | 2.241 | 2.243 | 2.246 | 2.248 | 2.250 | 2.253 |
| 18 | 2.255 | 2.258 | 2.260 | 2.262 | 2.265 | 2.267 | 2.270 | 2.272 | 2.274 | 2.276 |
| 19 | 2.279 | 2.281 | 2.283 | 2.286 | 2.288 | 2.290 | 2.292 | 2.294 | 2.297 | 2.299 |
| 20 | 2.301 | 2.303 | 2.305 | 2.307 | 2.310 | 2.312 | 2.314 | 2.316 | 2.318 | 2.320 |
| 21 | 2.322 | 2.324 | 2.326 | 2.328 | 2.330 | 2.332 | 2.334 | 2.336 | 2.338 | 2.340 |
| 22 | 2.342 | 2.344 | 2.346 | 2.348 | 2.350 | 2.352 | 2.354 | 2.356 | 2.358 | 2.360 |
| 23 | 2.362 | 2.364 | 2.365 | 2.367 | 2.369 | 2.371 | 2.373 | 2.375 | 2.376 | 2.378 |
| 24 | 2.380 | 2.382 | 2.384 | 2.386 | 2.387 | 2.389 | 2.391 | 2.393 | 2.394 | 2.396 |
| 25 | 2.398 | 2.400 | 2.401 | 2.403 | 2.405 | 2.407 | 2.408 | 2.410 | 2.412 | 2.413 |
| 26 | 2.415 | 2.417 | 2.418 | 2.420 | 2.422 | 2.423 | 2.425 | 2.427 | 2.428 | 2.430 |
| 27 | 2.431 | 2.433 | 2.435 | 2.436 | 2.438 | 2.439 | 2.441 | 2.442 | 2.444 | 2.446 |
| 28 | 2.447 | 2.449 | 2.450 | 2.452 | 2.453 | 2.455 | 2.456 | 2.458 | 2.459 | 2.461 |
| 29 | 2.462 | 2.464 | 2.465 | 2.467 | 2.468 | 2.470 | 2.471 | 2.473 | 2.474 | 2.476 |
| 30 | 2.477 | 2.479 | 2.480 | 2.481 | 2.483 | 2.484 | 2.486 | 2.487 | 2.489 | 2.490 |

second difference, or with a contrary sign, according as the first difference will be *positive* or *negative.* *

* *Example.* — July 3, 1832, the corrected distance of the ☽'s centre from the Spica of the Virgin having been found of 25° 3' 52",37, the corrected apparent time at Greenwich is required.

*Computation of the approximated apparent time at Greenwich.*

Corrected distance. . 25° 3' 52",37 diff. 0"48'52',63 prop. log. 56617
By the *Nautical* ⟩ 6 h. 25 52 45 00   id. 1 37 32 00   id. 26612
*Almanac at* ⟨ 9. . 24 15 13 00
App. time at Greenwich by approx⁰ⁿ 6h + 1h 30m 12s, 25=diff. 30005

*Computation of the required correction.*

| | | 1st diff. | 2d diff. | |
|---|---|---|---|---|
| Lunar Distances of the Nautical Almanac. | at 3 h. 27° 31' 8" | — 1° 38' 23" | + 51" | The mean |
| | 6   25 52 45 | — 1 37 32 | + 55 | + 53" |
| | 9   24 15 13 | — 1 36 37 | | |
| | Midnight 22 38 36 | | | |

For ⟨ 50" of second diff. and 1h 30m at Greenwich, table XX. 6',25
    ⟨ 3   idem.        idem. . . . . . . . . . 0, 38

For 1° 37' 32" the same table gives the factor 1,84 of the sum 6",63

The product 12s,2 of these two numbers is the required correction, and it must be subtracted from the apparent time at Greenwich, because the mean second difference being *positive*, the first difference is *negative*. Therefore, this corrected time is 6h + 1h 30m 12s,25 — 12s, 2 = 7h 30m 0s, nearly... This correction is one of the greatest that can be met with, by using now the Nautical Almanac, because the short distances, the variations of which would be more irregular, have been carefully rejected. *

TABLE XXI. — *Abridgment of a table of logarithmic versed, coversed, suversed, and sucoversed* (1).

*These logarithms have been contrived, by *M. de Mendoza*, to abridge the principal calculations of Nautical Astronomy, and namely those of apparent time, azimuth, and altitude, which, by this means, are really abridged nearly by half, as may be seen peculiarly page 429.*

»This table contains two arguments, one in parts of the circle, the other in time, and they extend as far as 180°, or 12ʰ.... The arguments *versed, coversed,* etc., refer to the degrees, and hours, which are indicated at the top, and bottom of the pages.... The lateral arguments, on the left, for degrees and minutes of the circle, and for the corresponding hours and minutes of time, are to be used with the respective arguments at the top for minutes or seconds; and the lateral arguments on the right, with the arguments at the bottom. Though each logarithm is given with only five decimal figures, the exactness of the results is generally sufficient to mariners. The characteristic and sometimes the first decimal figure being printed but twice in every line, the remaining figures

---

(1) »What I call here, for the sake of brevity, Logarithmic *versed*, etc., are the logarithms of half the versed-sine, etc. »

seconde moyenne, ou avec un signe *contraire*, selon que la différence première sera positive ou négative. *

*Exemple.* — Le 3 novembre 1836, la distance réduite de la Lune à Jupiter ayant été trouvée de 24° 21' 25",56, on demande l'heure de Paris corrigée ?

*Calcul de l'heure de Paris approchée, temps moyen.*

Distance réduite.   24° 21' 25" ,56   Diff. 0° 45'51" ,56 log. prop. 59385
*Conn.*ᶜᵉ ⟨ à 15 h. 23 35 34 00   Id. 1 31 51 00   idem. 29219
*des temps* ⟨ à 18   25 7 25 00
Temps moyen de Paris, approché, 15h + 1h 29m 52s, 12=diff. 30166

*Calcul de la correction demandée.*

| | | Diff. 1res. | | 2es. | |
|---|---|---|---|---|---|
| Distances de la *Connaissance des Temps* à | 12 h. 22° 4'16" | + 1" 31' 18" | | + 33 | moyenne + 31",5 |
| | 15   23 35 34 | + 1   31   51 | | + 30 | |
| | 18   25 7 25 | + 1   32   21 | | | |
| | 21   26 30 46 | | | | |

Pour ⟨ 30" de différence sec.ᵈᵉ et 1h 30m à Paris, table XX. 3",75
    ⟨ 1 ,5 de   idem     et      idem. . . . . . . 19

Pour 1° 31' 51" la table donne pour facteur 1,96 , de la somme 3",94

Le produit de ces deux nombres 7s,72 est donc la correction demandée. Elle doit être ajoutée à l'heure de Paris, parce que les différences première et seconde sont toutes deux positives : cette heure corrigée sera donc 15h + 1h 29m 52s,12 + 7s,72 = 16h 29m 59s,8, ou plus exactement 16h 30m, ( à cause de l'erreur tabulaire ). Cette correction, d'environ 8s, est d'ailleurs une des plus fortes que l'on puisse rencontrer en se servant aujourd'hui de la *Connaissance des Temps* ; parce que les petites distances dont les variations seraient plus irrégulières en sont soigneusement élaguées.*

TABLE XXI. — *Abrégé d'une table de logarithmes verses, coverses, suverses et sucoverses* (2).

*Ces logarithmes ont été inventés, par *M. de Mendoza*, à l'effet d'abréger les principaux calculs d'astronomie nautique, et notamment ceux d'angle horaire, d'azimuth et de hauteur, qui, par ce moyen, se trouvent réellement abrégés de près de moitié, comme on peut le voir surtout page 429.*

»Cette table présente d'ailleurs deux sortes d'argumens, les uns en parties de cercle qui s'étendent de 0 à 180 degrés, et les autres en temps qui vont jusqu'à 12 heures. Or, pour trouver de suite un log. *verse* ou *coverse* demandé, il faut premièrement consulter les titres placés en haut et en bas de chaque page, et qui indiquent la position et la succession des argumens dont on a besoin à cet effet. Les argumens latéraux, *à gauche*, en temps ou en degrés, se combinent ensuite avec les argumes *supérieurs* ( en secondes ou en minutes ) ; et les argumens latéraux *à droite*, avec ceux *inférieurs*..... Bien que chaque logarithme n'y soit donné qu'à cinq figures décimales, et que provisoirement on s'y soit permis plus d'une abréviation, le degré de précision qui en résulte est généralement suffisant pour les marins. Au surplus, la caractéristique et parfois la première figure décimale

---

(2) » Ce que l'auteur nomme par abréviation log. *verse* d'un angle, c'est le log. du demi-sinus verse de cet angle (= sin 2 du demi-angle horaire, par exemple). Les log. *coverse* et *suverse* ont pour argumens respectifs le complément et le supplément de ce même angle ; tandis que le log. *sucoverse* a pour premier argument ce dont l'angle

dont l'angle excède 90 degrés, et pour second argument le supplément de cet excédant... Jusqu'à 90 degrés, chaque *verse* correspond à deux *coverses* qui sont supplément l'un de l'autre, et au-delà de 90 degrés, à deux *sucoverses* qui sont entr'eux dans le même rapport ; mais il n'est pas de rigueur de retenir ces définitions, l'essentiel étant de savoir où prendre chaque logarithme.

figures in the other columns, according to the arguments, must be added to the former, in order to compose the logarithm required : and when in this line a change of one unit happens in the said characteristic or first figure (printed separately) the following 9 or 0 ( in the two consecutive columns ) is replaced by a **9** or a **●**, nearly as elsewhere. For example, in page 384, the log. *versed* of 32° 44′ ( = 32° 30′ + 14′, as to the two arguments ) is 8.8**9**983 which will be read 8.89983 : and the following log. *versed* for 32° 46′ ( = 32° 30′ + 16′ ), is 8.8**●**069 + 1, which must be read 8.90069. As to the proportional parts for the seconds, if there are any, they are to be found at the extremity of every line: Finally, at the sight of the table, it appears that each logarithm may answer to four arguments in parts of the circle, and as many in time. Thus, in page 384, the said number 8,90069 is the log. *versed* of 32° 46′ or 2ʰ 11ᵐ 4ˢ, the *suversed* of 147° 14′ or 9ʰ 48ᵐ 56ˢ, the *coversed* of 57° 14′ or 3ʰ 48ᵐ 56ˢ, and also the *coversed* of 122° 46′ or 8ʰ 11ᵐ 4ˢ. — On taking out the arc answering to a given log. *versed*, *coversed*, etc., the expression will be chosen which suits the object of the calculation (and that's very easy, as may be seen hereafter ).

TABLE XXII. — *Logarithmic sines and cosines, in abridgment.*

TABLE XXIII. — *Logarithmic secants and cosecants, also in abridgment.*

*These two tables, printed in opposite pages, are disposed and must be used in the same manner as table XXI... The log. *cosecants* and *secants* being the arithmetical complements of the log. *sines* and *cosines*, they save then the pains of taking those complements and, at the same time, they diminish the number of the chances of error which might result from it. As to the proportional parts, printed at the end of each line, it has been possible to give them from 5 to 5 seconds as far as 30 degrees, by taking advantage of the necessity of their being the same in both tables : but evidently if they are *additive* in the one, they are *subtractive* in the other, and *vice versâ*.

TABLE XXIV. — * *To observe the refraction corresponding to a low altitude of the Sun or Full Moon, by the measured vertical diameter of the observed Star* or Planet, *taken at the same time.**

*The indications of the thermometer and barometer being too insufficient for correcting the *circumhorizontal* refractions, and the low altitudes of our two principal Planets being, in fact, among the most facile to observe *exactly*; either because the horizon of the Sea (the dip of which may be easily measured), is at that

male n'y étant imprimées que deux fois par ligne, les autres figures des colonnes intermédiaires doivent donc, au besoin, être écrites à la suite de celles-là; et lorsque dans cette ligne il survient un changement d'unité dans la caractéristique ou dans la première figure, imprimées à part, le 9 ou le 0 de la figure suivante est remplacé par un **9** ou un **●**, à-peu-près comme partout ailleurs. Par exemple, page 381, le log. *verse* de 3° 36′ ( = 3° 30′ + 6′, par rapport aux deux argumens), est 6,**9**9817, qu'il faut lire 6.99817 ; et le log. qui suit pour 3° 38′ ( = 3° 30′ + 8′ ) est 6.**●**0216 + 1, qu'il faut lire 7.00216. Quant aux parties proportionnelles pour les secondes, s'il y en a, elles se trouvent à l'extrémité de chaque ligne. Du reste, à la seule inspection de cette table, on voit que chaque logarithme peut correspondre à huit argumens, dont quatre en degrés et quatre en temps. Ainsi, page 381, le logarithme ci-dessus 7,00216 est le *verse* de 3° 38′ ou 0ʰ 14ᵐ 32ˢ, le *suverse* de 176° 22′ ou 11ʰ 45ᵐ 28ˢ, le *coverse* de 86° 22′ ou 5ʰ 45ᵐ 28ˢ, et encore le *coverse* de 93° 38′ ( supplément de 86° 22′ ) ou 6ʰ 14ᵐ 32ˢ. Quant à trouver, sans équivoque, le résultat final de chaque calcul, on verra par la suite qu'il n'y a point de difficulté.

TABLE XXII. — *Abrégé d'une table de logarithmes sinus et cosinus.*

TABLE XXIII. — *Abrégé d'une table de logarithmes sécantes et cosécantes.*

* Ces deux tables, imprimées en regard l'une de l'autre, sont disposées et à-peu-près employées comme la table XXI. Les log. *cosécantes* et *sécantes* étant d'ailleurs les complémens arithmétiques des log. sinus et cosinus, ils épargnent donc la peine de prendre ces complémens, en même temps qu'ils diminuent le nombre des chances d'erreur qui pourraient en résulter. Quant aux parties *proportionnelles*, imprimées à la fin de chaque ligne, on a pu les donner de 5 en 5 secondes jusqu'à 30 degrés, en profitant de ce qu'elles devraient être les mêmes dans les deux tables; mais on voit que si elles sont *additives* dans l'une, elles sont *soustractives* dans l'autre, et réciproquement.*

TABLE XXIV. — * *Pour observer la réfraction correspondante à une petite hauteur du Soleil ou de la Pleine Lune, par la mesure du diamètre vertical de l'astre observé, prise en même temps.**

*Les indications des instrumens usités étant reconnues insuffisantes pour corriger les réfractions *circonhorizontales*, et les petites hauteurs de nos deux principaux astres étant d'ailleurs des plus faciles à observer *exactement*; tant parce que l'horizon marin, dont on

present learned Astronomer Royal, are peculiarly useful for finding the apparent time, at Greenwich, by the observed distance from the Moon to the Sun, or a star. The top argument, containing the degrees, or hours, and minutes, is to be joined with the lateral argument, containing the seconds as they are wanted, either for time, or for degrees. Thus, the Proportional Logarithm of 0° 9′ 27″, or 0ʰ 9ᵐ 27ˢ, is 1,27984. »

*In the intervals for 12 and 24 hours there are also two arguments to find every proportional logarithm, one of which is at the bottom and the other lateral on the right : thus, the preceding logarithm 1.27984 is that of 0° 37′ 48″ when the interval is for 12 hours, and that of 1° 15′ 36″ when that interval is for 24 hours. The only inconvenience of such an extent in the use of Table XIV, is that the logarithms being no longer given from second to second, there may be cases in which the proportional parts can be found at sight but with difficulty. *

* The fourth term of the proportion, required in { time / degrees }, is corresponding to the { difference / sum } of the two proportional logarithms, taken from this table. Many examples of these small calculations will be given afterwards. *

TABLE XV. — *Atmospherical Correction to be applied to every auxiliary angle of table XII.*

* This correction, exemplified page 407, is not necessary when the apparent distance is exactly 90 degrees, because, in this case, an error of 34 minutes in the auxiliary angle alters in nothing the number I or III (equal to a cipher or to two entire radii, as may be seen page 221). But in every other case, it is so much the more indispensable as the apparent distance is lesser or greater, and in extreme cases its omission might occasion errors of at least two minutes in the reduction, and consequently of more than one degree in the longitude. It may, in fact, be taken indifferently by means of the situations of the english or french thermometer and barometer, and for that purpose, the altitudes and the distance of the two stars or *Planets*, are of no consideration (3). *　　　TABLE XVI

tronome royal ( *M. Maskelyne* ), pour abréger le calcul de l'heure comptée sous le premier méridien, à l'aide d'une distance lunaire observée et corrigée, comme il sera dit (1). Chacun de ces logarithmes se prend, au surplus, au moyen de deux argumens, l'un *supérieur* contenant des degrés et minutes ( ou des heures et minutes ) et l'autre *latéral à gauche* contenant des secondes ( s'il s'agit de l'intervalle de 3 heures ). Ainsi le logarithme proportionnel de 2″ 39′ 48″ (ou de 2ʰ 39ᵐ 48ˢ) est alors 0.05170 ou simplement 5170... *Quant aux intervalles de 12 et 24 heures , il y a aussi, pour trouver chaque logarithme, deux argumens dont un *inférieur* et l'autre *latéral à droite*. Ainsi le précédent logarithme 5170 est celui de 10° 39′ 12″ relativement à l'intervalle de 12 heures, et celui de 21° 18′ 24″ quand cet intervalle est de 24 heures. Le seul inconvénient d'une telle extension donnée à l'usage de la table XIV, c'est que les logarithmes n'étant plus imprimés de seconde en seconde, il peut y avoir des cas où leurs parties proportionnelles ne peuvent que difficilement être prises à vue.*

* Le quatrième terme de la proportion, demandé en { temps / degrés }, correspond à la { différence / somme } des deux logarithmes proportionnels pris dans cette table. On trouvera ci-après plusieurs exemples de ces petits calculs. *

TABLE XV. —*Correction atmosphérique à appliquer à chaque angle auxiliaire de la table XII.*

* Cette correction, dont on a pu voir un exemple page 407, n'est pas nécessaire quand la distance apparente est tout juste de 90 degrés, parce qu'alors 34 minutes d'erreur dans l'angle auxiliaire n'altèrent aucunement le nombre I ou III ( égal à zéro ou à deux rayons, comme on peut le voir page 221 ). Mais partout ailleurs elle est d'autant plus indispensable que la distance apparente est plus petite ou plus grande, et que dans des cas extrêmes son omission pourrait occasionner des erreurs d'au moins deux minutes sur la réduction et par conséquent de plus d'un degré sur la longitude (2). Elle peut, du reste, se prendre indifféremment au moyen de la situation du thermomètre et du baromètre français ou anglais , et pour cela les hauteurs et la distance des deux astres ne sont heureusement d'aucune considération (4). *　　　TABLE XVI

---

(1) Chaque logarithme proportionnel est le logarithme ordinaire du nombre de minutes et secondes indiqué par les deux argumens, lequel a été retranché de 4,033424 logarith. de 3 heures = 180 minutes ou 10800 secondes. C'est une imitation des logarithmes *logistiques* pour 60 minutes dont on se servait dès 1661 ( V. l'Astronomie Caroline de *Street*, ou l'Astronomie *de Lalande*, art. 477 et 4111 ).

(2) Voir la note de la page 411.

(3) * The construction of this table is founded, first, upon the logarithm cosine of an auxiliary angle being equal to the sum of *logarithmic differences* of the two observed stars, diminished from a constant quantity (viz , from 0,301030 the logarithm of 2 ), it follows that the atmospherical corrections, given by the *Connaissance des Tems* , which are proper for these differences, are equally so for these cosines. — 2° When these corrections must be applied to the sum of the logarithmic differences of two stars , they are necessarily equal to twice the corrections indicated by the *Connaissance des Tems*

(4) * La construction de cette table est fondée sur ce que : 1° le logarithme cosinus d'un angle auxiliaire étant égal à 'a somme des différences logarithmiques des deux astres, diminuée de 0,301030 logarithme de 2 , il s'ensuit que les corrections atmosphériques qui conviennent à ces différences, conviennent également à ce cosinus.

2° Ces corrections, quand elles doivent s'appliquer à la somme des différences logarithmiques de deux astres comparés, sont nécessairement doubles de celles indiquées par la *Connaissance des Tems*, pour un seul astre.

3° Et enfin, *pour convertir ces mêmes corrections en secondes des angles auxiliaires , il n'y a qu'à profiter de ce que les différences des logarithmes cosinus desdits angles peuvent , sans erreur*

TABLE XVI. — *Variation in the reduction*, according to the distance and the two altitudes, *for a barometrical change of* $1\frac{1}{2}$ *inch* ( = 38 millimètres), *or a thermometrical change of* 24°,75 *of Fahrenheit* ( = 13°,75 centigrades).

* The construction of this and the following table, has not only in view to complete, by a *second* means, *M. de Mendoza's* principal method, as to the exactness, but also to simplify notably all the possible methods for reducing the Lunar Distances: and that, by suppressing every other atmospherical correction, for the auxiliary angle and the two altitudes; (that is to say, every correction found separately in tables VI and XV.) *

* In each of the small tables which compose table XVI, the numbers of seconds of variation in the reduction, are found by means of three arguments, viz; with *the second altitude* (which is commonly *the smallest*) at the bottom of the table; with the apparent distance at the top, and with the *first* or *greatest* altitude on the left. — The variation required, being found in the same line as the first altitude, is moreover to be corrected on account of differences of the second altitudes, and rarely on account of the other differences, as may be seen by the table itself. *

* Thus, for example, for 40° 15′ of apparent distance, 41° 50′ and 7° 30′ of first and second altitude, we find, first, p. 373, for 40° of distance 42° and 7° of altitude, 17 seconds of variation in the reduction : and 2 *dly*, in the small following table, for the same distance, 42° and 8° of altitude, only 15 seconds. The difference — 2 seconds, being that corresponding to an augmentation of one degree in the second altitude, for an augmentation of 30 minutes, the proportional part is therefore, one second, to be subtracted from the above 17 seconds, and the variation required is then 16 seconds definitively : ( because the 10 minutes in less of first altitude and the 15 minutes in more of distance,

*Tems*(*) for a single star.—3″ To convert these corrections into seconds of the auxiliary angles, it is sufficient to take advantage of this circumstance that the differences of logarithms cosines of the said angles may be, without any sensible error, considered as constant (and generally equal to 37 ten-millionth of a unit for a second). — Now, the double of the correction indicated by the *Connaissance des Tems*, for every degree of the *centigrade* thermometer, would be ten ten-millionth ; but on making the calculation again, we find it only 9, 2 for the middle altitude of 45 degrees ; (and even 9, 0 for many other altitudes above 10 degrees, the corrections below this limit being still less. — Then, by dividing these 9, 2 by 37, the quotient is 0″,25 = correction for every degree of the centigrade thermometer. — In the same manner, by dividing 3, 2 ( = twice the barometrical correction indicated by the *Connaissance des Tems* ), by 37, we have 0″,0865 by *millimètre*, and for five *millimètres* 0″,4325.... Such are really the two quantities ( 0″,25 and 0″,4325 ) which variously combined have been used in the construction of this new table : and if *M. de Mendoza* who, to complete his useful method, was so much in want of such a table, could not find that very facile constrution, it must be imputed to his not having lived long enough, to be acquainted with the *ingenious* means indicated by *M. Burckhardt* to correct the logarithmic differences, likewise on account of the actual weight and temperature of the atmosphere. — The best proof, in fact, that our Author could not surmount this little difficulty, is that, in the numerous applications he has given of this useful method, he has taken great care not to speak of such corrections, which incompletely made ( by means of *his table V*), could improve but a little the exactness of his results (as we have demonstrated it in our *Essai sur les Instrumens et sur les Tables de Navigation et d'Astronomic*, pages 151 and 153 ). *

(*) The french Nautical Almanac.

---

TABLE XVI. — *Variation de réduction*, selon la distance et les deux hauteurs apparentes, *pour un changement barométrique de* 38 *millimètres* ( = $1\frac{1}{2}$ inch ), *ou pour un changement thermométrique de* 13°,75 *centigrades* ( = 24°,75 de Fahrenheit ).

* La construction de cette table et de celle qui la suit, n'a pas seulement pour but de compléter, sous le rapport de la précision et par un *second* moyen, la principale méthode de *M. de Mendoza*, elle a aussi pour objet de simplifier assez notablement toutes les méthodes de réduction possibles, et ce, en supprimant toute minutieuse correction *atmosphérique*, tant de l'angle auxiliaire que des deux hauteurs; ( c'est-à-dire toute correction prise séparément dans les tables VI et XV). *

* Dans chacune des petites tables qui composent cette table XVI, les nombres de secondes de la variation de réduction se prennent d'ailleurs au moyen de trois argumens, savoir : 1° à l'aide de la seconde des deux hauteurs ( qui, le plus ordinairement, est la plus petite des deux, et qui est indiquée au bas de chacune de ces petites tables ); 2° au moyen de la distance apparente ( argument supérieur ); 3° et enfin, sur la même ligne que la première hauteur ( argument latéral à gauche ), on trouve la variation demandée; (que l'on corrige, au besoin, à raison des différences

erreur sensible, être considérées comme constantes (et généralement égales à 37 dix-millionièmes d'unité par seconde ). Or, le double de la correction indiquée par la *Connaissance des Tems*, pour chaque degré du thermomètre centigrade, serait de 10 dix-millionièmes ; mais, en recalculant cette quantité, nous ne la trouvons que de 9,2 pour la hauteur moyenne de 45 degrés ; ( et même que de 9,0 pour bon nombre de hauteurs supérieures à 10 degrés, les corrections au-dessous de cette limite étant encore plus faibles). En divisant donc ces 9,2 par 37, il vient 0″,25 de correction pour chaque degré du thermomètre centigrade. Pareillement, en divisant 3,2 (double de la correction barométrique indiquée par la *Connaissance des Tems*) par 37, on a 0″,0865 par millimètre, et pour cinq millimètres 0″,4325. Telles sont effectivement les deux quantités ( 0″,25 et 0″,4325 ) qui, diversement combinées, ont servi à la construction de cette Table XV ; et on peut la considérer comme d'autant plus rigoureuse que la correction y indiquée pour l'angle auxiliaire, fût-elle un *maximum* de 16 secondes, que l'erreur s'élèverait à peine à 0″,2. Si pourtant on voulait encore en tenir compte, il n'y aurait qu'à multiplier cette correction par l'un des facteurs suivans, selon le cas.

*Angles auxiliaires de 60 degrés, plus les minutes que voici :*

| Angle A=60° | +0′ | +5′ | +10′ | +15′ | +20′ | +25′ | +30′ | +35′ |
|---|---|---|---|---|---|---|---|---|
| Facteurs. . | 1,014 | 1,011 | 1,008 | 1,004 | 1,000 | 0,997 | 0,994 | 0,992 |

Enfin, si *M. de Mendoza*, qui, pour compléter son utile méthode, avait tant besoin d'une pareille table, n'en a pu trouver la très-facile construction, il faut l'attribuer, selon toute apparence, à ce qu'il n'a pas assez vécu pour connaître l'ingénieux moyen indiqué par *M. Burckhardt*, pour corriger les différences logarithmiques, également à raison des changemens de température et de poids de l'atmosphère. La preuve, au surplus, que notre Auteur n'a pu triompher de cette petite difficulté, c'est que dans les nombreuses applications qu'il a données de ses tables, il s'est bien gardé de parler de semblables corrections qui, incomplètement faites d'après sa table V, ne pouvaient guère augmenter la précision de ses résultats (comme nous l'avons démontré dans notre *Essai sur les Instrumens et sur les Tables de Navigation*, pages 151 et 153 ).

of distance, occasion but very little change in the result. — As to the *negative* signs, printed in the columns under the numbers, they denote, first, that the last variation in each column corresponds to a first altitude *Smaller* than that really indicated ; (because the Lunar Distance cannot be less than the difference between the two altitudes ). And, secondly, that this variation is the greatest possible in this same column. — It is to diminish the length of table XVI, that the numbers corresponding to the smallest altitudes have been disposed in two parts. — To conclude, these variations of reduction ( carefully verified as to their *maxima* and *minima* and generally found accurate), have only been collected in the great english tables which bear the name of *Shepherd* (and were constructed about 1772, by MM. *Lyons, Parkinson* and *Williams*, according to the celebrated method of the former). *

TABLE XVII. — *Corrections to be applied* to the Lunar Distances *which have been reduced without considering the situation of the thermometer and barometer.*

*The using of this table is similar to that of table VI, except that instead of entering it by means of the apparent altitude for lateral argument, we enter it by means of the variation of reduction ( found in table XVI ). — In fact, this using permits us to avoid the two proportions or the proportional parts necessitated by M. *Lyons'* method. *

TABLE XVIII. — *Sums of the same atmospherical corrections, for a change of* one second *in the variation of reduction.*

* In this particular case, the table gives, to a hundredth of a second, the sum of the two corrections which must be taken separately out of table XVII : but in every other case, as to attain the same end, we must multiply this sum by the number of seconds of variation taken out of table XVI, which would sometimes occasion some error, we purpose to obviate it, by computing as many similar tables, as there may be seconds in this variation; (that is to say 32 tables, if the mariners continue to observe the *Luni-Solar* distances only as far as 120 degrees; and about 40, if they wish observe them as far as 160 degrees). *                          TABLE XIX

differences de la plus petite des deux hauteurs, et très-rarement à raison des autres différences, comme on peut le voir par ces petites tables mêmes ). *

* Ainsi, par exemple, pour 35° 45' de distance apparente, 40° 9' et 6° 20' *de première et de seconde hauteur,* on trouve d'abord, p. 372, pour 36 degrés de distance, 40 et 6 degrés de hauteur, 20 secondes de variation de réduction ; puis dans la petite table suivante, pour la même distance, pour 40 et 7 degrés de hauteur, seulement 17 secondes. La différence, *moins* 3 *secondes,* étant celle correspondante à une augmentation d'un degré dans la seconde hauteur, pour une augmentation de 20 minutes, on a une seconde à retrancher des 20 secondes ci-dessus, et la variation demandée est donc de 19 secondes ; car les 9 minutes de plus dans la première hauteur et les 15 minutes de moins dans la distance, ne changent presque rien à ce résultat ; c'est pourquoi nous avons pu restreindre, dans d'assez étroites limites, la construction de toutes ces petites tables ( dont nous augmenterons par la suite le degré de précision, si faire se peut, en recalculant leurs *nombres au dixième de seconde* ). — Quant aux signes négatifs qu'on y remarque çà et là, ils avertissent, premièrement, que la dernière variation de chaque colonne correspond à une première hauteur plus petite que celle réellement indiquée dans la colonne de gauche ; ( parce que cette colonne offre des lacunes dans les nombres de degrés, et que la distance apparente ne saurait être moindre que la différence des deux hauteurs ) ; et secondement, que cette variation dans sa colonne est un *maximum.* — C'est pour diminuer encore l'étendue de cette table que les nombres correspondans aux plus petites des secondes hauteurs ont été disposés en deux parties. — Au surplus, ces variations de réduction ( soigneusement vérifiées, quant à leur *maxima* et *minima,* et, à peu d'exceptions près, trouvées très-rigoureuses ), ont été simplement recueillies dans les grandes tables anglaises qui portent le nom de *Shepherd* et qui, d'après cet auteur, furent construites vers 1772, par MM. *Parkinson, Williams* et *Lyons,* d'après la célèbre méthode de ce dernier. *

TABLE XVII. — *Corrections à appliquer* aux distances *qui ont été réduites sans tenir compte de la température et du poids de l'atmosphère.*

* L'usage de cette table est semblable à celui de la table VI, à cela près qu'au lieu d'y entrer au moyen de la hauteur apparente pour argument latéral, on y entre au moyen de la variation de réduction ( prise dans la table XVI ). — Cet usage permet d'ailleurs d'éviter les deux proportions ou les parties proportionnelles exigées par la méthode de *Lyons* (1). *

TABLE XVIII. — *Sommes des mêmes corrections atmosphériques, pour un changement* d'une seconde *dans la variation de réduction.*

* En ce cas particulier, la table donne, au centième de seconde, la somme des deux corrections qu'il faut prendre séparément dans la table XVII : mais, en tout autre cas, comme pour arriver au même but, il faudrait multiplier cette somme par le nombre de secondes de la variation prise dans la table XVI, ce qui parfois serait sujet à erreur, on se propose d'y obvier en construisant autant de pareilles tables qu'il peut y avoir de secondes dans cette variation ( c'est-à-dire, 32 tables, si on continue à n'observer les distances Luni-Solaires que jusqu'à 120 degrés, et environ 40, si on veut les observer jusqu'à 160 degrés ).                          TABLE XIX

(1) * Un changement barométrique de 38 millimètres, aux environs de la pression moyenne 0<sup>m</sup>,760 ( c'est-à-dire compté de 0<sup>m</sup>,741 à 0<sup>m</sup>,779 ), faisant varier le facteur barométrique de 0,0500, il s'ensuit qu'autant de fois cette quantité se trouvera comprise dans ledit facteur ( ou s'il est *négatif* dans son complément ), autant de fois il faudra répéter la variation de réduction, en plus ou en moins, *pour avoir l'une des corrections indiquées par cette table...* Veut-on, par exemple, celle correspondante à 40 secondes de variation de réduction et à 50 degrés du thermomètre centigrade ? Le logarithme facteur donné par la table VII étant 9,93828, le facteur négatif ou fractionnaire est 0,86752 dont le complément 0,13248 étant divisé par 0,05, donne pour quotient 2,6496. Or, en multipliant celui-ci par 40 (nombre de secondes de la variation de réduction, qui n'est que rarement aussi forte ), on a pour produit 105″,98 ou 106″,0 comme dans la table.... En supposant donc que ce soit là le *maximum* approché de la correction thermométrique, si on y ajoute 77″,0 pour le *maximum* approché de la correction barométrique, on a pour somme *plus de trois minutes de correction à appliquer aux distances* ; et dès-lors, en négligeant cette correction comme on le fait trop souvent, on s'expose à commettre une erreur sur la longitude dont le *maximum* peut être d'*un degré et demi....* Rien ne prouve donc mieux la *nécessité* des améliorations que nous introduisons maintenant dans les tables *de Mendoza.* — Bien que les nombres de la table

la table XVII soient disposés comme ceux de la table VI, ils nous semblent moins sujets à l'inconvénient signalé, note 3, page 404, et d'ailleurs il serait très-difficile d'opérer autrement. *

TABLE XIX. — *Logarithmic Sums*, *to abridge the two small calculations*, *in* M. *de Borda's method*, *when the matter is of correcting the Lunar Distances on account of the spheroidal figure of the Earth.*

1. * With the latitude of the place and the *second star's* declination, for arguments, take out of this table a first logarithmic sum, and also three proportional parts, viz, for the minutes both of declination and latitude, for the minutes and seconds of horizontal parallax (*augmented* of the correction given by table III (2)). *

2. * With the same latitude and the *Moon's* declination, for arguments, take a second logarithmic sum, just in the same aforesaid manner. *

3. * To the first logarithmic sum, so found, add the logarithmic cosecant of the apparent distance ( or, what is the same, the arithmetical complement of the sine ), and you will obtain the logarithm of the first correction of the *reduced* distance ( which will have been previously computed by means of the horizontal parrallax, *augmented* as beforesaid). *

4. * To the second logarithmic sum, so found, add the cotangent of the apparent distance, and you will have the logarithm of the second correction of the *reduced* distance. *

5. * Now, to apply properly these two corrections, here is the equivalent of the three rules given by M. *de Borda* : 1° The two corrections are *additive*, when the apparent distance being more than 90 degrees, the declinations of the two stars are of a same denomination with the latitude of the place. 2° Even though the apparent distance should be less than 90 degrees, the first correction can become *negative* only if the latitude of the place and the declination of the second star are of a different denomination. 3° Lastly, the second correction may become *negative*, either in the same case of a different denomination, or when the apparent distance is less than 90 degrees : but if these two cases take place at the same time, this second correction becomes *positive* again. *

* To complete these rules immediately here follows an anticipated application of them.*     * November 3 ,

(1) Il est bon de rappeler ici, que cette partie de la Méthode de M. *de Borda* a été trouvée bien digne de cet illustre auteur, par des savans très-capables de l'apprécier, et notamment par *MM. du Bourguet*, page 424 de sa Navigation, et *V. Caillet*, professeur de l'École navale, qui, en outre, a eu l'extrême obligeance de faciliter nos recherches à ce sujet, comme on le verra plus particulièrèment note 4, ci-après.

(2) * As far as 20 degrees, the proportional parts for the minutes of latitude are the same as for those of declination... The ellipticity of the earth is supposed to be one 306 *th*. *

(3) * Jusqu'à 29 degrés, les parties proportionnelles pour les minutes de latitude sont les mêmes que pour celles de déclinaison, et ensuite celles pour la latitude sont au bas de la table. — Pour un seul degré de latitude et autant de déclinaison on aurait 7,801 de somme logarithmique, qu'il n'a pas été possible d'imprimer en son lieu sans

TABLE XIX. — *Sommes logarithmiques*, *pour abréger les deux petits calculs de* M. de Borda, *quand il s'agit de corriger les distances à raison de l'aplatissement de la Terre* (1).

1. * Au moyen de la latitude du lieu et de la déclinaison *du second astre*, pour argumens, prenez dans cette table une première somme logarithmique, ainsi que les trois parties proportionnelles additives qui s'y trouvent également ; savoir, pour les minutes tant de déclinaison que de latitude, pour les minutes et secondes de parallaxe équatoriale ( *augmentée* de la correction donnée par la table III (3) ). *

2. * Au moyen de la même latitude et de la déclinaison *de la Lune*, pour argumens, prenez une seconde somme logarithmique et trois parties proportionnelles, absolument de la même manière. *

3. * A la première somme logarithmique (*totale*), ajoutez le logarithme cosécante (ou le complément arithmétique sinus) de la distance apparente, et vous obtiendrez le logarithme de la première correction à opérer sur la distance *réduite* (laquelle aura été préalablement obtenue au moyen de la parallaxe équatoriale, également *augmentée* ). *

4. * A la seconde somme logarithmique (aussi *totale*), ajoutez la cotangente de la distance apparente, et vous aurez le logarithme de la seconde correction à opérer sur la même distance *réduite*. *

5. * Maintenant, pour bien appliquer ces deux corrections, voici l'équivalent des trois règles enseignées par M. *de Borda* : 1° Les deux corrections sont *additives*, quand la distance apparente étant de plus de 90 degrés, les déclinaisons des deux astres sont de même dénomination que la latitude. — 2° Lors même que la distance apparente serait plus petite que 90 degrés, la première correction ne peut devenir *négative* que si la latitude du lieu et la déclinaison du second astre sont de différente dénomination. — 3° Enfin, la seconde correction peut devenir négative, soit dans le même cas de différente dénomination, soit quand la distance apparente est plus petite que 90 degrés ; mais si les deux circonstances ont lieu en même temps, cette seconde correction redevient positive (4). *

* Pour compléter immédiatement ces principes, en voici une application anticipée.*     * Le 5 Septembr

lieu sans nuire à la simplicité de la table. Au surplus, le *maximum* de la correction qui pourrait en résulter serait toujours très-petit, et on peut en dire autant des autres cas où la déclinaison étant au-dessous d'un degré, il n'a pas non plus été possible de donner ses parties proportionnelles. Si pourtant on voulait y avoir égard, au logarithme constant 1,318, il faudrait joindre les logarithmes sinus de la déclinaison, ainsi que la partie proportionnelle donnée par la table pour la parallaxe *augmentée*, et on aurait, comme précédemment, la somme logarithmique voulue. ( Aplatissement supposé, un 306 *ème* ). *

(4) D'après l'ouvrage de M. *de Borda* la formule qui donne l'ensemble de ces deux corrections serait $2p\,a \sin L \left(\dfrac{\sin N}{\sin D} + \cot D \sin M\right)$; mais M. *Caillet*

* November 3, 1836, latitude 75° 50' N, the apparent distance of the Moon's centre from Venus being 19° 31', the Venus' declination 2° 7', that of the Moon 12° 47' (both N), and the horizontal parallax 55' 53" (including the *additive* correction found in Table III): the two corrections of the reduced distance are required?

*First correction.*

For { 75° 0' lat. 2° 0' declin. 9.846
0.50 *id.* pp. 2
0. 7 *id.* pp. 25
0.55' 53" h. parall. pp. 23 }
App. dist. 19° 31' log. cosec. 0.476
Sum = log. of first corr.$^{on}$ 0.372
First correction (*additive*). 2",4

*Second correction.*

For { 75° 0' lat. 12° 0' decl. 0.621
0.50 *id.* pp. 2
0.47 *id.* pp. 27
0.55'53" h. parall. pp. 23 }
App. dist. 19° 31' log. cot. 0.450
Sum = log. of second corr.$^{on}$ 1.123
Second corr.$^{on}$ (*negative*). 13",3

Therefore, the whole correction to be subtracted from the reduced distance is — 13",3 + 2",4 = 10",9.

( As to the logarithms of numbers and of cotangents, which are wanted to make this calculation, see the following page).*

TABLE XX. — *To correct the observed time at Greenwich, on account of the second differences of the Lunar Distances, given by the Nautical Almanac* (1).

* This time, when deduced from the observation of Lunar Distances (by means of the proportional logarithms), cannot be of great exactness, if the second differences are of some consideration: but it may be corrected as follows. *

1. * Conformably to the rules found in the *Connaissance des Tems*, give the sign + to the three first differences when the distances increase, and the sign — when they decrease. The second differences will have the same sign as the first, when these last increase, and a contrary sign when they decrease. *

2. * With the time at Greenwich for lateral argument

---

mais *M. Caillet* ayant bien voulu, à ma demande, examiner s'il n'y aurait pas là quelque faute d'impression, a trouvé qu'en effet les lettres M et N ayant été transposées dans les dernières *réductions de cette formule*, elle devait être rectifiée, *conformément à l'application numérique de l'auteur*, ainsi qu'il suit: $2\,p\,a\,\sin L\,\left(\frac{\sin M}{\sin D} + \cot D \sin N\right)$, ou $2\,p\,a\,\sin L\,(\sin M\,\operatorname{coséc} D + \sin N \cot D)$, *p* étant d'ailleurs la parallaxe équatoriale, *augmentée* comme on l'a dit, a l'aplatissement supposé, L la latitude du lieu, M la déclinaison du second astre, N celle de la Lune, et D la distance apparente. D'où l'on voit que cette nouvelle table XIX donne les différentes sommes logarithmiques de $2\,p\,a\,\sin L\,\sin M$, ou $\sin N$, à volonté, c'est-à-dire, les trois premiers logarithmes des *deux petits calculs* de *M. de Borda*, en tenant même compte de tous les changemens de parallaxe (au lieu de s'en tenir, comme lui, à la parallaxe moyenne de 57 minutes). Les tables XIII et XIV de *M. de Mendoza* (que nous n'avons pas reproduites ici, parce qu'il a négligé d'en faire connaître l'usage), avaient probablement la même destination, puisque la table XIII, par exemple, est intitulée: *Corrections, to be added to the Lunar Distances, on account of the spheroidal figure of the Earth*.... Elle donne 17 secondes pour 70 degrés de latitude et 30 degrés de déclinaison de la Lune (*et non du second astre*); tandis que pour la même latitude et pour zéro déclinaison de la Lune, elle donne trois secondes de plus.. D'après *M. Caillet*, ces autres corrections ont dû être calculées par la formule $c \cos d \sin L$, *c* étant un logarithme constant d'environ 21",3 (pour un aplatissement supposé d'un 321$^{me}$ par *M. de Mendoza*), et *d* la déclinaison de la Lune. Pour ce qui est de sa table XIV, intitulée: *Logarithms, to compute the corrections to be subtracted from the Lunar Distances, on account of the spheroidal figure of the Earth*, d'après M. le professeur *Mancel*, elle a été calculée par la formule $2\,c \sin L$.....
Au surplus,

---

* Le 5 septembre 1836, par les 75° 40' de latitude nord, la distance apparente de la Lune à Vénus étant de 20° 10', la déclinaison de la Lune de 27° 14', celle de Vénus de 15° 16' (toutes deux boréales), et la parallaxe horizontale de 54' 22" (y compris l'*augmentation* donnée par la Table III), on demande les deux corrections d'aplatissement?

*Première correction.*

Pour { 75° 0' lat$^e$ et 15° 0'décl. 0.716
0. 40 *id.* pp. 1
0.16 *id.*pp. 7
0.54' 22" de parall. pp. 11 }
Dist. app. 20° 10' log. cosec. 0,462
Som. = log. de la 1$^{re}$ corr.$^{on}$ 1.197
Première corr.$^{on}$ (*additive*). 15",7

*Deuxième correction.*

Pour { 75° 0'lat$^e$ et 27° 0' décl. 0.960
0.40 *id.* pp. 1
0.14 *id.*pp. 3
0° 54' 22" de parall. pp. 11 }
Distance app. 20°10'log.cot. 0.435
Som. = log. de la 2$^e$ corr.$^{on}$ 1.410
Seconde corr.$^{on}$ (*négative*). 25",7

Donc, correction totale — 25",7 + 15",7 = 10",0

Dont il faudrait, en ce cas, diminuer la distance réduite.
( Quant aux logarithmes des nombres et des cotangentes qui manquent pour faire ce calcul, v. d'autre part).*

TABLE XX. — *Pour corriger l'heure de Paris, à raison des secondes différences des distances annoncées par la Connaissance des Tems* (2).

* Cette heure, en se déduisant de l'observation des distances (à l'aide des logarithmes proportionnels), ne peut être de la dernière précision que si les différences secondes sont à-peu-près nulles: elle peut d'ailleurs se corriger ainsi qu'il suit. *

1. * Conformément aux règles enseignées par la *Connaissance des Tems*, donnez le signe + aux trois différences premières, quand les distances vont en augmentant, et le signe — quand elles vont en diminuant. Les différences secondes sont de même signe que les premières, quand celles-ci croissent, et de signe contraire quand elles décroissent. *

2. * Avec l'heure de Paris pour argument latéral

---

Au surplus, toutes ces corrections d'aplatissement n'ont guère été jusqu'à présent, pour les marins, qu'un objet d'inutile curiosité; soit parce que leur somme ne pouvant s'élever qu'à dix ou douze secondes au plus (quand les distances ne sont pas très-grandes), on ne risque pas grand'chose en les négligeant; soit à raison de ce que pour les opérer par quelqu'une des laborieuses méthodes qu'on a vainement tenté de mettre à la place de celle de *M. de Borda*, il a fallu se résoudre à l'emploi d'un trop grand nombre de logarithmes, joint à celui des angles de la verticale et des azimuths observés ou calculés, comme nous l'avons déjà dit.... L'emploi de ces angles, sans doute très-avantageux dans le calcul des parallaxes, comme l'a écrit *M. Delambre*, a même un assez grand inconvénient dans le calcul des hauteurs destinées à la réduction des distances: c'est que toutes les tables de réfraction étant calculées par rapport à l'horizon ou au zénith apparent, on ne sait vraiment plus comment s'en servir pour corriger, *avec précision*, de semblables hauteurs qui, se trouvant rapportées à un plan perpendiculaire au rayon terrestre, affectent toute sorte d'azimuths. En effet, la différence de onze minutes qui peut exister dans l'évaluation des deux hauteurs vraies d'un même astre, ne peut manquer d'occasionner une notable incertitude sur la véritable réfraction à employer (surtout si ces hauteurs sont très-petites)..... Rien de pareil dans la méthode de *M. de Borda*, qui conduit promptement à des résultats très-précis; mais qui, à raison de ce que la correction de parallaxe y est prise en sens contraire, donne nécessairement *pour les distances* des corrections plus fortes que les autres méthodes.

(1) * This table and the rules which follow it have been deduced from those inserted in the *Annales Maritimes* for the year 1828, by *M. A. Le Huen*, Examiner of the Royal Navy. *

(2) Cette table, ainsi que les règles qui l'accompagnent, ont été déduites de celles que *M. A. Le Huen*, Examinateur de la Marine, a fait insérer dans les *Annales Maritimes* de 1828.

ment (1), and half the sum of the two second differences for top argument, take out of table XX a correction in seconds of degree, which would be that to be applied to the true distance, if having calculated it by means of table XIV, the matter was of correcting it on the same account (3). *

3. * Instead of that, multiply this correction by the factor taken out of table XX ( which will be found by means of the first difference used in the calculation of the time at Greenwich ), and you vill have, in seconds of time, the correction required. *

4. * This last correction will be applied to the time at Greenwich, conformably to the sign of the second

ral (2), et la demi-somme des deux secondes différences pour argument supérieur, prenez dans cette table XX, une correction en secondes de degré, qui serait celle à appliquer à la distance si, l'ayant calculée à l'aide de la table XIV, on se proposait de la corriger (4). *

3. * Au lieu de cela, multipliez cette correction par le facteur de la table XX (que vous aurez trouvé, au moyen de la différence première des distances ayant servi au calcul de l'heure de Paris), et vous aurez en secondes de temps la correction demandée. *

4. * Cette dernière correction s'appliquera à l'heure de Paris, conformément au signe de la différence seconde

---

(1) * This apparent time must be first diminished from all the multiples of three hours it may contain. *

(3) * In this case, the correction would be of a contrary sign with that of the mean second difference. *

(2) * Cette heure devra, comme de raison, être préalablement diminuée de tous les multiples de 3 heures qu'elle pourra contenir.

(4) * En ce cas, la correction serait de signe opposé à celui de la seconde différence moyenne. *

---

**Logarithmic cotangents from 1 to 179 degrees (*for the preceding computation, page 113*).** — **Logarithmes des cotangentes comprises entre 1 et 179 degrés (pour le précédent calcul, page 113).**

| Degrees | | Cotang. | For 10' |
|---|---|---|---|
| 1 | 179 | 1.758 | 50,2 |
| 2 | 178 | 1.457 | 29,4 |
| 3 | 177 | 1.281 | 20,9 |
| 4 | 176 | 1.155 | 16,2 |
| 5 | 175 | 1.058 | 13,3 |
| 6 | 174 | 0.978 | 11,3 |
| 7 | 173 | 0.911 | 9,8 |
| 8 | 172 | 0.852 | 8,7 |
| 9 | 171 | 0.800 | 7,8 |
| 10 | 170 | 0.754 | 7,1 |
| 11 | 169 | 0.711 | 6,5 |
| 12 | 168 | 0.673 | 6,0 |
| 13 | 167 | 0.637 | 5,6 |
| 14 | 166 | 0.603 | 5,2 |
| 15 | 165 | 0.572 | 4,9 |
| 16 | 164 | 0.543 | 4,0 |
| 17 | 163 | 0.515 | 4,4 |
| 18 | 162 | 0.488 | 4,2 |
| 19 | 161 | 0.463 | 4,0 |
| 20 | 160 | 0.439 | 3,8 |
| 21 | 159 | 0.416 | 3,7 |
| 22 | 158 | 0.394 | 3,6 |
| 23 | 157 | 0.372 | 3,5 |
| 24 | 156 | 0.351 | 3,4 |
| 25 | 155 | 0.331 | 3,3 |
| 26 | 154 | 0.312 | 3,2 |
| 27 | 153 | 0,293 | 3,1 |
| 28 | 152 | 0.274 | 3,0 |
| 29 | 151 | 0.256 | 2,9 |
| 30 | 150 | 0.239 | 2,9 |
| 31 | 149 | 0.221 | 2,8 |
| 32 | 148 | 0.204 | 2,8 |
| 33 | 147 | 0.187 | 2,7 |
| 34 | 146 | 0.171 | 2,7 |
| 35 | 145 | 0.155 | 2,7 |
| 36 | 144 | 0.139 | 2,6 |
| 37 | 143 | 0.123 | 2,6 |
| 38 | 142 | 0.107 | 2,6 |
| 39 | 141 | 0.092 | 2,6 |
| 40 | 140 | 0.076 | 2,6 |
| 41 | 139 | 0.061 | 2,5 |
| 42 | 138 | 0.046 | 2,5 |
| 43 | 137 | 0.030 | 2,5 |
| 44 | 136 | 0.015 | 2,5 |
| 45 | 135 | 0.000 | 2,5 |
| 46 | 134 | 9.985 | 2,5 |
| 47 | 133 | 9.970 | 2,5 |
| 48 | 132 | 9.954 | 2,5 |
| 49 | 131 | 9.939 | 2,5 |
| 50 | 130 | 9.924 | 2,6 |
| 51 | 129 | 9.908 | 2,6 |
| 52 | 128 | 9.893 | 2,6 |
| 53 | 127 | 9.877 | 2,6 |
| 54 | 126 | 9.861 | 2,6 |
| 55 | 125 | 9.845 | 2,7 |
| 56 | 124 | 9.829 | 2,7 |
| 57 | 123 | 9.813 | 2,7 |
| 58 | 122 | 9.796 | 2,8 |
| 59 | 121 | 9.779 | 2,8 |
| 60 | 120 | 9.761 | 2,9 |
| 61 | 119 | 9.744 | 3,0 |
| 62 | 118 | 9.726 | 3,1 |
| 63 | 117 | 9.707 | 3,2 |
| 64 | 116 | 9.688 | 3,3 |
| 65 | 115 | 9.669 | 3,4 |
| 66 | 114 | 9.649 | 3,5 |
| 67 | 113 | 9.628 | 3,6 |
| 68 | 112 | 9.606 | 3,7 |
| 69 | 111 | 9.584 | 3,8 |
| 70 | 110 | 9.561 | 4,0 |
| 71 | 109 | 9.537 | 4,2 |
| 72 | 108 | 9.512 | 4,4 |
| 73 | 107 | 9.485 | 4,6 |
| 74 | 106 | 9.457 | 4,9 |
| 75 | 105 | 9.428 | 5,2 |
| 76 | 104 | 9.397 | 5,6 |
| 77 | 103 | 9.363 | 6,0 |
| 78 | 102 | 9.327 | 6,5 |
| 79 | 101 | 9.289 | 7,1 |
| 80 | 100 | 9.246 | 7,8 |
| 81 | 99 | 9.200 | 8,7 |
| 82 | 98 | 9.148 | 9,8 |
| 83 | 97 | 9.089 | 11,3 |
| 84 | 96 | 9.022 | 13,3 |
| 85 | 95 | 8.942 | 16,2 |
| 86 | 94 | 8.845 | 20,9 |
| 87 | 93 | 8.719 | 29,4 |
| 88 | 92 | 8.543 | 50,2 |
| 89 | 91 | 8.242 | ...... |
| 90 | 90 | ...... | ...... |

**Logarithms of numbers from 0 to 309 ( *or from 0″ to 30″,9* ) for the same computation.** — **Logarithmes des nombres de 0 à 309 ( ou de 0″ à 30″,9 ) pour le même calcul.**

Argument: *units or*, by diminishing the characteristic from one unit, *tenths of a second.*

| Ten. | 0 | 1 | 2 | 3 | 4 | 5 | 6 | 7 | 8 | 9 |
|---|---|---|---|---|---|---|---|---|---|---|
| 0 | Inf. n | 0.000 | 0.301 | 0.477 | 0.602 | 0.699 | 0.778 | 0.845 | 0.903 | 0.954 |
| 1 | 1.000 | 1.041 | 1.079 | 1.114 | 1.146 | 1.176 | 1.204 | 1.230 | 1.255 | 1.279 |
| 2 | 1.301 | 1.322 | 1.342 | 1.362 | 1.380 | 1.398 | 1.415 | 1.431 | 1.447 | 1.462 |
| 3 | 1.477 | 1.491 | 1.505 | 1.519 | 1.531 | 1.544 | 1.556 | 1.568 | 1.580 | 1.591 |
| 4 | 1.602 | 1.613 | 1.623 | 1.633 | 1.643 | 1.653 | 1.663 | 1.672 | 1.681 | 1.690 |
| 5 | 1.699 | 1.708 | 1.716 | 1.724 | 1.732 | 1.740 | 1.748 | 1.756 | 1.763 | 1.771 |
| 6 | 1.778 | 1.785 | 1.792 | 1.799 | 1.806 | 1.813 | 1.820 | 1.826 | 1.833 | 1.839 |
| 7 | 1.845 | 1.851 | 1.857 | 1.863 | 1.869 | 1.875 | 1.881 | 1.886 | 1.892 | 1.898 |
| 8 | 1.903 | 1.908 | 1.914 | 1.919 | 1.924 | 1.929 | 1.934 | 1.940 | 1.944 | 1.949 |
| 9 | 1.954 | 1.959 | 1.964 | 1.968 | 1.973 | 1.978 | 1.982 | 1.987 | 1.991 | 1.996 |
| 10 | 2.000 | 2.004 | 2.009 | 2.013 | 2.017 | 2.021 | 2.025 | 2.029 | 2.033 | 2.037 |
| 11 | 2.041 | 2.045 | 2.049 | 2.053 | 2.057 | 2.061 | 2.064 | 2.068 | 2.072 | 2.076 |
| 12 | 2.079 | 2.083 | 2.086 | 2.090 | 2.093 | 2.097 | 2.100 | 2.104 | 2.107 | 2.111 |
| 13 | 2.114 | 2.117 | 2.121 | 2.124 | 2.127 | 2.130 | 2.134 | 2.137 | 2.140 | 2.143 |
| 14 | 2.146 | 2.149 | 2.152 | 2.155 | 2.158 | 2.161 | 2.164 | 2.167 | 2.170 | 2.173 |
| 15 | 2.176 | 2.179 | 2.182 | 2.185 | 2.188 | 2.190 | 2.193 | 2.196 | 2.199 | 2.201 |

Argument: *unités* ou, *en diminuant la caractéristique d'une unité*, dixièmes de seconde.

| Dixaines. | 0 | 1 | 2 | 3 | 4 | 5 | 6 | 7 | 8 | 9 |
|---|---|---|---|---|---|---|---|---|---|---|
| 15 | 2.176 | 2.179 | 2.182 | 2.185 | 2.188 | 2.190 | 2.193 | 2.196 | 2.199 | 2.201 |
| 16 | 2.204 | 2.207 | 2.210 | 2.212 | 2.215 | 2.217 | 2.220 | 2.223 | 2.225 | 2.228 |
| 17 | 2.230 | 2.233 | 2.236 | 2.238 | 2.241 | 2.243 | 2.246 | 2.248 | 2.250 | 2.253 |
| 18 | 2.255 | 2.258 | 2.260 | 2.262 | 2.265 | 2.267 | 2.270 | 2.272 | 2.274 | 2.276 |
| 19 | 2.279 | 2.281 | 2.283 | 2.286 | 2.288 | 2.290 | 2.292 | 2.294 | 2.297 | 2.299 |
| 20 | 2.301 | 2.303 | 2.305 | 2.307 | 2.310 | 2.312 | 2.314 | 3.316 | 2.318 | 2.320 |
| 21 | 2.322 | 2.324 | 2.326 | 2.328 | 2.330 | 2.332 | 2.334 | 2.336 | 2.338 | 2.340 |
| 22 | 2.342 | 2.344 | 2.346 | 2.348 | 2.350 | 2.352 | 2.354 | 2.356 | 2.358 | 2.360 |
| 23 | 2.362 | 2.364 | 2.365 | 2.367 | 2.369 | 2.371 | 2.373 | 2.375 | 2.376 | 2.378 |
| 24 | 2.380 | 2.382 | 2.384 | 2.386 | 2.387 | 2.389 | 2.391 | 2.393 | 2.394 | 2.396 |
| 25 | 2.398 | 2.400 | 2.401 | 2.403 | 2.405 | 2.407 | 2.408 | 2.410 | 2.412 | 2.413 |
| 26 | 2.415 | 2.417 | 2.418 | 2.420 | 2.422 | 2.423 | 2.425 | 2.427 | 2.428 | 2.430 |
| 27 | 2.431 | 2.433 | 2.435 | 2.436 | 2.438 | 2.439 | 2.441 | 2.442 | 2.444 | 2.446 |
| 28 | 2.447 | 2.449 | 2.450 | 2.452 | 2.453 | 2.455 | 2.456 | 2.458 | 2.459 | 2.461 |
| 29 | 2.462 | 2.464 | 2.465 | 2.467 | 2.468 | 2.470 | 2.471 | 2.473 | 2.474 | 2.476 |
| 30 | 2.477 | 2.479 | 2.480 | 2.481 | 2.483 | 2.484 | 2.486 | 2.487 | 2.489 | 2.490 |

second difference , or with a contrary sign , according as the first difference will be *positive* or *negative.* *

* *Example* — July 3 , 1832, the corrected distance of the ☽'s centre from the Spica of the Virgin having been found of 25" 3' 52",37, the corrected apparent time at Greenwich is required.

*Computation of the approximated time at Greenwich.*

Corrected distance. . 25° 3' 52",37 diff. 0" 48' 52",63 prop. log. 56617
By the *Nautical* ∤ 6 h. 25 52 45 00 *id.* 1 37 32 00 *id.* 26612
*Almanac at* ∤ 9.. 24 15 13 00

App. time at Greenwich by approxᵒⁿ 6h +1h 30m 12s, 25=diff. 30005

*Computation of the required correction.*

| Lunar Dis- | | | | | | 1ˢᵗ diff. | 2ᵈ diff. | |
|---|---|---|---|---|---|---|---|---|
| tances of the | at | 3 h. | 27° | 31' | 8" | — 1° 38' 23" | + 51" | The mean |
| Nautical Al- | | 6 | 25 | 52 | 45 | — 1 37 32 | + 55 | + 53" |
| manac. | | 9 | 24 | 15 | 13 | — 1 36 37 | | |
| | Midnight | 22 | 38 | 36 | | | | |

For ∤ 50" of second diff. and 1h 30m at Greenwich, table XX. 0",25
∤ 3 *idem.* *idem.* . . . . . . . . . . 0, 38

For 1° 37' 32" the same table gives the factor 1,84 of the sum 6",63

The product 12s,2 of these two numbers is the required correction, and it must be subtracted from the apparent time at Greenwich, because the mean second difference being *positive*, the first difference is *negative.* Therefore, this corrected time is 6h +1h 30m 12s, 25 —12s, 2 = 7h 30m 0s, nearly... This correction is one of the greatest that can be met with, by using now the Nautical Almanac, because the small distances , the variations of which would be more irregular , have been carefully rejected. *

## TABLE XXI. — *Abridgment of a table of logarithmic versed , coversed , suversed , and sucoversed* (1).

* These logarithms have been contrived by *M. de Mendoza* , to abridge the principal calculations of Nautical Astronomy, and namely those of apparent time , azimuth, and altitude, which, by this means , are really abridged nearly by halves , as may be seen hereafter. *

» This table contains two arguments, one in parts of the circle, the other in time, and they extend as far as 180°, or 12ʰ... The arguments *versed* , *coversed*, etc., refer to the degrees, and hours, which are indicated at the top, and bottom of the pages... The lateral arguments, to the left, for *degrees and minutes of the circle*, and for the corresponding hours and minutes of time, are to be used with the respective arguments at the top for minutes or seconds; and the lateral arguments to the right , with the arguments at the bottom. Though each logarithm is given with only five decimal figures, the exactness of the results is generally sufficient to mariners. The characteristic and sometimes the first decimal figure being printed but twice in every line, the remaining figures

(1) » What I call here, for the sake of brevity, Logarithmic *versed*, etc. , are the logarithms of half the versed-sine , etc. »

---

seconde moyenne, ou avec un signe contraire , selon que la différence première sera positive ou négative. *

* *Exemple.* — Le 3 novembre 1836, la distance réduite de la Lune à Jupiter ayant été trouvée de 24° 21' 25",56 , on demande l'heure de Paris corrigée ?

*Calcul de l'heure de Paris approchée.*

Distance réduite. 24° 21' 25",56 Dif. 0° 45' 51",56 log. prop. 59385
*Conn*ᶜᵉ ∤ à 15 h. 23 35 34 00 *Id.* 1 31 51 ·00 *idem.* 29219
*des tems* ∤ à 18 25 7 25 00

Temps moyen de Paris, approché, 15h + 1h 29m 52s,12=diff. 30166

*Calcul de la correction demandée.*

| Distances | | | | | | Diff. 1ʳᵉˢ. | 2ᵉˢ. | |
|---|---|---|---|---|---|---|---|---|
| de la *Con-* | 12 h. | 22° | 4' | 16" | | + 1° 31' 18" | + 33 | |
| *naissance* | 15 | 23 | 35. | 34 | | + 1 31 51 | + 30 | moyenne. + 31",5 |
| *des Tems* à | 18 | 25 | 7 | 25 | | + 1 32 21 | | |
| | 21 | 26 | 39 | 46 | | | | |

Pour ∤ 30" de différence sec.ᵈᵉ et 1h 30m de Paris, table XX. 3",75
∤ 1 ,5 de *idem* et *idem* . . . . . . . 19

Pour 1° 31' 51" la table donne pour facteur 1,96 , de la somme 3",94

Le produit de ces deux nombres 7s,72 est la correction demandée. Elle doit être ajoutée à l'heure de Paris, parce que les différences première et seconde sont toutes deux positives : cette heure corrigée sera donc 15h + 1h 29m 52s,12 + 7s,72 = 16h 29m 59s,8, ou plus exactement 16h 30m, ( à cause de l'erreur tubulaire ). Cette correction, d'environ 8s, est d'ailleurs une des plus fortes que l'on puisse rencontrer en se servant aujourd'hui de la *Connaissance des Tems* ; parce que les petites distances dont les variations seraient plus irrégulières en sont soigneusement élaguées. *

## TABLE XXI. — *Abrégé d'une table de logarithmes verses , coverses , suverses , et sucoverses* (2).

* Ces logarithmes ont été inventés , par *M. de Mendoza* , à l'effet d'abréger les principaux calculs d'astronomie nautique, et notamment ceux d'angle horaire , d'azimuth et de hauteur , qui , par ce moyen , se trouvent réellement abrégés de près de moitié , comme on peut le voir plus loin. *

» Cette table présente d'ailleurs deux sortes d'argumens, les uns en parties de cercle qui s'étendent de 0 à 180 degrés , et les autres en temps qui vont jusqu'à 12 heures. Or , pour trouver de suite un log. *verse* ou *coverse* demandé , il faut premièrement consulter les titres placés en haut et en bas de chaque page , et qui indiquent la position et la succession des argumens dont on a besoin à cet effet. Les argumens latéraux , *à gauche* , en temps ou en degrés , se combinent ensuite avec les argumens *supérieurs* ( en secondes ou en minutes ) ; et les argumens latéraux *à droite* , avec ceux *inférieurs*.... Bien que chaque logarithme n'y soit donné qu'à cinq figures décimales, et que provisoirement on s'y soit permis plus d'une abréviation , le degré de précision qui en résulte est généralement suffisant pour les marins. Au surplus , la caractérisque et parfois la première figure décimale

(2) » Ce que l'auteur nomme par abréviation log.' *verse* d'un angle, c'est le log. du demi-sinus verse de cet angle (= sin² du demi-angle horaire , par exemple). Les log. *coverse* et *suverse* ont pour argumens respectifs le complément et le supplément de ce même angle ; tandis que le log. *sucoverse* a pour premier argument ce dont l'angle

---

figures

---

dont l'angle excède 90 degrés, et pour second argument le supplément de cet excédant... Jusqu'à 90 degrés , chaque *verse* correspond à deux *coverses* qui sont supplémens l'un de l'autre, et audelà de 90 degrés,à deux *sucoverses* qui sont entr'eux dans le même rapport ; mais il n'est pas de rigueur de retenir ces définitions, l'essentiel étant de savoir où prendre chaque logarithme.

figures in the other columns, according to the arguments, must be added to the former, in order to compose the logarithms required : and when in this line a change of one unit happens in the said characteristic or first figure, printed separately, the 9 and 0 which follow, in the two next columns, are supplied by a 9 and a 0, nearly as before. For example, in page 384, the log. *versed* of 32° 44′ ( = 32° 30′ + 14′, as to the two arguments) is 8.8 9983 which will be read 8.89983 : and the following log. *versed* for 32° 46′ ( = 32° 30′ + 16′ ), is 8.8 0069 + 1, which must be read 8.90069. As to the proportional parts for the seconds, if there are some, they are to be found at the extremity of every line. Finally, at the sight of the table, it appears that each logarithm may answer to four arguments in parts of the circle, and as many in time. Thus, in page 384, the said number 8,90069 is the log. *versed* of 32° 46′ or 2ʰ 11ᵐ 4ˢ, the *suversed* of 147° 14′ or 9ʰ 48ᵐ 56ˢ, the *coversed* of 57° 14′ or 3ʰ 48ᵐ 56ˢ, and also the *coversed* of 122° 46′ or 8ʰ 11ᵐ 4ˢ. — On taking out the arch answering to a given log. *versed*, *coversed*, etc., the expression will be chosen which suits the object of the calculation (as it will be more explained hereafter ).

TABLE XXII. — *Logarithmic sines and cosines, also in abridgment.*

TABLE XXIII. — *Logarithmic secants, and cosecants, in abridgment again.*

* These two tables, printed in opposite pages, are disposed and to be used, in the same manner as table XXI... The log. *cosecants* and *secants* being the arithmetical complements of the log. *sines* and *cosines*, they save then the pains of taking those complements and, at the same time, they diminish the number of the chances of error which might result of it. As to the proportional parts, printed at the end of each line, it has been possible to give them from 5 to 5 seconds as far as 30 degrees, by taking advantage of that they ought be the same in both tables : but evidently if they are *additive* in the one, they are *subtractive* in the other, and *vice versâ*.

TABLE XXIV. — *To observe the refraction corresponding to a small altitude of the Sun or Full Moon, by the measured vertical diameter of the observed Planet, taken at the same time.*

* The indications of the thermometer and barometer being too insufficient for correcting the *circumhorizontal* refractions, and the small altitudes of our two principal Planets being, in fact, among the most facile to observe *exactly*; either because the horizon of the Sea (the dip of which may be easily mesured), is at that

male n'y étant imprimées que deux fois par ligne, les autres figures des colonnes intermédiaires doivent donc, au besoin, être écrites à la suite de celles-là. Lorsque dans cette ligne il survient un changement d'unité dans la caractéristique, ou dans la première figure imprimée à part, le 9 et le 0 des figures suivantes sont remplacés par un 9 et un 0, à-peu-près comme partout ailleurs. Par exemple, page 381, le log. *verse* de 3° 36′ ( = 3° 30′ + 6′, par rapport aux deux argumens), est 6.99817, qu'il faut lire 6.99817 : et le log. qui suit pour 3° 38′ ( = 3° 30′ + 8′ ) est 6.00216 + 1, qu'il faut lire 7.00216. Quant aux parties proportionnelles pour les secondes, s'il y en a, elles se trouvent à l'extrémité de chaque ligne. Du reste, à la seule inspection de cette table, on voit que chaque logarithme peut correspondre à huit argumens, dont quatre en degrés et quatre en tems. Ainsi, page 381, le logarithme ci-dessus 7.00216 est le *verse* de 3° 38′ ou 0ʰ 14ᵐ 32ˢ, le *suverse* de 176° 22′ ou 11ʰ 45ᵐ 28ˢ, le *coverse* de 86° 22′ ou 5ʰ 45ᵐ 28ˢ, et encore le *coverse* de 93° 38′ (supplément de 86° 22′) ou 6ʰ 14ᵐ 32ˢ. Quant à trouver, sans équivoque, le résultat final de chaque calcul, les différens moyens en seront successivement exposés.

TABLE XXII. — *Abrégé d'une table de logarithmes sinus et cosinus.*

TABLE XXIII. — *Abrégé d'une table de logarithmes sécantes et cosécantes.*

* Ces deux tables, imprimées en regard l'une de l'autre, sont disposées et à-peu-près employées comme la table XXI. Les log. *cosécantes* et *sécantes* étant d'ailleurs les complémens arithmétiques des log. sinus et cosinus, ils épargnent donc la peine de prendre ces complémens, en même temps qu'ils diminuent le nombre des chances d'erreur qui pourraient en résulter. Quant aux parties proportionnelles, imprimées à la fin de chaque ligne, on a pu les donner de 5 en 5 secondes jusqu'à 30 degrés, en profitant de ce qu'elles devraient être les mêmes dans les deux tables ; mais on voit que si elles sont *additives* dans l'une, elles sont *soustractives* dans l'autre, et réciproquement. *

TABLE XXIV. — *Pour observer la réfraction correspondante à une petite hauteur du Soleil ou de la Pleine Lune, par la mesure du diamètre vertical de l'astre observé, prise en même temps.*

* Les indications des instrumens usités étant reconnues insuffisantes pour corriger les réfractions *circonhorizontales*, et les petites hauteurs de nos deux principaux astres étant d'ailleurs des plus faciles à observer *exactement*; tant parce que l'horizon marin, dont on

is at that time better enlightened by the luminous reflexes; or because the effects of deviation have then the least influence possible : there are , therefore, some great probabilities that, in one manner or another , the observation of these small altitudes must one day take place among the resources of Nautical Astronomy... But , till this important question may be examined more maturely, we think fit to explain here, what we have only indicated long ago , viz : that the *contraction* of a vertical diameter , which near the horizon varies at every instant (as well as the refraction which occasions it ), may be considered as a sort of natural *Refractionometer*, being one of the numerous marvels of creation , and wherein the refraction itself seems continually to show what is required : that is to say , the number of minutes and seconds which compose it. Now, the only question is therefore, first, to interpret its indications well , in order to observe the refraction itself exactly ( by means of instruments well known and not too expensive) : and, afterwards, for not repeating this observation needlessly, to be enabled to conclude from it the also wanted logarithmic-factor of the mean refraction ( for correcting directly some other observations , made a short time before or after this )... In fact, that contraction is generally equal to the difference of refractions corresponding to the two apparent altitudes of the Sun's or Moon's upper and lower limbs ; because if these altitudes are very great, this difference becoming imperceptible, the contraction becomes equally so ; and if they are very small, the lower limb corresponding to a greater refraction than the upper limb , must be more elevated and the contraction augmented by that same surplus. *

* Suppose, for example , that, from the *Nautical Almanac* , the horizontal diameter being 32 minutes , the apparent altitude of the lower limb is $0^o.40'$ , and that of the upper limb $1^o.8'.19'',3$ , the contracted diameter is then $28'.19'',3$ , and the contraction $3'.40'',7$; that is to say, precisely equal to the difference of refractions $27'.2'',0$ and $23'.21',3$ corresponding , from table IV , to these altitudes. In fact , this contracted diameter ( $28'.19'',3$ ), is such as found in table XXIV, which having been calculated from that supposition of a mean horizontal diameter of 32 minutes , gives moreover the means of correcting it, if necessary , as will be explained in a moment. *

* No doubt it would be almost impossible to observe at the same time these two altitudes, *with so great an exactness* ; but then it will be sufficient that the altitude of the lower limb be observed to the fourth of a minute (as well as the dip of the horizon after or before); whilst a second observer, provided with Abbot *Rochon's* excellent Micrometer, or, at least, with a good Reflecting Circle ( of a secured rectification ), will measure the best he can the vertical diameter : which requires nothing extraordinary, as may be seen. *

* Suppose then , again, that on july 1 , 1832 , the Sun's horizontal diameter being $31'.31''$, the apparent altitude of the lower limb $1^o.30'$, and the vertical diameter corresponding to it $29'.20'',5$, that the question be to compute , either the *true* refraction ( necessary to correct this altitude ), or the logarithmic-factor of the mean refraction to correct other observations, as aforesaid ? *

* Computation

(1) Page 402 , note 1.
(2) *Armoricain* du 21 août 1834.
(3) Essai sur les Instrumens, pages 65 et 115 , et note 2 page 102.

dont on peut aisément mesurer la dépression , avons-nous dit (1) , est alors mieux éclairé par les reflets lumineux, qu'à raison de ce que les effets de la déviation ont , en ce cas, le moins d'influence possible. Il en résulte donc de fortes probabilités pour que, de manière ou d'autre , l'observation de ces petites hauteurs doive un jour figurer au nombre des ressources de l'Astronomie Nautique... En attendant que cette importante question soit plus mûrement examinée , nous croyons devoir développer ici ce qu'ailleurs nous avons seulement indiqué il y a neuf ans (2) ; savoir , que l'accourcissement d'un diamètre vertical qui, aux environs de l'horizon, varie à chaque instant ( aussi bien que la réfraction qui l'occasionne) , peut être considéré comme une sorte de *Réfractionomètre* naturel, faisant partie des nombreuses merveilles de la création , et où la réfraction elle-même semble continuellement indiquer ce qu'il importe de savoir : le nombre de minutes et secondes dont elle est composée. Le tout est donc d'abord de bien interpréter ses indications, afin de pouvoir l'observer elle-même avec exactitude ( à l'aide d'instrumens connus et qui ne soient pas trop dispendieux ); et ensuite, pour n'être pas obligé de répéter inutilement une semblable observation , de pouvoir en conclure le logarithme du facteur nécessaire pour corriger d'autres observations peu éloignées de celle-là... Cet accourcissement est d'ailleurs égal à la *différence* des réfractions qui correspondent aux deux hauteurs apparentes des bords supérieur et inférieur de l'astre observé ; puisque quand les hauteurs sont très-grandes, cette différence devenant insensible, l'accourcissement le devient également; et que si elles sont très-petites, le bord inférieur correspondant à une plus grande réfraction que le supérieur doit paraître *d'autant* plus élevé, et l'accourcissement lui-même *d'autant* plus grand. *

* Supposons, en effet, que le diamètre horizontal , d'après la *Connaissance des Temps* , soit de 32 minutes , la hauteur apparente du bord inférieur de $0''\,20'$ , et celle du bord supérieur de $0''\,47'\,47''$; le diamètre accourci sera donc de $27'\,47''$ et l'accourcissement de $4'\,13''$ ; c'est-à-dire qu'il sera précisément égal à la différence des réfractions $30'\,9'',5$ et $25'\,56'',5$ qui, d'après la table IV , correspondent à ces petites hauteurs... Ce diamètre accourci ( de $27'\,47''$ ) est, au surplus, tel que le donne la table XXIV qui, ayant été calculée d'après cette supposition d'un diamètre horizontal de 32 minutes , fournit d'ailleurs le moyen d'y appliquer la correction nécessaire , comme on le dira dans l'instant. *

* Sans doute qu'il serait presqu'impossible d'observer simultanément ces deux hauteurs *avec une telle précision* ; aussi suffira-t-il que celle du bord inférieur soit observée au quart de minute ( de même que la dépression avant ou après ); tandis qu'un second observateur , muni de l'excellent Micromètre de M. l'abbé *Rochon*, ou tout au moins d'un bon cercle à *rectification assurée* (3), mesurera aussi exactement que possible le diamètre vertical, ce qui, comme on voit, ne présente point de sérieuse difficulté. *

* Supposons donc encore que le 1er janvier 1836 , le diamètre horizontal du Soleil étant de $32'\,35'',58$, la hauteur du bord inférieur de cet astre ayant été trouvée de $1^o\,30'$, et le diamètre vertical y correspondant de $29'\,26'',5$ , on veuille déterminer, soit la quotité de la réfraction , soit le logarithme facteur de la réfraction moyenne : en ce cas, voici les deux petits calculs à effectuer. *

* Calcul

53.

* *Computation of the mean vertical diameter, and of the observed refraction.*

The horizontal diameter 31'.31' being less than that supposed in table XXIV, by 29 seconds, this difference must be multiplied by 0,92 (the first of the three factors found in this table), and the product.... 0' 26",68
is to be subtracted from the mean vertical diameter (also found in it).... 29. 23, 30

This diameter, being corrected, will be then.... 28' 56",62
That observed being supposed to be.... 29. 26, 50

The influence of an extraordinary refraction (less than the mean), will be.... + 0' 29",88

This difference being multiplied by 0,005 (the third factor of the said table), products.... 0' 0",15
To be subtracted from the coefficient (or 2.d factor).. 0. 8, 69

And the difference.... 0' 8",54

being multiplied by the diff. 29,88, gives for product the required correction of the mean refraction.... = 4' 15",18
From table IV, this mean refraction being.... 21. 1, 90

The difference is, therefore, the *observed* refraction.. 16' 46",72

The two preceding corrections are *negative*, because the observed diameter has been found greater than the mean; otherwise, they would have been *additive*. *

* *Calculation of the logarithmic-factor of the mean refraction.*

Observed refraction.... 16' 46",72 log.... 3.002909
Mean refraction.... 21. 1, 90 log.... 3.101025

Difference = the required logarithmic-factor.... 0,098116
which, in this case, is to be *subtracted* from the logarithm of the mean refraction (to obtain that of the corrected refraction); otherwise it would be *additive*. *

* Now, if the question was to ascertain the exactness of these results (abstraction made from the errors of observation), it would be solved as follows :
⊙'s appar.t altitude = 1° 30' 0",0 observed refraction = 16' 46",72
Observed diameter... 0. 29. 26, 5

⊙'s app.t altit.e Sum . 1° 59' 26",5 mean refr.on 18'24",98
Log. of this mean refraction.... 3.043355
Log. factor aforesaid.... 0.098116

Log. of the corrected refraction, diffe. . 2.945239 R.on = 14. 41, 53

Therefore, contraction of ⊙'s vertical diameter, = diff. 2' 5",19
The vertical diameter observed being.... 29. 26, 50

The horizontal diameter, by account, is then.... 31' 31",69
*Idem*, from the *Nautical Almanac*.... 31. 31, 00

Therefore, the sum of possible errors in the two calculated refractions = difference.... 0",69
The possible error in each refraction is then.... 0",35*

*The aforesaid correction (4'.15"), being one of the greatest which may be operated, the exactness of table XXIV is then ascertained enough, as may be seen. The only question is, therefore, to observe rigorously the contracted diameter (each second of error in this measure being susceptible to occasion an another error of 8 seconds, at least). *

TABLE

---

* *Calcul du diamètre vertical moyen, et de la réfraction observée.*

Le diamètre horizontal de 32' 35",58 excédant celui supposé par la table XXIV, de 35",58, cette différence est d'abord à multiplier par 0,92 (le premier des trois facteurs donnés par cette table) et le produit.... 0' 32",73
est ce qu'il faut ajouter au diamètre vertical moyen, que la table donne également, pour 1° 30', de.... 29. 23, 30

Ce diamètre, corrigé, sera donc égal à la somme.... 29' 56",03
Le diamètre observé n'étant que de.... 29. 26, 50

L'influence d'une réfraction extraordinaire (et plus grande que la moyenne), sera donc de.... — 0' 29",53

Cette différence étant multipliée par 0,005 (le 3me facteur de la table), donne pour produit.... 0' 0",15
A ajouter au coefficient (ou 2.me facteur).... 8, 69

Et la somme.... 0' 8",84

étant multipliée par l'influence 29,53, donne pour produit la correction de la réfraction moyenne.... 4' 21",05
D'après la table IV, cette réfraction étant de.... 21. 1, 90

La somme est donc la réfraction observée = 25' 22",95

Les deux dernières corrections sont *positives*, parce que le diamètre observé a été trouvé plus petit que le moyen; autrement elles eussent été toutes deux *négatives*. *

* *Calcul du logarithme-facteur de la réfraction moyenne.*

Réfraction observée.... 25' 22",95 log.... 3.182686
*Idem* moyenne.... 21. 1, 90 log.... 3.101025

Différence égale au log. facteur demandé.... 0,081661
lequel, en pareil cas, serait donc *à ajouter* au logarithme de la réfraction moyenne (pour avoir celui de la réfraction vraie), autrement, il serait *à retrancher*. *

* Veut-on maintenant s'assurer du degré de précision qu'on a pu obtenir au moyen de ces deux calculs (abstraction faite des erreurs d'observation) ? Voici comment on y parviendra.
Hauteur app.te du ⊙ = 1° 30' 0",0 Réfract.on corrigée. 25' 22",95
Diamètre observé.... 0. 29. 26, 5

Haut.r app. du ⊙, somme. 1° 59' 26",5 réfr. moye 18'24",98
(*Table* IV), log. de cette réfraction moyenne. 3.043355
Log. facteur ci-dessus.... 0.081661

Somme = log. de la réfraction corrigée = 3.125016 = 22. 13, 57

Donc, accourcissement calculé, différence.... 3' 9",38
Diamètre vertical observé.... 29. 26, 50

Somme = diamètre horizontal approché.... 32' 35",88
*Idem*, d'après la *Connaissance des Temps*. 32. 35, 58

Somme des erreurs possibles sur les 2 réfr. calculées, diffce. 0",30
Donc, erreur possible sur chacune d'elles.... 0",15

La correction ci-dessus, de 4' 21", étant des plus fortes que l'on puisse opérer, l'exactitude de la table est donc assez grande, comme on voit. Le tout est d'observer rigoureusement le diamètre accourci (chaque seconde d'erreur dans cette mesure pouvant occasionner sur la réfraction observée une autre erreur d'au moins 8 secondes). * (1)

TABLE

---

(1) Addition to table VIII. — *Contractions of the semidiameters.*

| Apparent altitude. | Argument: Inclination of the semidiameter to the horizon. | | | | | | | | | | |
| --- | --- | --- | --- | --- | --- | --- | --- | --- | --- | --- | --- |
| | 6° | 12° | 18° | 24° | 30° | 36° | 42° | 48° | 60° | 75° | 90° |
| 0° 0' | 1'6 | 6'5 | 14'3 | 24"7 | 37'4 | 51"7 | 67'0 | 82"7 | 112'3 | 139"7 | 149"7 |
| 10 | 1,5 | 6,1 | 13,4 | 23,3 | 35,2 | 48,7 | 63,1 | 77,8 | 105,7 | 131,5 | 140,9 |
| 20 | 1,4 | 5,7 | 12,6 | 21,9 | 33,0 | 45,7 | 59,2 | 73,0 | 99,2 | 123,4 | 132,2 |
| 30 | 1,4 | 5,4 | 11,8 | 20,5 | 30,9 | 42,8 | 55,4 | 68,4 | 92,9 | 115,5 | 123,8 |
| 40 | 1,3 | 5,0 | 11,0 | 19,2 | 28,9 | 40,0 | 51,8 | 63,9 | 86,8 | 108,0 | 115,7 |
| 50 | 1,2 | 4,7 | 10,3 | 17,9 | 27,0 | 37,3 | 48,4 | 59,6 | 81,0 | 100,8 | 108,0 |
| 1 0 | 1,1 | 4,4 | 9,6 | 16,7 | 25,2 | 34,8 | 45,1 | 55,7 | 75,6 | 94,1 | 100,8 |
| 10 | 1,0 | 4,1 | 9,0 | 15,6 | 23,5 | 32,5 | 42,1 | 52,0 | 70,6 | 87,8 | 94,1 |
| 20 | 1,0 | 3,8 | 8,4 | 14,5 | 22,0 | 30,4 | 39,4 | 48,5 | 65,9 | 82,0 | 87,9 |
| 30 | 0,9 | 3,5 | 7,8 | 13,6 | 20,5 | 28,4 | 36,8 | 45,3 | 61,6 | 76,6 | 82,1 |
| 40 | 0,8 | 3,3 | 7,3 | 12,7 | 19,2 | 26,5 | 34,4 | 42,4 | 57,6 | 71,7 | 76,8 |
| 50 | 0,8 | 3,1 | 6,9 | 11,9 | 18,0 | 24,8 | 32,2 | 39,7 | 53,9 | 67,1 | 71,9 |

*Addition à la table VIII (Suite).* — Accourc.t des demi-diamètres.

| Hauteur apparente. | Argument: *Inclinaison du demi-diamètre à l'horizon.* | | | | | | | | | | |
| --- | --- | --- | --- | --- | --- | --- | --- | --- | --- | --- | --- |
| | 6° | 12° | 18° | 24° | 30° | 36° | 42° | 48° | 60° | 75° | 90° |
| 2" 0' | 0"7 | 2"9 | 6"4 | 11"1 | 16"8 | 23"2 | 30"1 | 37"2 | 50"5 | 62"8 | 67"3 |
| 10 | 0,7 | 2,7 | 6,0 | 10,4 | 15,7 | 21,8 | 28,2 | 34,8 | 47,3 | 58,8 | 63,0 |
| 20 | 0,6 | 2,6 | 5,6 | 9,8 | 14,8 | 20,4 | 26,5 | 32,7 | 44,3 | 55,2 | 59,1 |
| 30 | 0,6 | 2,4 | 5,3 | 9,2 | 13,9 | 19,2 | 24,8 | 30,7 | 41,6 | 51,8 | 55,5 |
| 40 | 0,6 | 2,3 | 5,0 | 8,6 | 13,0 | 18,0 | 23,3 | 28,8 | 39,1 | 48,6 | 52,1 |
| 50 | 0,5 | 2,1 | 4,7 | 8,1 | 12,2 | 16,9 | 21,0 | 27,1 | 36,8 | 45,7 | 49,0 |
| 3 0 | 0,5 | 2,0 | 4,4 | 7,6 | 11,5 | 16,0 | 20,7 | 25,5 | 34,7 | 43,1 | 46,2 |
| 10 | 0,5 | 1,9 | 4,2 | 7,2 | 10,9 | 15,1 | 19,5 | 24,1 | 32,7 | 40,7 | 43,6 |
| 20 | 0,4 | 1,8 | 3,9 | 6,8 | 10,3 | 14,2 | 18,4 | 22,7 | 30,8 | 38,4 | 41,1 |
| 30 | 0,4 | 1,7 | 3,7 | 6,4 | 9,7 | 13,4 | 17,4 | 21,4 | 29,1 | 36,2 | 38,8 |
| 40 | 0,4 | 1,6 | 3,5 | 6,1 | 9,2 | 12,7 | 16,4 | 20,3 | 27,5 | 34,2 | 36,7 |
| 50 | 0,4 | 1,5 | 3,3 | 5,8 | 8,7 | 12,0 | 15,6 | 19,2 | 26,1 | 32,4 | 34,8 |

**TABLE XXV.** — *Refractions according to the Nautical Almanac of 1832.*

» This table is computed upon principles explained by *Dr. Young* in the *Philosophical Transactions* for 1819; and it appears to agree more perfectly with the latest observations than any other table before published (1). »

»The apparent altitude being found in the first column, the second shows the refraction when the barometer stands at 30 inches, which is its mean height on the level of the sea, and the thermometer at 50° of *Fahrenheit*. The third column contains the difference to be subtracted or added for every minute of altitude, reckoned from the nearest number in the first column. The fourth shows the number of seconds to be added for every inch that the height of the barometer exceeds 30, or to be subtracted for each inch that it wants of 30: and the last contains the number of seconds to be subtracted for each degree that the thermometer stands above 50°, or to be added for each degree that its height wants of 50° (3)... If great accuracy be required, we must also deduct from the observed height of the barometer 0,003 i. for each degree that the thermometer near it is above 50°, and add an equal quantity for an equal depression. In fact, however, the table, as it now stands, is found to require the temperature to be estimated from the height of the thermometer *within*; and if we employed the height of the thermometer *without*, which would be more consistent with the theory, it would probably be necessary to suppose the standard temperature of the table 48° only, (or rather 47°), instead of 50° ( *Nautical* aforesaid ). »

**TABLE XXVI.** — *Corrections* (additive) *of the auxiliary angles of table XII, according to the refractions of Nautical Almanac.*

* Every correction is to be taken out of table XXVI, by means of the apparent altitude of the second Star or Planet, for a first argument, and for a second argument, by means of the month in the year relatively to the Sun, or of the horizontal parallax relatively to a Planet. *

**TABLE XXVII.** — *Equations of second differences for 12 hours.*

» The variations of the Moon's right ascension, declination, etc., not being uniform, when proportional parts are used, it is, besides, necessary to apply an equation, on account of the second differences

**TABLE XXV.** — *Réfractions d'après le Nautical Almanac de 1832.*

» Cette table, calculée d'après les principes exposés par M. le D.ʳ *Young* dans les *Transactions Philosophiques* de 1819, paraît mieux qu'aucune autre de ses devancières s'accorder avec les plus récentes observations, dit le *Nautical Almanac* (2). »

»La hauteur apparente de l'astre observé étant trouvée dans la première colonne de cette table, la seconde donne la réfraction moyenne (en supposant le thermomètre de *Fahrenheit* à 50° = 10° centigrades, et le baromètre à 30 pouces anglais = 0ᵐ,762, ce qui est sa hauteur moyenne au niveau de la mer, dit encore le *Nautical*). La troisième colonne indique ensuite la correction *à retrancher* pour chaque minute d'augmentation dans la hauteur. La quatrième, la correction *à ajouter* ou *à retrancher* pour chaque pouce de plus ou de moins que 30 pouces. Et la cinquième, la correction *à retrancher* ou *à ajouter* pour chaque degré de plus ou de moins que 50°... Si l'on vise à une grande précision, on peut *ôter* de la hauteur barométrique 0,003 de pouce, pour chaque degré dont le thermomètre excède 50 degrés, et y *ajouter* tout autant pour un égal nombre de degrés *en moins*. Toutefois, la table, telle qu'elle a été calculée, exigerait que la température fût observée d'après un thermomètre placé à l'intérieur, et, si l'on y emploie un thermomètre placé à l'extérieur, ce qui s'accorde mieux avec la théorie, il serait probablement avantageux de supposer la température moyenne de 47 à 48°, au lieu de 50° ( *Nautical* précité). »

**TABLE XXVI.** — *Corrections des angles auxiliaires de la table XII, calculées au moyen de la table XXV, additives.*

* Chaque correction se prend à l'aide de la hauteur apparente du second astre, pour premier argument, et pour second argument, à l'aide du mois de l'année s'il s'agit du Soleil, ou du nombre de secondes de la parallaxe s'il s'agit d'une Planète. (V. au besoin l'explication de la table XII, et la note 1 de la page 407). *

**TABLE XXVII.** — *Equations de secondes différences pour 12 heures.*

» Les variations de la Lune en ascension droite, déclinaison, etc., étant loin d'être constamment uniformes, il devient souvent urgent d'y appliquer une plus ou moins grande équation, eu égard aux secondes différences entre ces divers élémens de calcul. Cette équation, qui se prend dans la table à l'aide de la demi-somme des deux secondes différences trouvées comme on l'a dit page 413, s'applique d'ailleurs

*à la*

---

(1) »The formula employed is

$$0,0002825 = v\,\frac{r}{s} + (2,47+0,5\,v^2)\frac{r^2}{s^2} + 3600\,v\,\frac{r^3}{s^3} + 3600\,(1,235 + 0,25\,v^2)\frac{r^4}{s^4};$$

$r$ being the refraction, $v$ the sine of the altitude, and $s$ the cosine. »

(2) « La principale formule, qui a servi à la construction de cette table, est ci-dessus, note 1 : $r$ étant la réfraction demandée, $v$ le sinus de la hauteur apparente, et $s$ le cosinus de *idem*. »

* *M. Caillet* a trouvé, premièrement, que pour en faire l'application la plus générale, il fallait ajouter sin 1″ partout où il y a $r$, sin² 1″ où il y a $r^2$, etc., et par conséquent que cette formule devait être modifiée ainsi qu'il suit :

$$r = 0,0002825\,\frac{s}{v\sin 1''} - (2,47+0,5\,v^2)\times\frac{r^2\sin 1'}{s.\,v} - 3600\,\frac{r^3\sin^2 1''}{s^2} - 3600\,(1,235 + 0,25\,v^2)\frac{r^4\sin^3 1''}{v.\,s^3};$$

et, ensuite, que pour avoir la possibilité d'en conclure la réfraction *horizontale*, il fallait encore, (en résolvant une équation du 4ᵉ degré à la manière de celles du 2ᵈ), modifier cette même formule ainsi qu'il suit :

$$r = \sqrt{\frac{0,0002825}{2,47\sin^2 1''} - \frac{3600\times 1.235\times\sin^2 1''\times r^4}{2,47}}$$

ce qui exige, comme on voit, quelques rectifications successives dans la valeur du second terme, d'abord obtenu par approximation.
C'est

C'est ainsi que nous avons trouvé pour réfraction horizontale 33′54″8, au lieu de 33′ 51″ que donne le *Nautical Almanac* : et comme cette dernière quantité, eu égard à la différence de pression atmosphérique, équivaut à-peu-près à celle de 33′ 46″ donnée par la *Connaissance des Temps*, il y a quelques probabilités pour qu'une telle concordance ne soit pas l'effet d'un simple hasard... Quant aux autres différences entre ces réfractions, v. la table volante, page 8 T. *

(3) » *Example.* At 7°. 18′ .13″. Bar. 29,87. Ther. 66°, the Refr. is 6′ .52″,26, from 22 observations of *Bradley*.

| | | | | | | | |
|---|---|---|---|---|---|---|---|
| For alt. 7° 20′ | R. 7′ . 8″,00 | Diff. Alt. 0″, 9 | B. 14″, 3 | Th. 0″,93 |
| For diff. Alt. . + | 1 ,62 | 1′ .47″ = 1′, 8 | — 0, 13 | — 16 |
| | 7′ . 9″,62 | Prod. + 1″,62 | 1″,86 | 14″,88 |

Bar. — 1″,86 }<br>
Th. — 14 ,88 } — 16 ,74

Corr. Refr. . . . 6′ .52″,88 }<br>
*Bradley's* Refr.. 6. 52, 26 } error 0″,62

rences ; that is, the differences of the first differences. This equation is to be applied *to the proportional part*, with the same or a contrary sign , according as the variations decrease , or increase.

* If the first differences increase and then decrease , or *vice versâ*, first decrease and then increase, take half the difference of the two second differences for the mean second difference , with which take out the equation of second difference , and add or subtract it as the first first difference is greater or less than the third first difference ( *Nautical Almanac* of 1832 ). *

» The number for the minutes and seconds, not in the argument, will be found by addition. Thus, for 9h 10m after noon, and 24'. 20" second difference, the correction is 113",6 + 16",2 + 1",8 = 2'. 11",6.

### PROBLEMS

(1) Cette règle , probablement empruntée au *Nautical Almanac*, semble plus simple que celle de la *Connaissance des Temps* (reproduite pages 413 et 422). En cas de doute, cependant , il sera bon de recourir à cette dernière.

(2) Ce calcul minutieux deviendra d'autant plus rare, à l'avenir, que cette table qui n'allait qu'à 13 minutes a été étendue jusqu'à 22. Elle a d'ailleurs été calculée par la formule $E = d' \dfrac{z-1}{2z^2}$ , E étant l'équation demandée, $d'$ la moyenne des deux secondes différences, et

*à la partie proportionnelle* , conformément au signe de cette dernière si les différences premières décroissent, et avec un signe contraire si elles croissent (1). »

* Si les différences premières $d$ vont d'abord en croissant et ensuite en décroissant , et *vice versâ*, on aura la moyenne des deux secondes différences en prenant la moitié, non de leur somme mais de leur différence, et la correction sera *additive* ou *soustractive*, selon que la *première* des trois différences $d$ sera plus ou moins grande que la *troisième* ( *Nautical Almanac* de 1832, page 156 ). *

» Si la seconde différence moyenne surpasse le dernier argument de la table , on la divisera en deux ou trois parties qui seront ensuite cherchées séparément. Ainsi , par exemple , pour 5h 20m, après midi ou minuit, l'équation correspondante à 28'30" de seconde différence est égale à la somme de celles de 21',7', et 30" = 155",6 + 51",9 + 3",7 = 3' 31",2 (2).»

* La même table peut servir pour n'importe quel intervalle, à condition d'y entrer avec un nombre d'heures convenablement modifié. Ainsi , par exemple , pour 24h d'intervalle , ce nombre devra être diminué de moitié, pour 6h il sera doublé, pour 4h triplé, etc. *

( La *Table Volante* est suffisamment expliquée par les applications ci-après ). *

### *PROBLÊMES*

et $\dfrac{12h}{z}$ la partie de 12 heures pour laquelle il s'agit de trouver cette équation : ainsi pour $3h = \dfrac{12h}{4}$ , $z = 4$ , etc. ( *Navigation de du Bourguet* , page 265 ).

---

**First Errata. — *Principal faults in printing found in the English Edition of 1805... The faults followed by a second indication of page ( which refers to the present Edition ) have been found too late for being all corrected... ( T , denotes Lateral Table ).***

**Premier Errata. — Principales fautes d'impression trouvées dans l'Édition Anglaise de 1805... *Les fautes suivies d'une seconde indication de page ( qui se rapporte à la présente Édition ) ont été trouvées trop tard pour être toutes corrigées.***

| Pages. | Distances. | Auxil. ang. | Pour / For | Lisez : / Read : | Pages, Édition 1.st | 2.d |
| --- | --- | --- | --- | --- | --- | --- |
| 62 | 13°55' | 0' | (105) 9353 | (103) 9353 | 69 | 73 |
| 130 | 47 56 | 0 | 0005 | 133 0005 | 91 | |
| 144 | 54 3 | T. | 159 0085 | 0085 | 94 | |
| 144 | 54 5 | T. | 159 0420 | 160 0420 | 95 | |
| 145 | 54 7 | T. | 9955 | 159 9955 | 105 | |
| 158 | 61 58 | 0 | 0015 | 153 0015 | 124 | |
| 165 | 64 50 | 17 | 175 (158) | 157 (158) | 130 | 134 |
| 169 | 66 51 | 17 | 0232 | 161 0232 | 131 | |
| 169 | 66 55 | 17 | 160 (161) | 161 | 133 | 137 |
| 178 | 71 57 | 0 | 0153 | 169 0153 | 134 | |
| 184 | 74 56 | 0 | 0057 | 174 0057 | 139 | |
| 193 | 78 58 | 17 | 0261 | 181 0261 | 141 | 145 |
| 220 | 92 43 | T. | 196 9752 | 096 9752 | 142 | |
| 220 | 92 19 | 0 | 0402 | 204 0402 | 153 | 157 |
| 220 | 92 54 | 0 | 0568 | 205 0568 | 156 | 160 |
| 227 | 95 50 | 17 | 0712 | (209) 0712 | 166 | |
| 227 | 95 51 | 17 | 0999 | 210 0999 | 173 | 177 |
| 228 | 96 50 | T. | 689 8076 | 089 8076 | 177 | |
| 255 | 109 0 | 17 | 2611 | (231) 2611 | 195 | |
| 255 | 109 1 | 17 | 2884 | 232 2884 | 200 | |
| 297 | 130 15 | 17 | | 264 (263) | 208 | |
| 303 | 134 15 | T. | 566 7790 | 569 7790 | 209 | |
| 320 | 132 15 | 0 | | 279 (278) | 213 | |
| 57 | 10 50 | 23 | 9125 | 9225 | 228 | |
| 58 | 11 49 | 10 | 5128 | 6128 | 228 | 232 |
| 59 | 11 24 | 17 | 8037 | 8137 | 230 | |
| 61 | 12 40 | 26 | 7144 | 7146 | 234 | |
| 63 | 13 12 | 30 | 1134 | 1174 | 243 | |
| 64 | 14 3 | 16 | 7146 | 7746 | 248 | |
| 64 | 14 29 | 8 | 6685 | 5685 | 248 | |
| 71 | 17 54 | 31 | 9307 | 3307 | 261 | 268 |
| 73 | 18 31 | 25 | 5737 | 8737 | 260 | |
| 76 | 20 22 | 1 | 3988 | 2988 | 269 | |
| 76 | 20 22 | 2 | 2460 | 3460 | 269 | |
| 79 | 21 29 | 30 | 5576 | 3576 | 269 | |
| 91 | 27 43 | 20 | 2677 | 3677 | 271 | |

| Distances. | Aux. ang. | For. | Read. | Pages, Édition 1.re | 2.e |
| --- | --- | --- | --- | --- | --- |
| 16°59' | 24' | 5202 | 5198 | 272 | |
| 27 58 | 22 | 8587 | 6587 | 272 | |
| 29 50 | 6 | 5157 | 5147 | 272 | |
| 29 32 | 31 | 5556 | 3556 | 273 | |
| 34 49 | 22 | 8034 | 8134 | 274 | 278 |
| 44 16 | T. | 7982 | 7972 | 277 | |
| 47 26 | 8 | 6271 | 6281 | 281 | |
| 47 18 | 19 | 8352 | 8342 | 282 | |
| 48 41 | 31 | 0128 | •118 | 285 | |
| 49 58 | 7 | 9047 | 9037 | 286 | |
| 51 54 | 23 | 9128 | 6128 | 288 | |
| 52 1 | 20 | 0789 | 0780 | 288 | 292 |
| 53 50 | 14 | 1031 | 4031 | 289 | |
| 58 8 | 29 | 9988 | 9788 | 298 | 302 |
| 60 3 | 14 | 4382 | 4282 | 308 | |
| 65 21 | 7 | 4378 | 4398 | 308 | |
| 68 51 | 27 | 4119 | 4109 | 313 | |
| 70 25 | 20 | 8216 | 8206 | 319 | |
| 79 40 | T. | 2625 | 0625 | 320 | 324 |
| 82 46 | 12 | 4882 | 4852 | 324 | |
| 86 24 | 16 | 7776 | 7716 | 324 | 328 |
| 86 52 | 29 | 6161 | 6141 | 326 | |
| 88 29 | 23 | 3899 | 3839 | 327 | |
| 96 32 | 10 | 3190 | 3150 | 327 | |
| 96 59 | 11 | 0835 | 0845 | 328 | |
| 97 23 | 9 | 7819 | 7859 | 331 | |
| 99 12 | 0 | 9881 | 9801 | 331 | |
| 103 0 | 27 | 1780 | 1770 | 331 | |
| 106 20 | 5 | 8374 | 0374 | 331 | |
| 106 57 | 7 | 0301 | 0361 | 332 | |
| 112 24 | 17 | 7619 | 7609 | 336 | |
| 114 36 | 2 | 5601 | 5651 | 340 | |
| 116 39 | 20 | 3815 | 3785 | 342 | |
| 116 31 | 21 | 1530 | 1500 | 342 | |
| 116 53 | 22 | 6725 | 6925 | 343 | |
| 117 40 | 17 | 0010 | 0110 | 343 | |

| Distances. | Auxil. ang. | Au lieu de | Lisez : | Pages. |
| --- | --- | --- | --- | --- |
| 118°48' | 9' | 9424 | 9324 | 346 |
| 118 49 | 9 | 9678 | 9578 | 348 |
| 118 32 | 10 | 4020 | 5020 | |
| 118 0 | 32 | 1624 | 1644 | 364 |
| 119 1 | 1 | 4585 | 4575 | 364 |
| 120 15 | 32 | 5475 | 5375 | 364 |
| 122 14 | 31 | 4706 | 4746 | 367 |
| 123 20 | 12 | 6906 | 5906 | |
| 124 30 | 31 | 7350 | 7250 | 400 |
| 125 0 | 14 | 9226 | 9236 | 400 |
| 126 27 | 2 | 3233 | 3223 | 402 |
| 126 49 | 9 | 6245 | 6235 | 410 |
| 126 21 | 20 | 6484 | 6434 | 416 |
| 131 30 | 9 | 9280 | 9279 | 418 |
| 136 57 | 6 | 8280 | 8180 | |
| 136 36 | 15 | 0700 | 0710 | 388 |
| 138 9 | 20 | 3507 | 3607 | 410 |
| 141 12 | 30 | 7034 | 7134 | 410 |
| 142 43 | 8 | 2030 | 2040 | 414 |
| 144 47 | T. | 3020 | 3040 | 418 |
| 144 1 | 15 | 2646 | 2656 | 426 |
| 145 16 | 4 | 9762 | 9742 | 428 |
| 145 11 | 21 | 1966 | 1866 | 432 |
| 145 29 | T. | 3951 | 3961 | 442 |
| 146 42 | 0 | 5486 | 5386 | |
| 147 20 | 22 | 1051 | 2051 | 391 |
| 147 42 | 25 | 4175 | 4165 | 405 |
| 147 54 | 26 | 5672 | 5572 | 427 |
| 147 2 | 30 | 5949 | 5849 | 429 |
| 148 35 | 8 | 9426 | 9526 | 447 |
| 150 17 | 3 | 6636 | 6736 | 449 |
| 152 35 | 4 | 5454 | 5444 | 455 |
| 153 1 | 13 | 5845 | 4845 | |
| 153 2 | 13 | 5976 | 4976 | 415 |
| 153 46 | 24 | 5779 | 5679 | |
| 153 24 | 28 | 0058 | 1058 | |

| Distances. | Aux. ang. | For. | Read. |
| --- | --- | --- | --- |
| 155° 0' | 11' | 0803 | 0823 |
| 156 40 | 8 | 3049 | 4049 |
| Proport.l Logarithms. | | | |
| 1° 32' | 58" | 28795 | 28695 |
| 1 32 | 59 | 28787 | 28687 |
| 1 37 | 58 | 26410 | 26419 |
| 2 23 | 19 | 9998 | 9898 |
| Logarithmic sines. | | | |
| 6° 16' | | 895 | 805 |
| 6 58 | | 283 | 383 |
| 7 52 | | 620 | 630 |
| 168 14 | | 647 | 947 |
| 14 30 | | 30860 | 39860 |
| 74 20 | | 556 | 356 |
| Logarithmic secants. | | | |
| 89° 31' | | 07388 | 07368 |
| 101 2 | | 010 | 810 |
| 78 54 | | 452 | 552 |
| 76 55 | | 579 | 519 |
| 105 47 | | 443 | 543 |
| 19 38 | | 501 | 601 |
| 20 24 | | 803 | 813 |
| 67 29 | | 666 | 686 |
| 117 0 | | 395 | 295 |
| Logarithmic versed. | | | |
| | | 58h/88" | 5h 88" |
| hours. | | 12h | 6h |
| minut. | | 45' | 48' |
| degrees | | 100° | 110° |
| 29°19' | | 543 | 643 |
| minut. | | 45' | 48' |
| 33° 54' | | 839 | 939 |
| Logarithmic coversed. | | | |
| 76 49 | | 883 | 983 |

T, signifie *Table latérale.*

# PROBLEMS

### AND

## EXAMPLES.

—

» PROBLEM I. — *The longitude of a Ship at sea being given, to find the right ascension, declination, etc., of the Sun or Moon for any time, under that meridian, by means of the Nautical Almanac.* »

1. » CONVERT the ship's longitude into time, and, according as it is west, or east, add it to, or subtract it from, the given time, in order to have the corresponding time at Greenwich. Observe that, if the sum in the preceding addition is greater than 24$^h$, the excess above 24$^h$ will be the corresponding time at Greenwich on the *following day*. When the longitude, though greater, is to be subtracted from the given time, this must be previously increased by 24$^h$; and the remainder will then express the corresponding time on the *preceding day* at Greenwich. »

2. » Take out of the Nautical Almanac the right ascension, or declination, etc., for the noon *or midnight* immediately preceding, and the variation for 24$^h$, or 12$^h$ following; that is, the difference between the quantity taken, and that of the following noon or midnight.

3. » With that variation, and the time at Greenwich (which for the elements of the Moon is to be diminished by 12$^h$ when the time exceeds it) as interval, find the proportional part (* by aliquot parts, table XIV, or otherwise) *... And this, being added to, or subtracted from, the preceding right ascension, declination, etc., will give the one required. »

» *Example* 1. What is the Sun's declination, February 3, 1792, at noon, in longitude 113°. 34' west ?

Declination, Feb. 3, at noon at Greenwich. . . . . 16° 30' 29' S.
Vari. in the follow. 24$h$—17'.50″ Pr. part to 113°.34'—   5. 38

    Declination required (1). . . . . . . . 16° 24' 51″ S.»

*In this, the proportional part might be computed by means of table XIV, as follows :

Time at the ship, february 3. . . . 0$h$   0$m$ 0$s$
Longitude west in time.. . . . . . + 7. 34. 16

    Time at Greenwich. . . . . 7$h$ 34$m$16$s$ Prop. log. 0.501
Variation of declin. in 24$h$ — 17'. 50″, Prop. log. . . . . . 1.907

    Proportional part required 5'. 38″ = Sum. . . . . 2.408 *

» *Remark.* The Sun's semidiameter is given in the Nautical Almanac to every *five* days; from which the semidiameter may be taken at sight for any intermediate day. For example, it will be seen that on March 11, 1792, the semidiameter is 16'. 8″.

        » *Example* 2.

---

(1) * The Nautical Almanac being now computed according *to the mean* time, such a declination cannot be used in a *rigourous* computation of Latitude ( by the ⊙'s meridional altitude), without being corrected on account of the Equation of time. Therefore, we have calculated

# PROBLÉMES

### ET

## EXEMPLES.

—

» PROBLÊME I. — *Etant donnée la longitude d'un lieu, trouver, pour une heure et un jour proposés, les divers élémens de calcul renfermés dans la Connaissance des Temps.*

1. » Convertissez en temps la longitude donnée et, selon qu'elle sera orientale ou occidentale, retranchez-la de, ou ajoutez-la à, l'heure proposée, et vous aurez l'heure correspondante de *Paris*... Si la longitude en temps ne peut se retrancher de l'heure du lieu qu'en augmentant celle-ci de 24$^h$, le reste sera l'heure de Paris pour le jour *d'avant*. Si, au contraire, la somme ainsi obtenue excède 24$^h$, l'excédant sera l'heure de Paris pour le jour *d'après*. »

2. » Prenez dans la Connaissance des Temps, pour le midi *ou le minuit* qui précède cette heure de Paris, la déclinaison ou autre élément de calcul demandé, ainsi que sa variation pendant les 24$^h$ ou les 12$^h$ suivantes, selon qu'il s'agira du Soleil ou de la Lune.

3. » Au moyen de cette variation et de l'heure de Paris (diminuée de 12$^h$ au besoin ), cherchez la partie proportionnelle y correspondante ( * soit par parties aliquotes, soit à l'aide de la table XIV, soit par quelqu'autre moyen*), et appliquez-la conformément à son signe pour en conclure l'élément demandé. »

» *Exemple* 1. Quelle était la déclinaison du Soleil, le 3 février 1842, à midi, temps m., par les 113° 34' de longitude est = 7$h$ 34$m$ 16$s$ ?
Déclinaison du ⊙ le 2 à midi, t. m. de Paris . . . . . 16° 50'33″,8
Diminution en 24$h$ = 17'30″,2 p.p. p$^r$ 16$h$ 25$m$ 44$s$ —   11. 59, 0

    Déclinaison demandée (2). . . . . . 16° 38 '34″,8.*

* Au moyen de la table XIV, la partie proportionnelle a été trouvée ainsi qu'il suit :

Temps moyen du lieu ( + 24$h$ ). = 24$h$ 0$m$ 0$s$
Longitude orientale en temps. . . — 7. 34. 16

    Temps moyen de Paris, le 2. . . . 16$h$ 25$m$ 44$s$ log. pr. 0.1646
Diminution de la déclinaison en 24$h$ = 17'30″,2 log. pr. 1.9153

    Partie prop.$^{lle}$ ci-dessus employée 11'59″ = Somme. 2.0799 *

» *Remarque.* Le demi-diamètre du Soleil étant donné de 5 en 5 jours par les principales Ephémérides, il sera facile de l'y prendre à vue pour un instant proposé. On trouvera, par exemple, qu'il devait être d'environ 15'55″, le 9 septembre 1842, à midi, temps moyen de Paris.

        » *Exemple* 2.

---

calculated a small table in order to facilitate this correction : it wil be found at the end of the book.

(2) * Comme cette déclinaison ne pourrait servir au calcul *rigoureux* d'une latitude (par la hauteur méridienne du Soleil), qu'après avoir été corrigée à raison de l'équation du temps, nous avons construit une petite table à cet effet, qu'on trouvera à la fin du volume. Du reste, cette correction ne pouvant aller qu'à 13 secondes, est au nombre de celles qu'on peut ordinairement négliger en mer.*

» *Example* 2. What is the Sun's right ascension, June 16, 1792, at 4h 27m 50s, in longitude 93°. 18' east?

Time at the ship, June 16.............. 4h 27m50s
Longitude E. 93°. 18' =............. — 6. 13. 12
Time at Greenwich, the 15 *th*......... 22h 14m38s
☉'s right ascension, June 15, at noon at Greenw. 5h 37m55s,9
Var. in 24h,+4m 9s,4. Prop. part to 22h 14m 38s+ 3. 50, 8
Right ascension required............ 5h 41m40s,7»

» *Example* 3. What is the Moon's horizontal parallax, January 1, 1792, at 11h 35m 41s, in longitude 71°. 23' west?

Time at the ship, January 1............, 11h 35m41s
Longitude W. 71°. 23' =............. + 4. 45. 32
Time at Greenwich............. 16h 21m13s
☽'s horizontal parallax, at midnight, at Greenwich. 55' 32"
Variation in 12h, — 18'. Prop. part to 4h 21m 13s.— 7
Horizontal parallax required (1)...... 55' 25"»

» *Example* 4. What is the Moon's declination, February 18, 1792, at 22h 28m 13s, in longitude 18°. 16' east?

Time at the ship, February 18.............. 22h 28m13s
Longitude E. 18°. 16' =............. — 1. 13. 4
Time at Greenwich............ 21h 15m 9s
☽'s declination, Feb. 18, at midnight at Greenw... 17° 22' S.
Variation in 12h, — 53'. Prop. part to 9h 15m 9s — 41
Declination required............ 16° 41' S. »

* In this, the proportional part might be obtained by means of table XIV, as follows:
Variation of declination in 12h, — 53'. Prop. log..... 1.1331
Time at Greenwich after midnight 9h 15m 9s, Prop. log. 0.1129
Proportional part required —40'. 52" = Sum.... 1.2460 *

» *Remark.* In finding the Moon's declination, etc., regard may be had to the second differences, taking the two quantities preceding, and the two following, in the Nautical Almanac. Thus, in the preceding example, we have:

☽'s declination.

| | | first diff. | 2d diff. | Mean 2d diff. |
|---|---|---|---|---|
| Feb. 18, at noon..... | 17° 57' S. | — 35' | — 18' | |
| at midnight... | 17. 22 | — 53 | — 15 | — 16' 30" |
| 19, at noon..... | 16. 29 | — 68 | | (*table XXVII*). |
| at midnight... | 15. 21 | | | |

Declination, Feb. 18, at midnight............ 17° 22' 0" S.
Var.on in 12h,—53'. Pr. part to 9h 15m 9s—40'52" }
Corr.on for 16'.30", 2d diff.and 9. 15. 9 + 1.27 } — 39. 25
Declination required............ 16° 42' 35" S.»

» PROBLEM II. — *To correct the observed altitude of a Star, or of the limb of the Sun, Planet, or Moon, in order to reduce it to the true altitude of the centre.*

1. » Take out of table I, the dip of the horizon, which is to be subtracted from the observed altitude, in order to have the apparent altitude of the Star, or of the observed limb of the Sun, Moon, (or Planet).

2. » If it is the Sun (or Planet), find, by the Nautical Almanac, the semidiameter for the given day, and add it to, or subtract it from, the apparent altitude of the observed limb, according as it is the lower or the upper; which will give the apparent altitude of the centre (3). If it is the Moon, find by the Nautical

» *Exemple* 2. Quelle était l'ascension droite du Soleil, le 16 juin 1842, à 4h 27m 50s, par la longitude occidentale de 93° 18' ?

Temps moyen du lieu le 16 juin........... 4h 27m 50s
Longitude occidentale en temps......... + 6. 13. 12
Temps moyen de Paris......... 10h 41m 2s
Ascension droite du ☉, le 16 à midi....... 3h 31m 13s,1
Augm.on en 24h = 3m 57s,6 p.p. pr 10h 41m 2s + 1. 45, 8
Ascension droite demandée... 3h 32m 58s,9*

» *Exemple* 3. Le 1er janvier 1842, par les 71° 23' de longitude orientale = 4h 45m 32s, quelle était la parallaxe horizontale de la Lune à 11h 35m 41s ?

Temps moyen du lieu le 1er janvier.......... 11h 35m 41s
Longitude orientale en temps........... — 4. 45. 32
Temps moyen de Paris......... 6h 50m 9s
Parallaxe horizontale à midi, à Paris....... 59'52",9
Diminution en 12h = 20",5 pour 6h 50m 9s.. — 11 ,7
Parallaxe demandée (2)........ 59'41",2*

» *Exemple* 4. Le 18 février 1842, par les 18° 16' de longitude occidentale, quelle était la déclinaison de la Lune à 22h 28m 13s ?

Temps moyen du lieu diminué de 12h.. ....... 10h 28m 13s
Longitude occidentale............. + 1. 13. 4
Temps moyen de Paris, 12h.... + 11h 41m 17s
Déclinaison de la ☾ B, le 18 à minuit....... 25° 29'47",2
Augm.on en 12h = 38'49",4, pour 11h 41m 17s p.p.+ 37. 49, 0
Déclinaison demandée........ 26° 7'36",2 *

* La partie proportionnelle a été calculée, au moyen de la table XIV, comme suit :
Temps moyen de Paris 11h 41m 17s, log. prop...... 0.0114
Augm.on de la décl. en 12h = 38'49", log. prop..... 1.2682
Partie prop. employée ci-dessus 37'49",0 = somme... 1.2796 *

» *Remarque.* On peut avoir égard aux secondes différences, en prenant dans la Connaissance des Temps les deux nombres qui précèdent et les deux qui suivent le nombre à interpoler, comme on l'a déjà dit. Ainsi, à l'égard du dernier exemple, on trouve déclinaison de la ☾ pour le

| | | Diff. 1res. | Diff. 2es. | |
|---|---|---|---|---|
| 18 fév. { | à midi . 24° 29' 43",5 | | | |
| | à minuit. 25 29 47 ,2 | + 60' 3",7 | — 21' 14",3 | moyenne |
| 19 fév. { | à midi . 26 8 36 ,6 | + 38 49 ,4 | — 23 12 ,1 | — 22'13",2 |
| | à minuit. 26 24 13 ,9 | + 15 37 ,3 | | |

Déclinaison le 18 février, à minuit......... 25° 29'47",4
Aug.on en 12h = 38'49",4 et pour 11h 41m 17s p.p. + 37. 49, 0
Pour 22'13",2 de 2e diff. et *idem*, (*table XXVII*) + 0. 17, 0
Déclinaison corrigée........ 26° 7'53",2 *

» PROBLÈME II. — *La hauteur d'un astre, ou d'un de ses bords, étant observée, y appliquer toutes les corrections nécessaires pour en conclure la hauteur vraie du centre de cet astre.*

1. » De la hauteur observée, ôtez d'abord la dépression donnée par la table I (si vous n'avez pu la déterminer directement), et vous aurez la hauteur apparente de l'Etoile, ou du bord de l'astre observé.

2. » S'il s'agit du Soleil ou d'une Planète, prenez son demi-diamètre dans la Connaissance des Temps, ajoutez-le à, ou retranchez-le de cette hauteur apparente, selon que le bord observé sera l'*inférieur* ou le *supérieur*, et vous aurez la hauteur apparente du centre de cet astre (4). S'il s'agit de la Lune, prenez, en outre

---

(1) *For reducing a Lunar Distance, in order to correct it on account of the spheroidal figure of the Earth, this horizontal parallax must be augmented as specified page 412 (and otherwise be diminished).*

(3) » The semidiameter, as given by the Nautical Almanac, ought to be reduced by the contraction, which proceeds from the difference of refraction

(2) * Quand on réduit une distance lunaire, avec l'intention d'avoir égard à l'aplatissement du globe, cette parallaxe horizontale, au lieu d'être diminuée à raison de la latitude, doit être augmentée comme on a pu le voir page 412 et ailleurs. *

(4) » Pour plus de précision, chaque demi-diamètre donné par la Connaissance des Temps, doit être diminué de l'accourcissement donné

the Nautical Almanac , the horizontal semidiameter and parallax , for the given time at the ship ( reducing it to the corresponding time at Greenwich). And, with the horizontal semidiameter, take out of table II., the augmentation answering to the apparent altitude of the *limb*. The corrected semidiameter must be added to, or subtracted from, the said apparent altitude, according as the observed is the lower or the upper limb, in order to have the apparent altitude of the *centre* (1).

3. »The corrections to be applied to the apparent altitude already found, in order to conclude the true altitude, will be found by means of table IV., for a Star, or for the Sun (3) ; or, by means of table XI., for the Moon, (according to the horizontal parallax found before (4)); using for argument the altitude corrected of dip only ( that is , in case of the Sun, the apparent altitude of the observed limb) ; and the corrections are to be added, or subtracted , as specified at the top *or bottom* of the respective tables. »

»*Scholium.* The inverse problem, that of deducing the apparent altitude of a Star, or of the Sun or Moon, from the true altitude (6), will be solved by a process, which is the inverse of the preceding rule 3. Thus, the correction taken out of table IV., for a Star , or for the Sun, is to be added to, and the correction taken out of table XI., for the Moon, to be subtracted from, the true altitude. This, however, will only give at first an approximated altitude ; but the exact apparent altitude may be obtained by repeating the same operation, taking a *second time* the correction of table IV., or XI., for the approximated altitude, and applying it to the true altitude... (The preceding rules will be illustrated in several examples of the following Problems). »

PROBLEM III. — *To determine the variation of an Azimuth Compass by the Sun's apparent and true amplitudes.*

1. »With this compass, preferably, take the *apparent* amplitude of the Sun's centre, when it is in the true (and not in the visible horizon) : that is , when the lower limb *appears* elevated above the horizon, by a space somewhat exceeding that of the *vertical* semidiameter.

2. »With the time of this observation , find by the Nautical Almanac the Sun's declination (*Problem I.*).
         3. *To the logarith*.

---

of refraction ( table VIII. ) at the limb and centre, in order to have with accuracy the apparent altitude of the latter ; but this correction may generally be neglected, and can only produce sensible errors in very low altitudes. »

(1) * Our author has printed *center* every-where in his book, according to the old Nautical Almanacs ; but in the new we find *centre*, according to the etymology of this word. *

(2) Corrigée au besoin du therm.$^e$ et du bar.$^e$ par les tabl. VI ou VII.

(3) * By means of tables IV. and IX., for a Planet, as explained page 405. *

(4) * The numbers found in tables IV. and XI. may be corrected, on account of the atmospherical situation, by means of table VI. or VII. *

(5) On trouve dans les ouvrages de *MM. Guépratte et Fournier* des tables très-commodes qui dispensent de ce tâtonnement. *MM. du Bourguet et Mancel* ont dès long-temps publié une formule de *M. Delambre* pour en calculer de semblables. Celle que nous plaçons à la fin du volume a été déduite de la table XI ( v. table A ).

en outre , dans la Connaissance des Temps , la parallaxe horizontale ( pour l'heure de Paris correspondante à celle du lieu , *Problême I* ) , et , dans la table II , l'augmentation du demi-diamètre de cet astre correspondante à la hauteur du *bord observé*. Puis, pour avoir également la hauteur apparente du centre, *ajoutez* ou *retranchez* ce demi-diamètre corrigé, conformément à ce qui vient d'être dit.

3. » De la hauteur apparente d'une Étoile ( du centre du Soleil ou d'une Planète ), ôtez la réfraction (2) (table IV), diminuée de la parallaxe ( table IV ou table IX), le tout pris au moyen de la hauteur apparente du *point observé*, et la hauteur vraie demandée en sera le résultat. S'il s'agit de la Lune, à la hauteur apparente de son centre, *ajoutez* la parallaxe de hauteur diminuée de la réfraction, le tout pris dans la table XI au moyen dudit *bord observé* et de la parallaxe horizontale corrigée d'après la table III, et vous aurez également la hauteur vraie demandée (7).

» *Scolie.* Le problème inverse, celui de déduire la hauteur apparente de la hauteur vraie, se résout en appliquant les mêmes corrections en sens contraire. C'est-à-dire, que la correction prise dans la table IV *s'ajoute*, et que celle prise dans la table XI se *retranche*. Il est vrai que de prime-abord on n'obtient ainsi qu'une hauteur apparente *approchée*, mais on l'obtient ensuite exactement en répétant l'opération, au moyen de cette dernière hauteur (5)...(Les principes précédens seront éclaircis par diverses applications ci-après ).

PROBLÊME III. — *Déterminer la variation d'un compas azimuthal par l'observation de l'amplitude du Soleil.*

1. »Avec ce compas, préférablement, observez le soir ou le matin l'amplitude du Soleil , lorsque le centre de cet astre est à l'horizon vrai ( et non pas à l'horizon de la mer ); c'est-à-dire , lorsque le bord inférieur est élevé au-dessus de ce dernier horizon d'un peu plus qu'un demi-diamètre vertical.

2. »Pour l'heure de cette observation , calculez la déclinaison du Soleil, d'après la Connaissance des Temps ( *Problême I* ).    3. *Au logarith*.

---

donné par la table VIII. Toutefois, la négligence de cette correction ne peut occasionner de notables erreurs que si les hauteurs sont très-petites ( v. note 7, un éclaircissement de *M. Guépratte* à ce sujet ).

(6) » When we simply express the *apparent*, or the *true altitude*, we mean that of the *centre*.

(7) Contrairement à ce que dit ici *M. de Mendoza*, cette manière d'opérer , qui est assez d'accord avec celle enseignée dans le *Guide du Navigateur*, dispense, d'après *M. Guépratte*, de tenir compte de l'augmentation du demi-diamètre, aussi bien que de l'accourcissement *vertical* de ce dernier; (sans doute à cause du rapport constant qui existe entre la parallaxe et ce demi-diamètre, et de ce que, d'après la différence des deux réfractions, la correction d'accourcissement se trouve déjà effectuée). Toutefois, *M. de Mendoza* opère à la manière de *M. de Borda* dans la plupart de ses corrections de hauteur de Lune ; c'est-à-dire, en employant la hauteur apparente du centre de cet astre pour principal argument. D'après *MM. Fournier et Caillet*, ces deux manières sont également rigoureuses , ou peu s'en faut, ( moyennant l'éclaircissement de *M. Guépratte*); mais celle de *M. de Borda* s'applique plus commodément au calcul du Problème XIII, et l'autre à la méthode de *M. de Borda*... Les corrections atmosphériques indiquées par les tables VI ou VII , pour les nombres des tables IV et V, sont d'ailleurs applicables aux nombres de la table XI,

3. *To the logarithmic sine of this declination , add the log. secant of the ship's latitude, and the sum will be the log. sine of the Sun's *true* amplitude, * » ( which will be reckoned from the east, if at rising, or, from the west, if at setting ; and to the north , or south, according to the *name* (1) of the Sun's declination ). »

4. »The difference between the true and apparent amplitudes , will give the required variation ( with sufficient accuracy for the general purposes of Navigation ). »

»*Example*. What is the true amplitude of the Sun , at rising, in 21°. 43' north latitude , when the Sun's declination is 6°. 47' north ?

Declination   6° 47'  L. sine (*table XXII.*) . . . . . . . . . 9.07231
Latitude    21. 43  L. secant (*table XXIII.*) . . . . . . . . 0.03197

True amplitude 7°. 18'. 16″ E. N. = L. sine . . ( *sum* ) 9.10428
Now , suppose that , for the place and time of the preceding computation , the observed amplitude is . . . . . . . . 19° 56' E. N.
True computed amplitude . . . . . . . . . . . . — 7. 18  E. N.

Variation of the Compass . . . . . . . 12° 38' N. E.
★ N. E., because the true amplitude appears on the right of the observed : ( otherwise, variation N. W.) ★

»PROBLEM IV. — *To determine the azimuth of the Sun, by means of its observed altitude.* »—*To determine also the variation of a Compass , and the astronomic bearing of an object.*

Concerning the Sun's azimuth :

1. »Find , by the Nautical Almanac , the Sun's declination , for the time of the observation ( *Problem I.* ) ; and deduce the distance from the Sun to the elevated pole (2). »

2. »Correct the observed altitude of the Sun (*Problem II.* ).

3. »Add together the Sun's polar distance , the Sun's altitude , and the ship's latitude ; take half the sum , and the difference between the half-sum and the polar distance. »

4. »Add together, the logarithmic secant of the altitude, the log. secant of the latitude , the log. cosine of the half-sum , and the log. cosine of the difference ; the sum ( reducing the index to the units ) will be the log. *suversed* of the azimuth , reckoned from that quadrant of the meridian where the elevated pole is situated.

»*Scholium*. This problem is useful in determining the magnetic variation , by observing the altitude of the Sun , at the time when its azimuth is taken with the compass , and comparing this observed azimuth with the computed azimuth, as explained with regard to the amplitudes. For this purpose , it will be sufficient to make the calculation , neglecting the seconds of the *data* , as follows.

»*Example*. July 6, 1792, in 28°. 30' north latitude , and 42°. 21' west longitude , at 19h 42m estimated time , the altitude of the ⊙'s lower limb was observed ( to the east ) to be 9°. 58'. 45″ , the eye being raised 16 feet above the sea. The azimuth by the compass, observed at the same time , was 87° S. E. What are first the ⊙'s azimuth, and the variation of the compass ?          Estimated time

---

(1) »The *name* in this acception relates to the distinction of the declination , zenith distance , etc., into *north* or *south*. »

(2) »The Sun's polar distance ( that is , the distance to the elevated pole ) will be had by taking the complement to 90° of the Sun's declination, when the latitude is of the same name ; or by adding 90° to the declination , when the latitude is of different name. ★

---

3. *Au log.ᵉ sinus de cette déclinaison , ajoutez le log. sécante de la latitude du lieu , et la somme sera le log. sinus de l'amplitude vraie du Soleil : * » elle sera comptée à partir de l'est ou de l'ouest selon qu'elle sera *ortive* ou *occase*, et en allant vers le nord ou vers le sud , selon que la déclinaison sera *boréale* ou *australe*. »

4. »La différence entre ces deux amplitudes sera la variation demandée, et son exactitude sera généralement suffisante pour les usages ordinaires de la navigation. »

»*Exemple*. Le 3 février 1842 , au soir , par les 21° 43' de latitude sud, on demande l'amplitude vraie du Soleil dont la déclinaison était de 16° 27' A. ?

Déclinaison 16° 27' log. sinus ( *table XXII* ) . . . . . . . 9.45206
Latitude    21. 43 log. sécante ( *table XXIII* ) . . . . . 0.03197

Amplitude vraie O. 17° 45' S. = log. sin. (*somme*) 9.48403
Supposons maintenant que l'amplitude observée étant l'O. 5° 12'N., on veuille en conclure la variation du compas ?
Amplitude observée . . . . . . . . . . . O. 5° 12' N.
*Idem* calculée . . . . . . . . . . . . . O. 17. 45  S.

Variation demandée ( *diff. algébrique* ).   22° 57' N. O.★
*N. O. , parce que l'amplitude calculée était à gauche de l'observée , autrement la variation eût été N. E.★

»PROBLÊME IV. — *Déterminer l'azimuth du Soleil par l'observation de la hauteur de cet astre.* » — *Déterminer aussi la variation du compas , et le relèvement astronomique d'un objet.*

Relativement à l'azimuth du Soleil :

1. »Au moyen de la Connaissance des Temps, calculez d'abord la déclinaison du Soleil correspondante à l'heure de l'observation ( *Problème I* ) , et concluez-en la distance de cet astre au pôle élevé (3). »

2. » Déterminez ensuite la hauteur vraie du Soleil ( *Problème II* ). »

3. »Ajoutez ensemble, la latitude du lieu , la hauteur vraie, et la distance polaire du Soleil ; prenez-en la demi-somme , puis la différence entre celle-ci et la distance polaire (4). »

4. »Faites la somme des logarithmes sécantes de la hauteur vraie et de la latitude, cosinus de la demi-somme et de la différence , et vous aurez le log. *suverse* de l'azimuth , à compter du pôle élevé , et en allant vers l'est ou vers l'ouest , selon que l'observation aura été faite le matin ou le soir.

»*Scolie*. Ce problème est réellement plus utile pour déterminer le relèvement astronomique d'un objet terrestre , dans les opérations hydrographiques , que pour observer la variation du compas. On peut d'ailleurs négliger les secondes des données , ainsi qu'il suit :

*Exemple*. Le 19 juin 1836 , par les 35° 8' de latitude sud et les 130° 24' de longitude est, vers les 24 51m 36s temps moyen , la hauteur du bord inférieur du Soleil a été trouvée de 18° 41' 45″ ( l'élévation de l'œil étant de 4 mètr. , 5, et le centre de cet astre ayant été relevé au S. 127° 20' O. du compas ) ; on demande , premièrement , l'azimuth du ⊙ et la variation de ce compas ?

          Temps moyen

---

(3) »La distance polaire du Soleil s'obtient, comme on sait, en prenant le complément de la déclinaison, si celle-ci est de même dénomination que la latitude, ou en ajoutant 90° à cette déclinaison, si elle est de différente dénomination.»

(4) V. note 2, page 429.

Estimated time at the ship . . . . . . . . . . . . . . . 19h 42m 0s
Longitude west in time . . . . . . . . . . . . . . . + 2. 49. 24

Time at Greenwich . . . . . . . . . . . . . . . . . 22h 31m 24s
☉'s declination then ( by Naut.¹ Alm.ᵉ, *Problem I.* ) 22° 31'

| | | |
|---|---|---|
| Observ.ᵈ alt.ᵉ of ☉'s lower limb | 9° 59' | |
| Dip, for 16 feet ( *table I.* ). — | 4 | |
| | 9° 55' | |
| Semidiameter . . . . . . . + | 16 | |
| ☉'s apparent altitude . . . . . | 10° 11' | |
| Corr.ᵒⁿ of altit.ᵉ ( *table IV.* )— | 5 | ( *Table XXIII.* ). |
| True altitude . . . . . . . . . | 10° 6' | L. secant. . . . . . . 0.00678 |
| Latitude . . . . . . . . . . . | 28. 30 | L. secant. . . . . . . 0.05610 |
| ☉'s polar distance . . . . . . | 67. 29 | ( *Table XXII.* ). |
| Sum . . . . . . . . . . . . . | 106° 5' | |
| Half-sum . . . . . . . . . . | 53. 2 | L. cosine. . . . . . . 9.77913 |
| Half-sum ∽ pol. distance . . | 14. 27 | L. cosine. . . . . . . 9.98604 |
| Azimuth required . . 69° 45' N. E. | = | L. suversed ( *sum* ) . 9.82805 |
| Azimuth by compass 93. 0 N. E. (or 87° S. E.) | | ( *Table XXI.* ). |
| Variation required 23° 15' N. W. | | |

*Astronomic bearing.* Suppose, in the foregoing example, that the distance of a ship ( or another object) on the right, from the Sun's near limb on the left, being observed to be 94°. 36', the astronomic bearing of this object and the variation of the compass be required ( the azimuth of the said object, by this compass, being 188°, N. E. and its altitude above the *true* horizon 1°. 15' ) ?

| | | |
|---|---|---|
| Observed distance . . . . . . . | 94° 36' | |
| ☉'s semidiameter . . . . . + | 16 | |
| Corrected distance . . . . . . | 94° 52' | ( *Table XXIII.* ). |
| ☉'s apparent altitude . . . . | 10. 11 | L. secant. . . . . . . 0.00690 |
| Altitude of the object . . . . . | 1. 15 | L. secant. . . . . . . 0.00010 |
| Sum . . . . . . . . . . . . . | 106° 18' | ( *Table XXII.* ) |
| Half-sum . . . . . . . . . . | 53. 9 | L. cosine. . . . . . . 9.77795 |
| Half-sum ∽ corr. distance . . | 41. 43 | L. cosine. . . . . . . 9.87300 |
| Azimuthal angle, on the right | 95. 10 | = L. suvers. ( *sum* ) 9.65795 |
| ☉'s true azimuth, aforesaid . | 69. 45 N. E. | ( *Table XXI* ). |
| Astr.ᵉ bearing required ( *sum* ) | 164° 55' N. E. | |
| Azimuth by compass . . . . . | 188. 0 N. E. | |
| Variation required ( *diff.* ) . . | 23° 5' N. W.* | |

* This means of observing the variation is more accurate than the foregoing ( on account of the difficulty to set exactly by compass an object more or less raised) ; but also it is rarely practicable at the sea.*

»PROBLEM V. — *To find the Latitude of a ship at sea , by the observed meridional altitude of the Sun's limb.* »

1. »With the ship's longitude, find by the Nautical Almanac the Sun's declination for noon at the ship; that is, for the time of observation ( *Problem I.* ). »

2. »Reduce the observed altitude to the true altitude of the centre ( *Problem II.* ). »

3. »Deduce the Sun's meridional zenith distance ( the complement to 90° of the altitude), and call it north, or south, according as the Sun is to the north, or south, of the observer, at the time of making the observation. »

4. »Take the difference, or the Sum of the meridional zenith distance and declination, according as they are of the same *name* (1), or of different names; and the result will be the Latitude of the ship required. »

5. »The Latitude will always be of the name of the declination, except when the declination is of the the
same name

(1) * Concerning this expression, see note 1, page 424.

Temps moyen de l'observation, le 19 . . . . . . . . . 2h 51m 36s
Longitude orientale, en temps . . . . . . . . . . . — 8. 41. 36

Temps moyen de Paris , le 18 . . . . . . . 18h 10m 0s
Déclin. du Soleil, pour cette heure ( *Problême I* ) . . 23° 27' B.

| | | |
|---|---|---|
| Hauteur observée du ☉ . . | 18° 41' 45" | |
| Dépr.ᵒⁿ p.ʳ 4m, 5 ( *table I* ) — | 3. 46 | |
| Reste. . . . . . . . . . . | 18° 37' 59" | |
| Demi-Diamètre du ☉ . + | 15. 46 | |
| Hauteur apparente du ☉ . | 18° 53' 45" | |
| Réfr.ᵒⁿ —par.ᵉ ( *table IV* )— | 2. 40 | ( *Table XXIII* ). |
| Hauteur vraie du ☉ . . . . | 18° 51' | log. séc. . . . . . . 0.02394 |
| Latitude . . . . . . . . | 35. 8 | log. séc. . . . . . . 0.08734 |
| Distance polaire . . . . . . | 113. 27 | |
| Somme . . . . . . . . . . | 167° 26' | ( *Table XXII* ). |
| Demi-somme . . . . . . . . | 83. 43 | log. cos. . . . . . . 9.03920 |
| Moins la distance polaire . . | 29. 44 | log. cos. . . . . . . 9.93869 |
| Azimuth vrai du ☉ . . . S. 138° 58' O. | = | log.suver.( *som.* )9.08017 |
| *Idem* observé . . . . S. 127. 20 O. | | ( *Table XXI* ). |
| Variation demandée, ( *diff.* ) 11° 38' N.E.* | | |

*Relèvement astronomique.* Supposons, de plus, qu'en même temps la distance d'un vaisseau ( ou d'un objet terrestre) au bord voisin du Soleil, ayant été trouvée de 84° 28', de droite à gauche, on veuille en conclure le relèvement astronomique de cet objet, ainsi que la variation du compas (ledit objet, élevé de 2° 12' au-dessus de l'horizon *vrai*, ayant été relevé avec ce compas au N. 32° 30' E. ) ?

| | | |
|---|---|---|
| Distance observée . . . . . | 84° 28' | |
| Demi-diamètre du ☉ . . + | 16 | |
| Distance corrigée . . . . = | 84° 44' | ( *Table XXIII* ). |
| Haut.ʳ app.ᵗᵉ du ☉ . . . . | 18. 54 | log. séc. . . . . . . . . 0.02407 |
| Elévation de l'objet . . . . | 2. 12 | log. séc. . . . . . . . . 0.00032 |
| Somme . . . . . . . . . . | 105° 50' | ( *Table XXII* ). |
| Demi-somme . . . . . . . . | 52. 55 | log. cos. . . . . . . . . 9.78030 |
| Moins la distance . . . . . . | 31. 49 | log. cos. . . . . . . . . 9.92929 |
| Angle azimuthal, à droite . | 85° 11' | = log. suverse ( *som.* ) 9.73398 |
| Azimuth vrai du ☉ . . . S. 138. 58 O. | | (ci-dessus.) ( *Table XXI* ). |
| Relèvem.ᵗ astr.ᵉ demandé S. 224° 9' | O. ( *somme* ). | |
| Ou le . . . . . . . . . N. 44. 9 | E. | |
| Relèv.ᵗ au compas . . . N. 32. 30 | E. | |
| Variation demandée ( *diff.* ) 11° 39' N. E.* | | |

*Ce moyen d'obtenir la variation est plus exact que le précédent ( à cause de la difficulté de relever exactement au compas des objets plus ou moins élevés ) ; mais en mer il n'est que rarement praticable. *

»PROBLÊME V. — *Trouver la Latitude, en mer, par la hauteur méridienne du bord inférieur du Soleil.*

1. »Au moyen de la longitude estimée et de l'heure du bord, déterminez l'heure approchée de Paris et, d'après la Connaissance des Temps, la déclinaison du Soleil qui y correspond ( *Problême I* ).

2. »De la hauteur du bord observé , concluez la hauteur vraie du centre ( *Problême II* ). »

3. »Prenez le complément de cette dernière hauteur, pour avoir la distance zénithale vraie (qui sera N. ou S. , selon le pôle vers lequel on était tourné en faisant l'observation ). »

4. »La Latitude demandée s'obtiendra ensuite en prenant, soit la différence entre cette distance zénithale et la déclinaison, soit la somme de ces deux quantités , selon qu'elles seront de même ou de différente dénomination. »

5. »Cette Latitude sera de même dénomination que la déclinaison , à moins que cette dernière ne
soit plus

same name, but less than the meridional zenith distance, in which case the Latitude will be of a contrary name. »

»*Scholium.* The Sun, as well as the Moon and Stars, may pass successively, and without setting, by two different points of the meridian. The above rules will then be sufficient for the upper passage; but if the Sun was observed at its least altitude (between the elevated pole and the horizon), the Latitude will be found, by adding together the meridional zenith distance and the declination, and taking the sum from 180°.»

»*Example.* March 12, 1792, a ship being in 53°. 10' longitude west, the meridional altitude of the Sun's lower limb was observed (to the south) to be 86°. 10'. 15' ; the observer's eye was 17 feet above the surface of the sea. What is the Latitude of the ship ?

| | | |
|---|---|---|
| Observed altitude of ☉'s lower limb | 86° 10' | 15' S. |
| Dip ( *table I.* ) | — | 4. 2 |
| Apparent altitude of the lower limb | 86° 6' | 13' |
| Semidiameter ( *by Nautical Almanac* ) | + | 16. 8 |
| Contraction of *idem* ( *table VIII.* ) | — | 0. 0 |
| Apparent altitude of the centre | 86° 22' | 21' |
| Correction of this app.' altitude ( *table IV.* ) | — | 0. 3 |
| Atmospherical correction ( *table VI. or VII.* ) | | 0, 0 |
| ☉'s true altitude | 86° 22' | 18' |
| Zenith distance ( *complement to 90°* ) | 3. 37. | 42 S. |
| Declination ( *by Nautical Almanac* ) | 2. 51. | 29 S. |
| Latitude required ( *difference* ) | 0° 46' | 13' N. |

»PROBLEM VI. — *To find the Latitude of a ship at sea, by the observed meridional altitude of a Star.*»

»Find the declination of the Star for the given time ( *by Nautical Almanac* ). Correct the altitude, and proceed in the remainder of the operation, according to the rules laid down in the last problem. »

»*Example.* September 3, 1792, in a ship at sea the meridional altitude of *Fomalhaut* was observed ( to the south ) to be 74°. 19'. 45', the observer's eye being 19 feet above the surface of the sea. What is the Latitude of the ship ?

| | | |
|---|---|---|
| Observed altitude of *Fomalhaut* | 74° 19' | 45' S. |
| Dip ( *table I.* ) | — | 4. 16 |
| Apparent altitude | 74° 15' | 29' |
| Correction of apparent altitude ( *table IV.* ) | — | 16 |
| Atmospherical correction ( *table VI. or VII.* ) | — | 0 |
| True altitude | 74° 15' | 13' |
| Zenith distance ( *complement to 90°* ) | 15. 44. | 47 S. |
| Declination ( *by Nautical Almanac* ) | 30. 42. | 51 S. |
| Latitude ( *difference* ) | 14° 58' | 4' S.» |

»PROBLEM VII. — *To find the Latitude of a ship at sea by the observed meridional altitude of the Moon's limb.* »

1. » Find by the Nautical Almanac the time of the Moon's passing

---

(1) Les règles enseignées par *M. de Borda* étant un peu plus faciles à retenir que celles de l'Auteur, nous croyons devoir en donner l'aperçu suivant : Si le Soleil, ou tout autre astre, a été observé à son passage au demi-méridien *supérieur*, la Latitude s'obtiendra en prenant la différence entre la hauteur vraie et la distance au pôle situé *devant l'observateur* lors de l'observation. Elle sera de même dénomination que ce pôle, si cette distance est plus petite que la hauteur vraie, et autrement de contraire dénomination. S'il s'agit d'un passage au demi-méridien *inférieur*, la Latitude étant égale à la hauteur du pôle, sera évidemment obtenue en prenant la somme de la distance polaire et de la hauteur vraie.

(2) Pendant le crépuscule, où l'on distingue assez bien les bornes de l'horizon de la mer, de semblables observations étant assez faciles pour qu'on puisse répondre de leur exactitude à la minute près, elles sont bien préférables à toutes les méthodes de deux ou de trois hauteurs qui

---

soit plus petite et de même dénomination que la distance zénithale ; auquel cas, la déclinaison et la Latitude seront de différente dénomination. »

»*Scolie.* Les règles précédentes n'étant applicables qu'au passage des astres par le demi-méridien supérieur, si la hauteur méridienne a été observée au-dessous du pôle, la Latitude en ôtant de 180° la somme de la distance zénithale et de la déclinaison (1).

»*Exemple.* Le 12 mars 1842, par les 53° 10' de longitude orientale, la hauteur méridienne du ☉ ( observée du côté du N. ), a été trouvée de 48° 25' 30', l'œil observateur étant élevé de 7 mètres, le thermomètre centigrade à 25° et le baromètre à 0m,714 ; on demande la Latitude du lieu ?

| | | |
|---|---|---|
| Hauteur méridienne du ☉ | 48° 25' | 30' N. |
| Dépression pour 7 mètres ( *table I* ) | — | 4. 41 |
| Reste | 48° 20' | 49' |
| Demi-diamètre ( *Conn.ce des Temps* ) | + | 16. 7 |
| Accourcissement de *idem* ( *table VIII* ) | — | 0. 0 |
| Hauteur apparente du centre du ☉ | 48° 30' | 56' |
| Réfr.on moins la parallaxe ( *table IV* ) — 0' 46" } Correction therm.e et bar.e ( *table VI* ) + 6 } | — | 0. 40 |
| Hauteur vraie du ☉ | 48° 36' | 16' |
| Distance zénithale ( *complément à 90°* ) | 41° 23' | 44' N. |
| Déclinaison du ☉ ( *Problème I* ) | 3. 25. | 19' S. |
| Latitude demandée ( somme, ou différ.e *algébrique* ) | 44° 49' | 3' S. * |

»PROBLÊME VI. — *Trouver la Latitude, en mer, par la hauteur méridienne d'une Étoile* (2).

»Corrigez la hauteur observée, de la dépression, de la réfraction et de la situation atmosphérique ( *Problème II* ), et vous aurez la hauteur vraie de l'Étoile. Cherchez ensuite dans la Connaissance des Temps la déclinaison de cette Étoile et concluez-en la Latitude, comme par le Soleil ( *Problême V* ). »

»*Exemple.* Le 3 septembre 1842, la hauteur méridienne de *Fomalhaut* ( observée du côté du S. ), a été trouvée de 34° 19' 45', l'élévation de l'œil observateur étant de 6 mètres ; quelle était la Latitude du lieu ?

| | | |
|---|---|---|
| Hauteur méridienne de *Fomalhaut* | 34° 19' | 45' S. |
| Dépression pour 6 mètres ( *table I* ) | — | 4. 21 |
| Hauteur apparente de cette Étoile | 34° 15' | 24' |
| Réfraction ( *table IV* ) | — | 1. 25 |
| Correction atmosphérique ( *table VI ou VII* ) | + | 0. 0 |
| Hauteur vraie | 34° 13' | 59' |
| Distance zénithale | 55° 46' | 1' |
| Déclinaison ( *Connaissance des Temps* ) | 30. 27. | 5 S. |
| Latitude demandée ( *différence* ) | 25° 18' | 56' N.* |

»PROBLÊME VII. — *Observer la Latitude, en mer, par la hauteur méridienne des bords supérieur ou inférieur de la Lune.*»

1. » S'il n'a pas été possible d'assigner l'heure du passage de

---

teurs qui, exigeant des calculs beaucoup plus compliqués, ne peuvent donc conduire à des résultats aussi certains. Quant à faciliter les observations d'Étoiles *en pleine nuit*, MM. de la Caille et Bézout en ont dès long-temps indiqué le moyen, qui consiste à rendre cet horizon plus apparent, en adaptant aux instrumens à réflexion, au lieu de la lunette ordinaire dont l'objectif a très-peu d'ouverture, cette lorgnette d'opéra, imaginée par *Galilée*, et qui comportant une bien plus grande ouverture d'objectif, doit aussi rassembler à son foyer un bien plus grand nombre de rayons lumineux. Par la même raison, on peut aussi, ou donner la préférence aux Étoiles dont la lumière n'est pas assez éclatante pour empêcher de distinguer l'horizon de la mer ; ou remplacer celui-ci par quelque horizon artificiel, tel que l'*Horizoscope*, l'*Horizon de nuit et de brume*, etc. ( V. notre Essai sur les Instrumens ).

Moon's passing the meridian of Greenwich, on the given day; and take the difference between that time and the time of the preceding passage, if the ship's longitude is east; or the difference between the said passage and the following passage, if the longitude is west. »

2. »With that difference, as variation in 24ʰ, and the ship's longitude in time, find the proportional part; and add it to, or subtract it from, the passage at Greenwich, according as the longitude is west or east; and the sum, or difference, will be the time at the ship, when the Moon passed the meridian, that is, when the observation was made. *If the time at the ship, when the observation was made, is well known, the above calculation may be omitted.* »

3. »For the said time (reduced to that at Greenwich), find by the Ephemeris the Moon's horizontal semidiameter, horizontal parallax, and declination (*Problem I.*). »

4. »Correct the observed altitude (*Problem II.*), and conclude the Latitude, following the rules in Problem V. »

»*Example.* February 19, 1792, in longitude 157°. 13′ east (= 10ʰ 28m 52s), the meridional altitude of the Moon's upper limb was observed (to the north) to be 82°. 7′. 30″, the observer's eye being 20 feet above the surface of the sea, *Fahrenheit's* thermom.ʳ at 95°, and the barom.ʳ at 27 i., 32. What is the Latitude of the ship?

| | |
|---|---|
| Time of ☽'s passage at Greenwich, febr. 19 . . . . . | 22ʰ 22m 0s |
| Diff. to the preceding passage—58m, p.p. to 10ʰ 29m— | 25. 20 |
| Time at the ship . . . . . . . . . . . . . . . . . . | 21. 56. 40 |
| Longitude east, in time . . . . . . . . . . . . . . — | 10. 28. 52 |
| Time at Greenwich . . . . . . . . . . . . . . . . . . | 11ʰ 27m 48s |
| By Nautical Almanac then { ☽'s horizontal semidiameter . . | 16′ 21″ |
| ☽'s horizontal parallax (1). . . . | 60. 1 |
| ☽'s declination . . . . . . . . . | 15° 29. 41 S. |
| Observed altitude of ☽'s upper limb . . . . . . . . | 82° 7′ 30″ N. |
| Dip (*table I.*) . . . . . . . . . . . . . . . . . | 4. 23 |
| Apparent altitude of upper limb . . . . . . . . . . | 82° 3′ 7″ |
| ☽'s horizontal semidiameter . . . . . 16′ 21″ } — | 16. 38 |
| Augmentation (*table II.*) . . . . . + 17 } | |
| ☽'s apparent altitude . . . . . . . . . . . . . . . | 81° 46′ 29″ |
| Correction of this latter (*table XI.*) . . . . . . + | 8. 27 |
| Thermometer and barometer (*table VI.*) . . . + | 0. 2 |
| ☽'s true altitude . . . . . . . . . . . . . . . . | 81° 54′ 58″ |
| Zenith distance (*complement to 90°*) . . . . . . . | 8° 5′ 2″ N. |
| ☽'s declination . . . . . . . . . . . . . . . . . | 15. 29. 41 S. |
| Latitude of the ship required . . . . (*sum*) | 23° 34′ 43″ S.» |

»PROBLEM VIII. — *To find the Latitude of a ship at sea, by several altitudes of the Sun, observed near noon.* »

1. »By observed altitudes of the Sun (*Problem IX.*), or by some other way, let the watch be compared with apparent time, when it may be practicable, or convenient, in order to determine the time, which the watch will mark, or has marked, at the moment of noon at the ship. »

2. »Add the observed altitudes together; and divide the

passage de cet astre au méridien, prenez dans la Connaissance des Temps celle de son passage au méridien de Paris, ainsi que la variation en 24ʰ, savoir : pour les 24ʰ précédentes ou suivantes, selon que la longitude estimée sera orientale ou occidentale. »

2. »Au moyen de cette variation en 24ʰ et de la longitude en temps, cherchez une 4.ᵉᵐᵉ proportionnelle, que vous ajouterez à l'heure du passage à Paris, ou que vous en retrancherez selon que la longitude sera, au contraire, occidentale ou orientale; et vous aurez l'heure du passage au méridien du lieu (c'est-à-dire l'heure de l'observation). »

3. »Pour cette même heure (convertie en celle de Paris), calculez d'après la Connaissance des Temps le demi-diamètre, la parallaxe horizontale, et la déclinaison de la Lune (*Problême I*). »

4. »Corrigez la hauteur observée, pour en conclure la hauteur vraie du centre (*Problême II*), et ensuite la Latitude demandée (*Problême V*).»

»*Exemple.* Le 19 février 1842, par les 57° 13′ de longitude occidentale (= 3ʰ 48m 52s), la hauteur méridienne du bord inférieur de la Lune (observée du côté du Sud), a été trouvée de 65° 48′ 30″, l'œil observateur étant élevé de 9 mètres, le thermom.ᵉ cent.ᵈᵉ à 25° et le baromètre à 0ᵐ,714; quelle était la Latitude du vaisseau?

| | |
|---|---|
| Temps m. du passage de la ☾ au mérid. de Paris, le 19. | 7ʰ 5m 0s |
| Retard en 24ʰ = 1ʰ 1m, partie prop.ˡᵉ pour 3ʰ 49m + | 9 42 |
| Temps moyen du passage de la ☾ au méridien du lieu | 7. 14. 42 |
| Longitude en temps, occidentale . . . . . . . . + | 3. 48. 52 |
| Temps moyen de Paris correspondant . . . . . . . | 11ʰ 3m 34s |
| Pour cette heure et { Demi-diam.ᵉ horiz.¹ de la ☾ . . | 15′ 58″ |
| par la Conn.ᵉᵉ des { Parallaxe horizontale de *id.* (2). | 58. 30 |
| Temps, on trouve : { Déclinaison de *id.* B . . . . . . | 20° 23. 54 |
| Hauteur observée de la ☾ . . . . . . . . . . . . . | 65° 48′ 30″ |
| Dépression pour 9 mètres (*table I*) . . . . . . . — | 5. 19 |
| Reste . . . . . . . . . . . . . . . . . . . . . . | 65° 43′ 11″ |
| Demi-diamètre horizontal de la ☾ . . . 15′ 58″ } + | 16. 13 |
| Augmentation de *idem* (*table II*) . . . 15 } | |
| Hauteur apparente de la ☾ . . . . . . . . . . . . | 65° 59′ 24″ |
| Parallaxe moins la réfraction de *idem* (*table XI*) + | 23. 23 |
| Thermomètre et baromètre (*table VI*) . . . . . + | 0. 3 |
| Hauteur vraie de la ☾ . . . . . . . . . . . . . . | 66° 22′ 50″ |
| Distance zénithale vraie (Sud) . . . . . . . . . . | 23° 37′ 10″ |
| Déclinaison de la ☾ (Nord) . . . . . . . . . . + | 26. 23. 54 |
| Donc, Latitude N. demandée (*somme*) . . . | 50° 1′ 4″ * |

»PROBLÊME VIII. — *Déterminer une Latitude, par plusieurs hauteurs du Soleil, prises aux environs de midi.*

1. »Par des observations préalables, ou faites postérieurement, déterminez l'heure indiquée par la montre à midi temps vrai (*Problême IX*). »

2. »Faites la somme des hauteurs observées, et divisez-la par le nombre des observations, pour avoir la hauteur moyenne du Soleil (3). »

»3. Prenez la

---

(1) *In this and other like computations, the horizontal parallax must be *diminished* by the number found in table III.*

(2) Cette parallaxe a été *diminuée* d'environ 7 secondes, d'après la table III.

(3) En observant ces hauteurs, au moyen d'un cercle à réflexion qui en donnera la somme, on abrègera cette partie du calcul; mais si on observe seul, le résultat ne sera très-certain, que si on a eu la précaution de lire tous les arcs *pairs*; parce qu'il n'est pas impossible qu'une des deux alidades ait éprouvé des dérangemens inaperçus.

vide the sum by their number , in order to have the mean observed altitude. »

3. »Take the differences between the time of noon by the watch, and the time of the observation of each altitude. Find in table C (1), the multiplier for each difference, or interval ; add all the multipliers together , and divide the sum by their number , in order to have the mean multiplier. »

4. »Find , by the Nautical Almanac , the Sun's declination for noon ( *Problem I.* ) ; with which , and the Latitude by account , take the corresponding number out of table B (3), and multiply it by the mean multiplier. The product, and the mean altitude, added together , will be the observed meridional altitude ; from which the Latitude may be easily concluded ( *Problem V.*).»

»*Example.* March 7, 1792, in latitude 18°. 45′ S. by account, and longitude 111°. 34′ W. The apparent time was determined by the Sun's altitude ; from which it was found , that the watch was then 0*m* 15*s* too slow for apparent time , under that meridian. The ship afterwards sailed, and made 13′ of Latitude to the north, and 1°. 56′ of longitude to the west. In this situation ( Latitude 18°. 32′ , and longitude 113°. 30′ ) the four following altitudes of the Sun's lower limb were observed , the eye being 13 feet above the sea. What is the ship's Latitude ?

|  | Time by watch. |
|---|---|
| 73° 59′ 15″ | 12*h* 3*m* 53*s* |
| 74. 0. 0 | 12. 5. 41 |
| 74. 1. 0 | 12. 7. 12 |
| 74. 1. 30 | 12. 11. 13 |

Sum . . . . . . . . . 296° 1′ 45″
Mean altitude (*dividing by* 4) 74. 0. 26 ( to the north ).

The watch is too slow in longitude 111° 34′ W. . . . . 0*h* 0*m* 15*s*
Ship's difference in longitude W. 1. 56 . . . = — 0. 7. 44

Therefore , in longitude 113°. 30′, the watch is too fast   7. 29
And at noon the time shewn by it will be . . . . . . . 12*h* 7*m* 29*s*

| Time at noon by watch 12*h* 7*m* 29*s* | Times of the observations by watch. | | Intervals. | Multipliers. (*Table C*) |
|---|---|---|---|---|
| | | 12*h* 3*m* 53*s* | 3*m* 36*s* | 13, 0 |
| | | 12. 5. 41 | 1. 48 | 3, 2 |
| | | 12. 7. 12 | 0. 17 | 0, 1 |
| | | 12. 11. 13 | 3. 44 | 13, 9 |

Sum . . . . . . . . . . . . . . . . 30, 2
Mean multiplier (*dividing by* 4 ) . . . . . . . . . 7, 5
Change of the ☉'s alt.,in one min. near noon( *t. B*), 4″,7

Product 35″,25 or . . . . . . . . . . . . . . + 0° 0′ 35″
Observed altitude of ☉'s lower limb . . . . . . . . 74. 0. 26

Computed meridional alt.ᵉ of ☉'s lower limb . . . 74° 1′ 1″
Dip ( *table I.* ) . . . . . . . . . . . . . . . . — 3. 32

      73° 57′ 29″
☉'s semidiameter ( *by Nautical Almanac* ). . . + 16. 9

☉'s apparent altitude . . . . . . . . . . . . . . 74° 13′ 38″
Correction of apparent altitude ( *table IV.* ) . . — 0. 14

☉'s true meridional altitude . . . . . . . . . . . 74° 13′ 24″
Zenith distance ( *complement* to 90° ) . . . . . . 15° 46′ 36″ N.
☾'s declination at noon ( *by Nautical Almanac* ) + 4. 45. 7 S.

Latitude of the ship required . . . . . . . 20° 31′ 43″ S.»

» *Remark.* For greater accuracy, the operation may be repeated , using the latitude already found , instead of the latitude by account , but the error of the first result will generally be inconsiderable. »

#### »PROBLEM IX.

3.» Prenez la différence entre l'heure indiquée par la montre à midi et l'instant de chaque observation , ce qui, dès-lors, vous donnera autant de différences qu'il y aura d'observations. Prenez ensuite dans la table C (2) le facteur correspondant à chacune de ces différences; faites la somme de tous ces facteurs et , en la divisant aussi par leur nombre, vous aurez le facteur moyen. »

4. »Calculez, d'après la Connaissance des Temps , et pour midi temps *vrai* du lieu, la déclinaison du Soleil ( *Problême I* ) ; au moyen de laquelle et de la latitude estimée vous trouverez dans la table B (4) le changement en hauteur ( en une minute près de midi ) , que vous multiplierez par le facteur moyen , et le produit étant ajouté à la hauteur moyenne, vous donnera, d'abord la hauteur méridienne observée, et ensuite la Latitude demandée ( *Problême V* ). »

»*Exemple.* Le 7 mars 1842, par les 18° 45′ de latitude nord et les 111° 34′ de longitude est, l'observation et le calcul d'un angle horaire ( *Problême IX* ), ayant fait connaître que la montre à secondes avançait sur le temps vrai de 19*m* 56*s*, la route, continuée jusqu'aux environs de midi, a donné pour changement en latitude 13′ au nord et pour changement en longitude 1° 56′ à l'est. Dans cette nouvelle position ( latitude nord 18° 58′ , longitude est 113° 30′ ), on a fait les quatre observations suivantes, l'œil observateur étant élevé de 5 mètres ; on demande la Latitude observée ?

| Détail des observations. | | Montre à secondes. 0*h* 8*m* 36*s* | Hauteurs du ☉ 64° 0′ 0″ |
|---|---|---|---|
| | | 0. 10. 24 | 64. 0. 30 |
| | | 0. 11. 55 | 64. 1. 0 |
| | | 0. 15. 56 | 64. 0. 0 |

Somme . . . . . . . 256° 1′ 30″
Hauteur moy.ᵉ du ☉ ( *en divisant par* 4 ). 64. 0. 22,5
Par la longitude de 111° 34′ la montre avançait de . . 19*m* 56*s*
Pour 1° 56′ plus à l'est, elle avançait moins de . . . . 7. 44

Donc, avance de la montre par les 113° 30′. . . . . . 12. 12
A midi, temps vrai , elle marquait donc . . . . . . . 0*h* 12*m* 12*s*

| Ci. . . 0*h* 12*m* 12*s* | Montre à sec.ᵈᵉˢ 0*h* 8*m* 36*s* | Angles hor.ᵉˢ 3*m* 36*s* | Facteurs. (*Table C*) |
|---|---|---|---|
| | 0. 10. 24 | 1. 48 | 13, 0 |
| | 0. 11. 55 | 0. 17 | 3, 2 |
| | 0. 15. 56 | 3. 44 | 0, 1 |
| | | | 13, 9 |

Somme . . . . . . . . . . . . . . 30, 2
Facteur moyen ( *en divisant par* 4 ) . . . . . . . . 7, 55
Changem.ᵗ en hauteur, en 1*m* près de midi ( *t. B* ). 4″,2

Produit 31″,7 ou . . . . . . . . . . . . . . . 0° 0′ 32″
Hauteur moyenne du ☉ . . . . . . . . . . . . . 64. 0. 22

Donc, hauteur méridienne de idem, ( *somme* ). . 64° 0′ 54″
Dépression pour 5 mètres ( *table I* ) . . . . . . — 3. 58

Reste . . . . . . . . . . . . . . . . . . . 63° 56′ 56″
Demi-diamètre du ☉ (*Connaissance des Temps*)+ 16. 8

Hauteur apparente du ☉ . . . . . . . . . . . . 64° 13′ 4″
Réfraction, moins la parallaxe du ☉ ( *table IV* ) — 0. 25

Hauteur vraie du ☉ . . . . . . . . . . . . . . 64° 12′ 39″
Distance zénithale vraie ( *complément à* 90° ) . . . 25. 47. 21 S.
Déclinaison du ☉ ( *Problême I* ) . . . . . . . . — 5. 26. 22 S.

Donc, Latitude observée ( nord ) . . . . . . 20° 20′ 59″×

»*Remarque.* Pour plus de précision , le calcul peut être recommencé au moyen de cette dernière Latitude mise à la place de celle estimée , mais la correction qu'on obtiendra ne sera jamais bien grande. »

#### »PROBLÊME IX.

---

(1) and (3) *These two tables being found in several works published in England and elsewhere, we had first included them at the number of these to be suppressed ( by reason of an obliged economy ); but , on reflection, we give them at the end of the book. *

(2) et (4) *Ces deux tables se trouvant dans plusieurs ouvrages publiés en France et ailleurs , nous les avions comprises au nombre de celles qu'un économie *obligée* nous mettait dans le cas de supprimer momentanément ; mais réflexion faite, nous les donnons à la fin du volume. *

»PROBLEM IX. — *To find the apparent* and mean Times, *by the observed altitude of the Sun's limb.*

1. »With the ship's longitude and the estimated *apparent time* (1), find, by the Nautical Almanac, the Sun's declination for the moment of the observation ( *Problem I.* ).»

2. »From the observed altitude of the limb, deduce the true altitude of the centre ( *Problem II.* ).»

3. »From the Sun's declination, conclude the polar distance (note to Problem IV. ), and add it together with the ship's latitude, and the true altitude; take half the sum, and the difference between the half sum and the altitude.»

4. »Take the logarithmic cosecant of the polar distance, the log. secant of the Latitude, the log. cosine of the half-sum, and the log. sine of the difference. The sum ( with the index reduced to the units ) will be the logarithmic versed of the time from noon ( or the Sun's horary angle ), when the altitude was observed.

5. »The time from noon is the apparent time, if the altitude was observed to the west, or in the afternoon ; but, if it was observed to the east, or in the forenoon, the time from noon must be taken from 24ʰ , in order to have the apparent time on the *preceding* day.»

6. *Finally, by correcting the apparent time on account of the equation of time, indicated by the Nautical Almanac, you will have the mean time required.*

»*Example.* February 11, 1792, in latitude 23° 20′ south, and longitude 27°. 27′ west, the altitude of the Sun's lower limb was observed (to the east) to be 45°. 10′. 10″, the observer's eye being 14 feet above the surface of the sea. The estimated time was then 20ʰ 57ᵐ 30ˢ ( 8ʰ 57ᵐ 30ˢ in the morning by the watch ). What are the apparent *and mean* times at the ship, at the moment of the observation ?

| | | |
|---|---|---|
| Estimated time at the ship, Febr. 11. | | 20ʰ 57ᵐ 30ˢ |
| Longitude west 27°. 27′ = | + | 1. 49. 48 |
| Time at Greenwich | | 22ʰ 47ᵐ 18ˢ |
| ⊙'s declination S. ( *by Nautical Almanac* ). | | 13° 41′ 36″ |
| Observed altitude of the ⊙ | | 45° 10′ 10″ |
| Dip for 14 feet ( *table I.* ) | — | 3. 40 |
| Apparent altitude of the ⊙'s lower limb | | 45° 6′ 30″ |
| Semidiameter ( *by Nautical Almanac* ). 16′ 14″ | } + | 16. 14 |
| Contraction ( *table VIII.* ) . . . . 0  0 | | |
| Apparent altitude of the ⊙'s centre | | 45° 22′ 44″ |
| Correction for 45°. 7′ ( *table IV.* ) | — | 0. 52 |
| Thermom. and barom. ( *table VI., memorandum* ) . | | |
| ⊙'s true altitude | | 45° 21′ 52″ |

| ⊙'s | | | (Table XXIII.). |
|---|---|---|---|
| true altitude | 45° 21′ 52″ | | |
| polar distance | 76. 18. 24 | L. cosec. | 0.01252 |
| Latitude | 23. 20. 0 | L. secant | 0.03706 |
| Sum | 145° 0′ 16″ | | (*Table XXII*). |
| Half-sum | 72. 30. 8 | L. cosine | 9.47809 |
| Half-sum — altitude | 27. 8. 16 | L. sine | 9.65909 |
| Apparent time from noon | 3ʰ 4ᵐ 40ˢ,4 | L. vers. (*sum*) | 9.18676 |
| App.ᵗ time required, the 10 *th* | 20. 55. 19, 6 | | (*Table XXI*). |
| Equation of time | + 14. 38, 4 | | |
| Mean time required | 21. 9. 58, 0 | | |
| Estimated time | 20. 57. 30, 0 | | |
| Watch too slow | 12ᵐ 28ˢ,0 | | »PROBLEM X. |

(1) * Here now, from the new Nautical Almanacs, we must read : *mean time.* *

»Problem X. — *To find the apparent* and mean Times, *by the observed altitude of a Star.*

1. »Find, by the Nautical Almanac, the right ascension of the Sun, the right ascension and declination of the Star, corresponding to the moment of the observation (*Problem I.*).

2. »Reduce the observed altitude to the true (*Problem II.*).»

3. »With the Star's declination and true altitude, and the ship's latitude, compute the Star's horary angle (or distance from the meridian), following rules 3 and 4 of *Problem IX.*»

4. »When the altitude was observed to the west, take the sum of the horary angle, and the Star's right ascension; when it was observed to the east, subtract the horary angle from the right ascension, increasing this by 24h, if necessary : the sum (deducting 24h if greater than this quantity), or remainder, will be the right ascension of mid-heaven. »

5. »From that last ( increased by 24h, if necessary), subtract the Sun's right ascension, the remainder will be the apparent time at the ship required : and this being, afterwards, corrected by the Equation of time, found in the Nautical Almanac, will be the mean time also required (1).

»*Example.* March 1, 1792, at 9h 48m 9s, *mean time* estimated by means of the watch, latitude 28°. 7' north, and longitude 36°. 6' west, the altitude of *Aldebaran* was observed (to the west) to be 32°. 11'. 45', the observer's eye being 16 feet above the surface of the sea. What were the apparent and mean times at the ship, when the observation was made ?

The right ascension of *Aldebaran*, for March 1, is . . . 4h 24m 0s,6
The declination of the same . . . . . . . . . . . . . . 16° 4' 40"N.

| | | | |
|---|---|---|---|
| ☆'s { true alt.ᵉ(*ProblemII.*) | 32° 6' 18' | (*Table XXIII.*). | |
| ☆'s { polar distance . . . . | 73. 55. 20 | L. cosecant . . . | 0.01733 |
| Ship's latitude . . . . . . . . | 28. 7. 0 | L. secant . . . . | 0.05454 |
| Sum . . . . . . . . . . . . . | 134° 8' 38" | (*Table XXII.*). | |
| Half-sum . . . . . . . . . . . | 67. 4. 19 | L. cosine . . . . | 9.59059 |
| Half-sum — true altitude . . | 34. 58. 1 | L. sine . . . . . | 9.75823 |
| ☆'s { horary angle, west . . | 4h 7m 3s,3 | L. versed (*sum*). | 9.42069 |
| ☆'s { right ascension . . + | 4. 24. 0, 6 | (*Table XXI.*). | |

Right ascens.ᵒⁿof mid-heaven 8h 31m 3s,9 . . . . . 8h 31m 3s,9
⊙'s right ascension (*Problem I.*) . . . . . . . . . — 22. 54. 17, 6

Apparent time at the ship required (*difference*) . . 9. 36. 46, 3
Equation of time . . . . . . . . . . . . . . . . . + 12. 22, 9

Mean time required . . . . . . . . . . . . . . . . 9. 49. 9, 2
*Idem* by the watch . . . . . . . . . . . . . . . — 9. 48. 9, 0

   Watch too slow. . . . . . . . . . . . . . 1m 0s,2

»Problem XI.

---

opérations, on est dans l'usage de les recommencer, au risque de commettre encore la même erreur (comme nous en avons vu plus d'un exemple). On évitera un semblable inconvénient, en profitant de ce que la somme des deuxième et troisième quantités à ajouter, doit être égale à la somme ou à la différence, de la demi-somme et de la différence, selon que la première des trois quantités est plus petite ou plus grande que cette demi-somme. Soit, en effet, $(a+b+c)$ la somme de ces trois quantités, la demi somme sera 1|2 $(a+b+c)$ et la différence ± 1|2 $(a+b+c) \mp a$, d'où l'on conclut $(b+c)=(b+c)$, identiquement. Cette petite vérification est au reste d'autant plus aisée, qu'en la faisant terme à terme (haut et bas), on n'a absolument rien à écrire. Elle est d'ailleurs applicable à toutes les méthodes où il s'agit de prendre ainsi la somme, la demi-somme et la différence de

---

»Problème X. — *Déterminer l'heure du lieu* ( temps vrai et temps moyen ), *par l'observation de la hauteur d'une Étoile.*

1. »Trouvez, pour le jour ét l'heure de l'observation et d'après la Connaissance des Temps, l'ascension droite du Soleil (*Problême I*), ainsi que l'ascension droite et la déclinaison de cette Étoile.

2. »Convertissez la hauteur apparente en hauteur vraie (*Problême II*).»

3. »Au moyen de cette dernière hauteur, de la latitude estimée, et de la déclinaison de l'Étoile, calculez l'angle horaire, d'après les règles 3 et 4 du Problême IX.»

4. »Si la hauteur a été prise du côté de l'ouest, à l'ascension droite de l'Étoile ajoutez l'angle horaire, et vous aurez l'ascension droite du méridien. Si, au contraire, la hauteur a été prise du côté de l'est, pour avoir également l'ascension droite du méridien, retranchez l'angle horaire de l'ascension droite de l'Étoile ( augmentée de 24h s'il le faut ).

5. »Enfin, de l'ascension droite du méridien (aussi augmentée de 24h s'il le faut), retranchez l'ascension droite du Soleil et vous aurez l'heure du bord, temps vrai, dont il sera facile de conclure le temps moyen demandé (2).

*Exemple.* Le 28 mars 1842, vers les 9h 46m 16s, temps moyen approché du bord, par les 17° 30' de latitude sud, et les 151° 34' de longitude orientale, la hauteur d'*Antarès* (observée du côté de l'est), a été trouvée de 5° 14' 45", l'œil observateur étant élevé au-dessus du niveau de la mer de 7 mètres 75 c.ᵉˢ : on demande le temps vrai et le temps moyen correspondans à cette observation ?

Ascension droite d'*Antarès*, le 28 mars . . . . . . 16h 19m 46s,4
Déclinaison australe de *idem* (*Conn.*ᶜᵉ *des Temps*) . 26° 4' 38'

| | | | |
|---|---|---|---|
| Haut.ʳ vraie de *id.*(*Probl. II*) | 5° 0' 10" | (*Table XXIII*). | |
| Distance polaire de *idem* . . | 63. 55. 22 | log. coséc. . . . | 0.04663 |
| Latitude du lieu . . . . . . | 17. 30. 0 | log. séc. . . . . | 0.02058 |
| Somme . . . . . . . . . . . | 86° 25' 32" | (*Table XXII*). | |
| Demi-somme . . . . . . . . | 43. 12. 46 | log. cos. . . . . | 9.86262 |
| Demi-somme — la hauteur | 38. 12. 36 | log. sin . . . . . | 9.79137 |
| Angle horaire de l' ☆ (*est*) . | 6h 12m 2s,7 | log. verse (*som.*) | 9.72120 |
| Ascension droite de *idem* . . | 16. 19. 46, 4 | (*Table XXI*). | |

  *Idem* du méridien (*diff.*) . 10. 7. 43, 7 . . . . . . 10h 7m43s,7
  *Idem* du Soleil (*Problême I*) . . . . . . . . . — 0. 27. 8, 7

Donc, temps vrai demandé (*différence*) . . . . . . 9. 40. 35
Equation du temps . . . . . . . . . . . . . . . . + 5. 16

Donc, temps moyen demandé. . . . . . . . . . . 9. 45. 51
Mais la montre marquait. . . . . . . . . . . . . 9. 46. 16

   Elle avançait donc de . . . . . . . . . . 0m 25 s

»Problême XI.

---

rence de trois quantités; et notamment aux principales méthodes de *M. de Borda.* Ainsi, dans l'exemple de cette page 430, on voit au premier coup-d'œil que la somme des secondes en haut et en bas est 22 ; que celle des minutes est 25, et ainsi de suite.

(1) *In this and the preceding problem, this first result will be sufficiently precise, if the observation being well made, the *data* taken out of the Nautical Almanac are accurate enough ; otherwise, it will be easy to rectify these *data*, by repeating the computation by means of this same result. *

(2) *Dans ce problème et dans le précédent, ce premier résultat sera d'une suffisante précision si l'observation étant bien faite, les données prises dans la Connaissance des Temps sont exactes : autrement, on aura la possibilité de rectifier ces données, en recommençant le calcul au moyen de ce même résultat. *

»PROBLEM XI. — *To find the true, or the apparent Altitude, of the Sun, for a given time and place.»*

1. »Find, by the Nautical Almanac, the Sun's declination for the given time ( *Problem I.* ); from which, and the ship's latitude, deduce the meridional zenith distance ( *Problem V.* 3 and 4 ). »

2. »The interval between noon, and the given time, will be the Sun's horary angle.

3. »Add together the logarithmic *versed* of that horary angle, the log. cosine of the Sun's declination, the log. cosine of the latitude, and the log. secant of the meridional zenith distance : look for the sum in the log. versed, and take out the corresponding log. secant ( or that which answers to the same argument); add it to the log. secant of the meridional zenith distance ( *found before* ); and the sum will be the log. cosecant of the Sun's true altitude... It will be *negative*, or the result will shew how much the Sun is under the horizon, if the first sum answers to an arch exceeding 90°, in the log. versed.

4. »The apparent altitude, if wanted, may be concluded from the true altitude ( *Scholium to Problem II.*, page 423 ). »

»*Example.* May 4, 1792, at 3h. 10m. 4s of apparent time, in latitude 42°. 20′ north, and longitude 14°. 18′ west : What were the Sun's true and apparent altitudes ?

Apparent time at the ship . . . . . . . . . . . . . . . . . 3h 10m 4s
Longitude west 14″. 18′ = . . . . . . . . . . . . . . . . + 0. 57. 12
_______
Apparent time at Greenwich . . . . . . . . . . . . . . . . 4. 7. 16
The ⊙'s declination is then, by Nautical Almanac. . . 16″ 17′ 40″

⊙'s { horary angle 3h 10m 4s ( *table XXI.* ) L. versed 9.21035
    { declinat.ᵒⁿ N. 16° 17′ 40″ ( *table XXII.* ) L. cosine 9.98219
Latitude . . . . . N. 42. 20. 0     ( *ditto* )    L. cosine 9.86879
Mer. zenith dist. *diff.* 26° 2′ 20″ ( *table XXIII.* ) L. sec. 0.04648 (a)

    A = 41°. 57′. 25″ ( *table XXI.* ) L. versed ( *sum* ) 9.10781
        L. secant A ( *table XXIII.* ) . . . . 0.12863 (b)

⊙'s true altitude required 41° 55′ 35″ = L. cosec. (a+b) 0.17511
*Correction ( *table IV.* ) + 0. 58 ( *Table XXIII.* ).
    ⊙'s apparent altitude 41° 56′ 33″ ( also required ).*

»PROBLEM XII. — *To find the true and apparent Altitudes of the Moon, or of a Star or Planet, for a given time and place.*

1. »Find the right ascension and declination of the Moon, Planet, or Star ( by the Nautical Almanac ), for the given time ( *Problem I.* ).

2. »Find, by the Nautical Almanac, the Sun's right ascension then, and add it to the given *apparent* time ; the sum ( or its excess above 24ʰ ) will be the right ascension of mid-heaven ; and the difference between this and the right ascension of the Moon, Star or Planet, will be the horary angle of the same.

3. »With this horary angle, and the corresponding declination, and the ship's latitude, the true and apparent altitudes may be computed by the rules
laid down

---

»PROBLÊME XI. — *Calculer pour un lieu et un instant proposés, les Hauteurs vraie et app.ᵗᵉ du Soleil.»*

1. »Cherchez, par la Connaissance des Temps et pour l'instant proposé, la déclinaison du Soleil ( *Problême I* ); prenez-en la différence d'avec la latitude du lieu, et vous aurez la distance méridienne du Soleil au zénith ( *Problême V*, 3 et 4 ). »

2. »La différence entre midi et l'heure proposée est ce qu'on appelle l'angle horaire du Soleil en temps.

3. »Ajoutez ensemble le log. *verse* de cet angle horaire, les log.ᵉˢ cosinus de la déclinaison du Soleil et de la latitude estimée, et le log. sécante de la distance zénithale méridienne : cherchez la somme de ces quatre log.ᵉˢ parmi les log.ˢ *verses*; voyez à quel arc elle correspond ; prenez-en le log. sécante, que vous ajouterez à celui de la distance zénithale, et vous aurez le log. coséc. de la hauteur vraie... Elle sera *négative* ou impossible, si la première des deux sommes correspond à un arc plus grand que 90°; et l'excédant sera l'abaissement du Soleil au-dessous de l'horizon.

4. »De la hauteur vraie du Soleil on conclura, au besoin, la hauteur apparente de cet astre. ( *Scolie du Problême II*, page 423 ). »

» *Exemple.* Quelles étaient les hauteurs vraie et apparente du Soleil, le 19 Juin 1830, à 3h 59m 41s temps moyen, par les 28° 34′ de latitude sud, et les 46° 40′ de longitude orientale ?

Temps moyen du lieu . . . . . . . . . . . . . . . . 3h 59m 41s,0
Longitude orientale en temps . . . . . . . . . . . — 3. 6. 40, 0
_______
Temps moyen de Paris . . . . . . . . . . . . . . . 0. 53. 1, 0
Équation du temps. . . . . . . . . . . . . . . . . — 0. 57. 31
_______
Temps vrai du lieu 3h 59m 41s — 57s,31 = . . . . 3. 58. 43, 69
Déclinaison du ⊙ boréale ( *Problême I* ) . . . . . 23° 27′ 0″

Angle horaire du ⊙    3h 58m 44s( *table XXI* ) log. verse 9.39377
Déclinaison de *id.* N. 23° 27′ 0″ ( *table XXII* ) log. cos. 9.96257
Latitude . . . . . S. 28. 34. 0    ( *Idem* )   log. cos. 9.94362
Différ.ᶜᵉ ( *algébr.ᵉ* ). 52° 1′ 0″ ( *table XXIII* ) log. séc. 0.21082 (a)

    A = 69° 24′ 42″ ( *table XXI* ) log. verse ( *somme* ) 9.51078
        Log. sécante A ( *table XXIII* ) . . . . 0.45388 (b)

Hauteur vraie du ⊙ 12° 29′ 56″ = log. coséc. ( a + b ) 0.66470
Réfr.—parall.ᵉ . . + 4. 8 ( *table IV* ). ( *Table XXIII* ).
Hauteur app.ᵗᵉ du ⊙ 12° 34′ 4″ ( aussi demandée ). *

»PROBLÊME XII. — *Calculer, pour un lieu et un instant donnés, les Hauteurs vraie et apparente de la Lune, d'une Étoile, ou d'une Planète.*

1. »Trouvez, d'après la Connaissance des Temps, l'ascension droite et la déclinaison de l'astre dont il s'agit de calculer la hauteur ( *Problême I* ).

2. »Trouvez également l'ascension droite du Soleil, que vous ajouterez au temps vrai du lieu : la somme ( diminuée de 24ʰ s'il le faut ), sera l'ascension droite du méridien ; et la différence, entre celle-ci et l'ascension droite de l'astre proposé, sera l'angle horaire de cet astre.

3. »Au moyen de cet angle, de la déclinaison calculée, et de la latitude du lieu, les hauteurs vraie et apparente demandées seront obtenues conformément
aux règles

laid down in the preceding Problem. ( See also , if necessary, *Scholium to Problem II.* , page 423 ).

*Example 1.* June 19 , 1836 , at 2h 59m 25s, *mean time*, in latitude 35°. 6' south , and longitude 33°. 41'. 24' east ; What were the ☽'s true and apparent altitudes?

Mean time at the ship . . . . . . . . . . . . . . . . 2h 59m 25s,0
Longitude east 33°. 41'. 24' = . . . . . . . . . . — 2. 14. 45, 6

Mean time at Greenwich . . . . . . . . . . . . . 0. 44. 39, 4
Equation of time . . . . . . . . . . . . . . . . . . — 0. 57, 3

Apparent time at the ship 2h 59m 25s — 57s,3 = 2. 58. 27, 7
⊙'s right ascension ( *Problem I.* ) . . . . . . + 5. 52. 1, 6

Right ascension of mid-heaven . . . . . . . . . 8. 50. 29, 3
    *Ditto* in degrees . . . . . . . . . . . . . . . 132° 37' 19'
    *Ditto* of the Moon ( *Problem I.* ) . . . . . . . 150. 32. 10

Therefore, ☽'s horary angle . . . . . . ( *diff.* ) 17° 54' 51"

☽'s { horary angle    17° 54' 51"   (*table XXI.*) L. versed 8.38456
      { declination N. 17. 31. 27   (*table XXII.*) L. cosine 9.97036
Ship's latitude . S. 35. 6. 0    (*ditto*)   L. cosine 9.91283

Diff.ce (*algebr.*) . 52° 37' 27' ( *table XXIII.*) L. sec. 0.21678 (a)

A = 20° 19' 58" (*table XXI.*) L. versed (*sum*) 8.49353
     L. secant A ( *table XXIII.* ) . . . + 0.02794 (b)

☽'s true altit.e required 34° 41' 45" L. cosec. (a+b) 0.24472
Correction of ☽'s altit.° — 44. 15 ( *table XI.* for 55'. 4' parall. )

☽'s apparent altitude . . 33° 57' 30" ( also required ). *

*Example 2.* March 1 , 1792 , at 9h 49m 9s,2, *mean time* , in latitude 28°. 7' north , and longitude 86°. 6' west : What was the true altitude of *Aldebaran* ?

Mean time at the ship . . . . . . . . . . . . . . . . 9h 49m 9s,2
Longitude west 86°. 6' = . . . . . . . . . . . . . + 2. 24. 24, 0

Mean time at Greenwich . . . . . . . . . . . . . 12. 13. 33, 2
Equation of time . . . . . . . . . . . . . . . . . . — 12. 22, 9

Apparent time at the ship . . . . . . . . . . . . . 9. 36. 46, 3
⊙'s right ascension ( *Problem I.* ) . . . . . . + 22. 54. 17, 6

Right ascension of { mid-heaven . . . . . . . . . 8. 31. 3, 9
               { Aldebaran . . . . . . . . . — 4. 24. 0, 6

Therefore , horary angle of this Star . . . . ( *diff.* ) 4. 7. 3, 3

☆'s { horary angle . 4h 7m 3s,3 (*table XXI.*) L. versed 9.42069
     { declination N. 16° 4' 40" (*table XXII.*) L. cos. 9.98267
Latitude . . . . . N. 28. 7. 0    (*ditto*)   L. cos. 9.94546

Difference . . . . 12° 2' 20' (*table XXIII.* L. sec.) 0.00966 (a)

A = 57°. 4'. 57' ( *table XXI.* ), L. versed (*sum*) 9.35848
     L. secant A (*table XXIII.*) . 0.26486 (b)

☆'s true altitude (1) required 32° 6' 18' L. cosec. (a+b) 0.27452

*The computation of a Planet's altitude is the same as the preceding for a Star ( see page 437, french part ). *

---

»PROBLEM XIII. — *To find the Longitude of a ship at sea , by an observed* Luni-astral *distance, and the two altitudes , observed at the same time* (3).

1. »With the estimated time at the ship , and the longitude by account , conclude the estimated time at Greenwich ; and find by the Nautical Almanac , for that time , the Sun's declination and semidiameter, the Moon's

---

aux règles établies dans le *Problème XI.* ( V. au besoin, page 423 , *Scolie du Problême II* ).

*Exemple 1.* Quelles étaient les hauteurs vraie et apparente de la Lune, le 11 Février 1836 , à 20h 23m 40s temps moyen , par 48° 27' de latitude nord et 20° 18' de longitude occidentale ?

Temps moyen du lieu. . . . . . . . . . . . . . . . 20h 23m 40s,0
Longitude occidentale 20° 18' = . . . . . . . . + 1. 21. 12, 0

Temps moyen de Paris . . . . . . . . . . . . . . 21. 44. 52, 0
Équation du temps . . . . . . . . . . . . . . . . — 14. 33, 1

Temps vrai du lieu 20h 23m 40s — 14m 33s,1 = 20. 9. 6, 9
Ascension droite du ⊙ ( *Problème I* ) . . . . . + 21. 40. 27, 8

Ascension droite du méridien . . . . . . . . . . . 17. 49. 34, 2
    *Idem* en degrés . . . . . . . . . . 267° 23' 33'
    *Idem* de la ☽ ( *Problème I* ) . . . — 262. 36. 0

Donc, angle horaire de la ☽ . . . . . . ( *diff.* ) 4° 47' 33'

Angle hor. de la ☽. 4° 47' 33' (*table XXI*) log. verse 7.24253
Déclinaison de *id.* A. 25. 41. 3 ( *table XXII* ) log. cos. 9.95482
Latitude . . . . . N. 48. 27. 0   (*Idem*) log. cos. 9.82170

Différ.ce ( *algébr.e* ) 74° 8' 3' (*table XXIII*) log. séc. 0.56322 (a)

A = 7° 5' 19' ( *table XXI* ) log. verse (*somme*) 7.58227
     Log. sécante A. ( *table XXIII* ) . . + 0.00333 (b)

Donc, hauteur vraie de la ☽ 15° 44' 29' coséc. (a+b) 0.56655
Parall.e — réfr. ( *table XI* ) — 54. 6 (pour 59' 41' de parrall.e)

Donc, hauteur app.te de la ☽ 14° 50' 23' ( aussi demandée ). *

*Exemple 2.* Quelle était la hauteur vraie d'*Antarès*, le 28 Mars 1842 , à 9h 45m 51s,4 temps moyen , par 17° 30' de latitude sud , et 151° 34' de longitude est ?

Temps moyen du lieu , le 28 . . . . . . . . . . . 9h 45m 51s,4
Longitude orientale 151° 34' = . . . . . . . . . — 10. 6. 16, 0

Temps moyen de Paris , le 27 . . . . . . . . . . . 23. 39. 35, 4
Équation du temps . . . . . . . . . . . . . . . . — 5. 16, 0

Temps vrai du lieu . . . . . . . . . . . . . . . . . 9. 40. 35, 40
Ascension droite du ⊙ ( *Problème I* ) . . . . . + 0. 27. 8, 74

    *Idem* du méridien . . . . . . . . . . 10. 7. 44, 14
    *Idem* d'*Antarès* . . . . . . . . . . . — 16. 19. 46, 40

Donc, angle horaire de cette étoile . . . . ( *diff.* ) 6. 12. 2, 26

Même angle hor.e 6h 12m 2s,26 ( *table XXI* ) log. verse 9.72119
Déclinaison sud 26° 4' 38' ( *table XXII* ) log. cos. 9.95337
Latitude sud . 17. 30. 0   ( *Idem* ) log. cos. 9.97042

Différence . 8° 34' 38' ( *table XXIII* ) log. séc. 0.00489 (a)

A = 84° 56' 25' ( *table XXI* ) log. verse (*somme*) 9.65887
     Log. sécante A ( *table XXIII* ) + 1.05456 (b)

Haut.r vraie (2) demandée 5° 0' 10' = log. coséc. (a+b) 1.05945*

* Pour la hauteur d'une Planète, le calcul est le même que le précédent pour une Étoile ( v. page 437 ).*

---

» PROBLÊME XIII. — *Observer la Longitude en mer, par une distance* Luni-astrale *, et par les hauteurs des deux astres prises en même temps* (4).

1. »Au moyen de l'heure approchée du bord et de la longitude estimée , cherchez premièrement l'heure approchée de Paris; et ensuite, d'après la Connaissance des Temps, les élémens *ordinaires* de calcul ( *Problème*

---

(1) * It is the altitude employed before, p. 430, by *M. de Mendoza*, for finding the apparent time. These two methods, so verified one by the other, merit therefore full confidence.*

(2) * C'est la hauteur qui nous a servi, page 430, à calculer l'heure par la méthode abrégée de *M. de Mendoza*. Ces deux méthodes, ainsi vérifiées l'une par l'autre, méritent donc toute confiance.*

(3) » It will be proper to observe, within a very short time, several distances , as well as several altitudes , in order to use the mean of each set , as well as that of the corresponding time marked by the watch. The mean of several quantities is found by adding them all together , and dividing the sum by their number.»

(4) »Il conviendra d'observer, dans le moindre espace de temps possible , plusieurs distances et plusieurs hauteurs des deux astres, afin de pouvoir en conclure la moyenne de chaque série, correspondante à l'heure moyenne des observations.» * La plus grande célérité est d'autant plus désirable, en effet , que les variations des distances et des hauteurs étant rarement proportionnelles au temps, si on prolongeait trop les séries, on perdrait probablement d'un côté ce qu'on voudrait gagner de l'autre.*

ter , the Moon's horizontal semidiameter and parallax ; and the other elements which may be necessary for the calculation, if the distance is to a Star *or Planet* (*Problem I.*).»

2. »From the observed altitudes, conclude the apparent altitudes of the centres (*Problem II.*), *to the nearest minute only.*»

3. »Add to, or subtract from, the observed distance , the Moon's semidiameter in altitude, according as the contact was observed with the nearest or the farthest limb. If the distance is to the Sun , do the same with its semidiameter (taken out of the Ephemeris) ; and the result will be the apparent distance of the centres. »

4. »Add together the two apparent altitudes. »

5. » Take out of table V. the complementary correction answering to the apparent altitude of the Sun, Star , or *Planet* , and out of table XI. the correction of the Moon's apparent altitude , according to the minutes of horizontal parallax , and the proportional parts for seconds (1) ; which add together with the sum of apparent altitudes, and you will have the *corrected sum of altitudes.* At the time of taking the correction of table XI. take likewise the Auxiliary *angle* out of table XII. which will be found in the opposite page. » (* and *corrected*, by means of the Loose Table , page 8 T., or table XXVI. ).*

6. »Take out of table XIII., *Number I.*, answering to the sum of apparent altitudes and to the minutes of auxiliary angle, and also the parts for seconds; *Number II.* , answering to the sum of corrected altitudes, and the parts for seconds; and *Number III.* , answering to the degrees and minutes of apparent distance (*reserving the seconds*) , and to the minutes of auxiliary angle , and also the parts for seconds. —

(1) *These proportional parts, for every degree of altitude, are printed on the right of each table : others are printed at the bottom, for the minute of the ☽'s apparent altitude not given directly. If great accuracy is required , we may also correct the numbers of tables V. and XI. , on account of the atmospherical situation , by means of tables VI. or VII.*

(2) A moins qu'on ne veuille opérer d'après certaines règles établies par l'auteur page 423 , ce demi-diamètre devra être augmenté d'après la table II , et *autant que possible* diminué d'après la table VIII , (ainsi que celui du Soleil).

(3) Un des principaux avantages de la méthode *de Mendoza* sur celle *de Borda* , c'est d'éviter, *en majeure partie*, la peine de faire la somme, la demi-somme et la différence des *trois* angles apparens, ainsi que la demi-somme des deux hauteurs vraies; et par conséquent de diminuer d'autant le nombre des chances d'erreur.

(4) Cet angle ne devra être corrigé au moyen de la table XV , que si les nombres pris dans les tables V et XI ont été eux-mêmes corrigés à raison de l'état du thermomètre et du baromètre. En consultant les tables XI et XII, on devra d'ailleurs y prendre à vue une partie proportionnelle pour les secondes de la parallaxe, et une autre, au besoin, pour *la minute de hauteur* que ces tables n'ont pu donner directement. Quand on ne visera pas à la dernière précision, on pourra même éviter la peine de prendre celle-ci, en rendant *pair* le nombre des minutes de la hauteur apparente de la Lune.

(5) Ladite partie proportionnelle pour les secondes de cet angle ( qui se prend à part et le plus ordinairement *sans calcul* ), se trouve à gauche

calcul (*Problême I*), savoir : pour une distance *luni-solaire* , la déclinaison et le demi-diamètre du Soleil, la parallaxe horizontale et le demi-diamètre de la Lune. Pour une distance *luni-stellaire* ou *luni-planétaire* , en outre de l'ascension droite du Soleil et des mêmes élémens de la Lune, l'ascension droite et la déclinaison de l'Étoile ou de la Planète, et, pour celle-ci, sa parallaxe horizontale et son demi-diamètre.

2. » D'après la moyenne de chaque série de hauteurs , concluez la hauteur apparente de chaque astre (*Problême II*) , de manière à ce qu'en négligeant jusqu'à 30 secondes, s'il le faut, ces hauteurs ne soient composées que de degrés et minutes. »

3. » Si l'observation a été faite entre les deux bords *les plus voisins*, *ajoutez* les deux demi-diamètres à la distance moyenne, et vous aurez la distance apparente des deux centres. Si , au contraire, c'est le bord *opposé* de la Lune qui a été observé, le demi-diamètre de cet astre sera *à retrancher* de la même distance , comme on sait (2). »

4. » Faites la somme des deux hauteurs apparentes, ainsi modifiées (3). »

5. » Ajoutez-y la correction *complémentaire* prise dans la table V , ainsi que la parallaxe de hauteur de la Lune moins la réfraction, prise dans la table XI , et vous aurez la somme des hauteurs *corrigées.* En même temps que vous consulterez la table XI , consultez aussi la page *en regard* de la table XII , pour y prendre , à l'aide des mêmes argumens , un *angle auxiliaire*, qu'au moyen de la table volante (page 8 B. ou T. ) vous corrigerez à raison de la hauteur du second astre (4).

6. » Prenez successivement ( dans la table XIII ) : le *Nombre I* et sa partie proportionnelle , au moyen de la somme des hauteurs apparentes et des minutes *et secondes* de l'angle auxiliaire (5); le *Nombre II* (et sa partie proportionnelle), au moyen de la somme des hauteurs corrigées (6); et le *Nombre III* ( ainsi que sa partie proportionnelle ) , au moyen des degrés et minutes de la distance apparente et des minutes *et secondes* de l'angle auxiliaire (7). Faites la somme de ces trois nombres ( et de ces trois parties proportionnelles prises sans calcul), et en négligeant l'unité qui peut se trouver à gauche des 6 figures décimales de cette somme, vous aurez le sinus verse de la distance réduite *approchée.* Enfin, cherchant les degrés et minutes de cette distance dans la même table (8) , ainsi que les secondes qui se prennent également *sans calcul*, et y

ve *à gauche* des minutes de hauteur ou de distance , alors *comptées pour autant de secondes* ; mais, au besoin, il ne faut pas oublier de la prendre pour zéro seconde ( v. page 407 ).

(6) Partie de la table la plus *à gauche.*

(7) Comme pour le Nombre I , à cela près que la distance apparente remplace la somme des hauteurs... (Pour la partie proportionnelle , v. note 5).

(8) Partie la plus *à droite.*

seconds. — Add together the three numbers, and parts for seconds; and the corrected distance answering to that sum in the same table, with the addition of the reserved seconds, will be the *true distance* from the Moon to the Sun, *Planet*, or Star (1).»

7. »Look, in the Nautical Almanac, for the two corresponding distances which comprehend the computed true distance; and take their difference, as well as the difference between the first of them and the true distance. Take the proportional logarithms of these two differences, deduce their difference; and look in the proportional logarithms for the corresponding hours, minutes, and seconds. These, added to the hour of the first distance, taken out of the Nautical Almanac, will give the *apparent* time (3) at Greenwich when the observation was made.»

8. »By the altitude of the Sun, Planet or Star, and the other data, compute the apparent time then at the ship (*Problems IX. and X.*).»

9. »The difference (turned into degrees and minutes) between that *apparent* time, and the *apparent* time at Greenwich, found before, will be the Longitude of the ship when the distance was observed; and the longitude will be east or west, according as the time at the ship is greater or less than the time at Greenwich (5).»

»*Example.* May 6, 1794, about 6h 25m, latitude 23°. 12' S., longitude by account 66° W., the following distances of the Moon's remote limb from the *Virgin's Spica* were observed, to determine the true Longitude of the ship; the height of the observer's eye above the surface of the sea being 20 feet. *Note*, 43″ must be subtracted from the distance, 21'. 30″ from the Star's altitude, and 5' added to the Moon's altitude, for the errors of the quadrants.

*Observations and* ordinary *elements for computing the Longitude.*

| Observed altitudes | | Dist.ᵃ of ☾'s remote limb from ✮ | |
|---|---|---|---|
| of ✮ | of ☾'s lower limb. | | |
| 32° 25' 0″ | 50″ 51' 30″ | 64° 22' 45″ | Estim.ᵈ time at the ship   6h 25m |
| 33. 22. 30 | 46. 0 | 21. 45 | Longitude in time, W., +4. 24 |
| 34. 19. 30 | 42. 0 | 20. 0 | Estim.ᵈ time at Greenw. 10. 49 |
| 35. 13. 15 | 34. 30 | 18. 15 | By Naut.ˡ Almanac, for that time: |
| 15° 20' 15″ | 174' 0″ | 82. 45 | ☾'s hor. { parallax (7) . 54' 59″ / semidiameter 14. 59 |
| 33° 50' 4″ | 50″ 43' 30″ | 64° 20' 41″ | Augmentation (*t. II.*) +   12 |
| — 21. 30 | + 5. 0 | — 0. 43 | ________ 15' 11″ |
| — 4. 23 | — 4. 23 | . . . . . . . | Sums. |
| . . . . . . . | + 15. 11 | — 15. 11 | Means (*dividing by 4*). |
| 33° 24' 11″ | 50″ 59' 18″ | 64° 4' 47″ | Errors of the quadrants. |
| — 1. 28 | Correction of the ✮'s apparent altitude (*table XXV.*). | | Dip of the horizon. |
| 33° 22' 43″ | ✮'s true altitude (to compute apparent time, *only*). | | ☾'s semidiameter. |

*Computation of*

(1) » Remark that, after taking Number I., Number II. will be found on turning one or two leaves, and that if the book is left open at the place of Number III., the corrected distance for the sum will be found in the same or the contiguous one; so that *two searchings into the table will be sufficient for this part of the calculation.*»

(2) » Il convient de remarquer qu'après avoir ainsi trouvé le *Nombre I*, il ne faudra tourner qu'un ou deux feuillets pour trouver également le *Nombre II*, et qu'en ayant la précaution de laisser le livre ouvert à l'endroit du *Nombre III*, ce sera aussi l'endroit de la distance réduite : en sorte que *deux ouvertures de livre suffiront pour opérer toute cette partie du calcul;* c'est-à-dire, *toute la réduction* proprement dite *d'une distance.*» *(Qui aures habent... La* juste satisfaction que *M. de Mendoza* dut éprouver en rédigeant cette note, le dédommagea sans doute de bien des peines )!*

cul, et y restituant les secondes négligées, vous aurez la distance *entièrement* réduite (2).

7. » Cherchez dans la Connaissance des Temps la distance qui *précède* celle-là, et concluez-en la *différence* des deux. Cherchez-y également, selon l'usage établi, la *variation* des distances en 3 heures qui est dans la colonne d'après. Prenez dans la table XIV les deux logarithmes proportionnels qui correspondent, l'un à cette différence, l'autre à cette variation; et la différence de ces logarithmes étant cherchée dans la même table, vous donnera le nombre d'heures, minutes et secondes à ajouter à l'heure de la distance *précédente*, pour avoir le temps moyen de Paris correspondant au moment de l'observation. Corrigeant ensuite ce temps moyen à raison de *l'équation du temps*, vous aurez le *temps vrai* de Paris.

8. » D'après la latitude estimée, la hauteur et la déclinaison du second astre, calculez également le temps vrai du bord (4) (*Problêmes IX et X*).»

9. »La différence de ces deux heures sera la Longitude observée en temps (qu'au besoin on convertira en degrés). Elle sera d'ailleurs orientale ou occidentale selon que l'heure du bord sera plus ou moins avancée que celle de Paris (6).

*Exemple* 1. Le 20 Avril 1842, vers les 5h 52m 30s du soir, étant dans la mer des Indes, par les 17° 54' de latitude nord et les 61° 52' de longitude orientale (estimée), *les observations suivantes ont été* effectuées par trois observateurs, à l'effet de déterminer la vraie Longitude : le thermomètre centigrade était à 45°, le baromètre à 0ᵐ,714, l'élévation au-dessus du niveau de la mer (dans l'observation des hauteurs) de 6ᵐ,35ᶜ; les hauteurs du Soleil devaient être augmentées chacune de 1' 10″ et celles de Lune diminuées de 30 secondes (le tout pour erreurs de rectification des instrumens).

* *Détail des observations et données* ordinaires *du calcul.*

| Hauteurs observées. | | Distance ☉☾, cercle de réflexion, arc total : | |
|---|---|---|---|
| du ☉ | de la ☾ | | |
| 5° 28' 30″ | 53° 24' 30″ | | Temps m. du bord . 5h 52m 30s |
| 5. 8. 20 | 53. 44. 40 | | Long.ᵈᵉ estimée E.— 4. 7. 28 |
| 4. 47. 30 | 54. 5. 0 | | T. m. de Paris, appr. 1. 45. 2 |
| 4. 26. 45 | 54. 26. 30 | | Déclin.ᵒⁿ du ☉, B. 11° 29' 53 |
| 19° 51' 5″ | 15° 40' 40″ | 480″ 44' 20″ | Demi-diam.ᵉ de *id.* 15. 56 |
| 4° 57' 46″ | 53° 55' 10″ | 120° 11' 5″ | Par.ᵉ hor.ˡᵉ de la ☾. 59. 49 |
| + 1. 10 | — 0. 30 | . . . . . . . | Demi-diam.ᵉ de *id.* 16. 1 |
| — 4. 28 | — 4. 28 | . . . . . . . | Augment.ᵒⁿ (*t. II*) +   8 |
| + 15. 56 | + 16. 9 | + 32. 5 | Total 16' 9″ |
| — 0. 25 | . . . . . . . | . . . . . . . | Sommes. |
| 5° 9' 59″ | 54° 6' 21″ | 120° 43' 10″ | Moyennes (*en divisant par 4*). |
| — 9. 30 | Réfraction — la parallaxe du ☉ (*table IV*). | | Erreurs des instrumens. |
| + 1. 39 | Corr.ᵒⁿ de température et de poids de l'atm.ʳᵉ (*t. VII*). | | Dépression de l'horizon (*t. I*). |
| 5° 2' 8″ | Hauteur vraie du ☉ (pour calculer l'heure *seulement*).* | | Demi-diamètres et leur somme. |

*Calcul de la*

(3) * Here, henceforth, we must read : *mean time*, to be converted into *apparent time*, according to the new Nautical Almanacs.

(4) V. *Scolie I,* ci-après à ce sujet.

(5) »We have supposed that the distance and the altitudes are observed at the same time : this requires three observers, but a single one may supply the help of assistants, by observing some altitudes before and after the observations of the distances, and marking the time of each by the watch ; from whence the altitudes of the Moon, and of the Sun, Planet, or Star, answering to the distance, may be deduced by applying the variations which are proportional to the intervals. »

(6) »Tout cela

*Computation of the true distance, and of the apparent time at Greenwich.*

| | | |
|---|---|---|
| Auxiliary angle or argument. | ☽'s apparent altitude . . . . | 50° 59' (*Hor. paral.* 54' 59") |
| | ☆'s apparent altitude . . . . | 33. 24  (*Table XIII.*). |
| | Sum of apparent altitudes . . | 84° 23'       N. I . . 903264 |
| | *Compl.* corr.ᵒⁿ ☆'s altit.ᵉ (10)+ | 58. 32"   *Pr. p.* . .     30 |
| 23' 9",8 | Corr.ᵒⁿ of ☽'s app.ᵗ altit.ᵉ (12)+ | 33. 13 |
| + 26, 6 | For 59", proportional part . + | 37    *Pr. p.* . .     184 |
| + 0, 1 | Corrected sum of altitudes . . | 85° 55' 22"  N. II . . 088315 |
| ——— | Apparent distance ( + 13" ) = | 64. 5      N. III . 568011 |
| 23' 36",5 | Reserved seconds . . — | 13ᵒ      *Pr. p.* . .     135 |
| (14) | | |
| Corrected distance . . . . . . . . . . | | 63° 53' 32   =(*sum*) 559939 |
| True distance (16) . . . . . . . . . . | | 63° 53' 19"    ⌐800 |
| Preceding dist.ᵉᵉ, May 6, at 9h (at Green.) | | 64. 47. 53 │ 32"=rem.ʳ 139 |
| Difference . . . . . . . . . . . . . . . . — | | 54' 34"  Prop.¹ L. 51835 |
| Variation in 3 hours . . . . . . . . . — | | 1° 30. 6  Prop.¹ L. 30055 |
| Apparent time at Greenwich ( + 9h ) = | | 1h 49m 0s,7  P.L.(*diff.*)21780 |

*Computation of the apparent time at the ship, and of the observed Longitude.*

| | | |
|---|---|---|
| ☆'s { true altitude . . . . | 33° 22' 43'   ( *Table XXIII.* ). | |
| { polar distance . . . | 79. 55. 10   L. cosecant . .   0.00076 | |
| Ship's latitude . . . . . . . | 23. 12. 1    L. secant . . .   0.03662 | |
| Sum . . . . . . . . . . . . . | 136° 29' 54"   ( *Table XXII.* ). | |
| Half-sum . . . . . . . . . . . | 68. 14. 57   L. cosine . . .   9.56887 | |
| Half-sum — true altitude . | 34. 52. 14   L. sine . . . .   9.75719 | |
| ☆'s { horary angle, . . . — | 3h 51m 30s  L. versed (*sum*). 9.36944 | |
| { right ascension . — | 13. 14. 23   ( *Table XXI.* ). | |
| Right ascen.ᵒⁿ of mid-heaven | 9. 22. 53   ( *difference* ). | |
| ⊙'s right ascension . — | 2. 56. 15   ( *Problem I.*). | |
| Apparent time at the ship . | 6. 26. 38   ( *difference* ). | |
| *Ditto*, at Greenwich | 10. 49. 0, 7 | |

Observed Longitude (*diff.*) 4. 22. 22, 7 =65° 35' 40",5 (*west*) (19).

*The height of *Fahrenheit's* thermometer being 104", and that of the barometer 28 *inches*, 31, suppose that the answering correction of the true distance be required ?.... For 64°. 5' of apparent distance, 51° and 33°, 24' of apparent altitudes, we find in table XVI. (page 375 ) 4",2 of variation in the reduction, and in table XVII.

for this variation and { 104° of the said thermometer — 8",6 / { 28 *in.*, 31, of the barometer — 4, 7

| | |
|---|---|
| Correction required . . . . . . . . . . (*Sum*) — | 13".3 |
| True distance, found above . . . . . . . . . . . . | 63° 53' 19",0 |
| Therefore, true distance corrected . . . . . . . . . . | 63° 53' 5",7 |
| By *M. de Borda's* method . . . . . . . . . . . . | 63. 53. 5, 8 |

** Example 2.*

(6) »Tout cela suppose que la distance et les deux hauteurs ont été observées *simultanément*; mais un seul observateur peut aussi atteindre le même but, en prenant quelques hauteurs des deux astres avant et après les observations des distances, en tenant compte de la différence des heures, et en déduisant du tout, d'abord la variation de chaque hauteur en un temps donné, et ensuite les hauteurs absolues qui ont dû correspondre aux distances observées. »

(7) * Must be *diminished* by the number found in table III., the most ordinarily. *

(8) Pour calculer plus exactement l'heure du bord.

(9) Pour opérer cette réduction en ayant égard à l'aplatissement du globe, par la méthode *de Borda*, v. l'explication de la table XIX.

(10) »This complementary correction being the complement to one degree of the correction used above for the deduction of the ☆ 's true altitude, may be had by taking this complement at sight, ( without looking into table V., for that purpose ).

(11) *Table V*, avec augmentation de 1' 39", d'après *table VII*.

(12) »This correction is found in table XI., by means of the ☽'s apparent altitude used in the addition which gives the sum of the apparent altitudes.

(13) Augmenté de 0. 7", 1, d'après la *table VII*.

(14)*Table XII. and Loose Table. For correcting this angle on account of the atmospherical situation, see the explanation of table XV... That will be unnecessary by using tables XVI. and XVII., as explained pages 15 B. and 410.

---

** Calcul de la distance réduite et du temps vrai de Paris qui y correspond (9).*

| | | | |
|---|---|---|---|
| Hauteur apparente { de la ☽ | 54° 6' (Parall.ᵉ hor.ˡᵉ *corr.* 59' 49"). | | |
| { du ⊙ . | 5. 10   ( *Table XIII* ). | | Angle ou |
| Somme des hauteurs app.ᵗᵉˢ | 59° 16'       N. I . . 495925 | | argum.ᵗ |
| Corr.ᵒⁿ de ☽ du ⊙ (11) . . . + | 52. 9",1 | pʳ 11",6    50 | auxil.ʳᵉ |
| hauteur ☽ de la ☽ (*t. XI*)+ | 33. 54, 2 | | 26' 31",5 |
| Pour 49" de parallaxe (13) + | 0. 35, 6 | pʳ 39"    88 | 23, 1 |
| Somme des haut.ʳˢ *corrigées* | 60° 42' 39"   N. II . . 504276 | | 4, 3 |
| Distance apparente (—10") = | 120. 43      N. III . 503570 | | 12, 7 |
| Secondes restituées . . . . + | 10"   pʳ 11",6    209 | | 27' 11",6 |
| Distance réduite, approchée | 120° 16' 22",2  ( *Som.* ) 504118 | | (15) |
| Donc, distance réduite . . | 120° 16' 32",2  (17)   ⌐025 | | |
| Précéd.ᵗᵉ de la *Con.ᵉᵉ des T.*ˢ | 119. 20. 2, 0  ( à midi ). │ 93 = 22",2 | | |
| Différence . . . . . . . + | 56' 30",2 log. prop.¹ . . .   50320 | | |
| Augm.ᵒⁿ des distances en 3h | 1° 40. 27  log. prop.¹ . . .   25332 | | |
| Temps moyen de Paris observé | 1h 41m 15s,0 = ( *différence* ) 24988 | | |
| Équation du temps . . . . . + | 1. 6, 6 | | |
| Donc, temps vrai de Paris | 1. 42. 21, 6 ( demandé ) (18).* | | |

** Calcul du temps vrai du bord et de la Longitude observée.*

| | | | |
|---|---|---|---|
| Hauteur vraie du ⊙ . | 5° 2' 8"       ( *Table XXIII* ). | |
| Distance polaire de *id.* | 78. 30. 7   log. coséc. . . . . . .   0.00880 | |
| Latitude du lieu . . . | 17. 54. 1    log. séc. . . . . . . .   0.02155 | |
| Somme . . . . . . . . . | 101° 26' 16"   ( *Table XXII* ). | |
| Demi-somme . . . . | 50. 43. 8    log. cos. . . . . . . .   9.80149 | |
| Moins la hauteur vraie. | 45. 41. 0   log. sin. . . . . . . .   9.85460 | |
| Temps vrai du bord . | 5h 53m 29s,0 log. verse (*somme*) 9.68644 | |
| *Idem* de Paris — | 1. 42. 21, 6     ( *Table XXI* ). | |
| Donc, Long.ᵈᵉ observée | 4. 11. 7, 4  ou 62° 46' 51" ( *est* ). * | |

** Exemple 2.*

---

(15) **Table XII*, pour les deux premières quantités; *Table volante* (page 8 T. ) et *Table XV*, pour les deux dernières. Celle prise dans la *table XV* n'est pas nécessaire quand on veut se servir des *tables XVI* et *XVII* ( v. page 410 ).

(16) By *M. de Borda's* method, 63° 53' 18",7.

(17) Dans cet exemple, où l'observation est supposée avoir été faite dans un plan vertical, la somme de la distance et des deux hauteurs étant *nécessairement* de près de 180", nous eussions pu, selon l'usage, en supprimant la réduction *tabulaire*, obtenir la distance réduite, ainsi qu'il suit :

| | |
|---|---|
| Distance apparente . . . . . . . . . . . . . . . . . . | 120° 43' 10",0 |
| Réfraction — la parallaxe du ⊙ . . . + 9' 29",9 } + | 7. 50, 9 |
| Diminution, d'après la table VII . . . — 1. 39, 0 } | |
| Somme . . . . . . . . | 120° 51' 0",9 |
| Parallaxe — la réfraction de la ☽ . — 34' 22",7 } — | 34. 29, 8 |
| Augmentation, d'après la table VII . — 7, 1 } | |
| Donc, distance réduite . . . . . . . . . . . . . . . | 120° 16' 31",1 |
| Trouvé ci-dessus par la méthode *de Mendoza* . . . | 120. 16, 32, 2 |
| Et par celle *de Borda* . . . . . . . . . . . . . . . | 120. 16, 31, 6 |
| Excès de l'une sur l'autre méthode . . . . . . | 0",6 |
| Sans tenir compte des circonstances atmosphériques, si la réduction eût été opérée par la méthode de *Mendoza*, on aurait trouvé. . . . . . . . . . . . . | 120° 18' 18",0 |
| Et par celle *de Borda* . . . . . . . . . . . . . . . | 120. 18. 17. 6 |
| Différence . . . . . . . . . | 0",4 |

Au moyen de ces résultats, veut-on s'assurer du degré de confiance que mérite l'usage des tables XVI et XVII ?.. Pour 120° 43' de distance, 54" et 5° 10' de hauteur apparente, on trouve ( *table XVI*, page 374) 30" de variation de réduction ; et dans la table XVII pour cette variation et pour { 45° du thermomètre . . . — 70",7 / { 0ᵐ,714 du baromètre . . — 36, 4

| | |
|---|---|
| Correction totale demandée . . . . . . . . . . . . — | 1' 47",1 |
| Distance réduite par approximation . . . . . . . | 120° 18. 18, 0 |
| Donc, distance *rectifiée* . . . . . . . . . . . . . | 120° 16' 30",9ᵗ |

Laquelle, comparée à celle obtenue par la méthode *de Borda*, ne serait donc trop petite que de 0",7. C'est de bien peu évidemment, eu égard aux circonstances atmosphériques pour le moins *extraordinaires* qui ont été supposées; sans compter que la hauteur du Soleil étant également très-petite les variations de la réfraction sont alors non moins incertaines que grandes.. Sans doute qu'à la rigueur il faudrait

**Example 2 (1).** »March 14, 1826, the apparent altitude of the Sun's centre was 31°. 33'. 40", that of the Moon's 13°. 10'. 50", the apparent distance between these centres 74°. 53'. 13", the height of *Fahrenheit's* thermometer 32°, that of the barometer 31 *in.*, 1, and the horizontal parallax diminished by 7", from *table III.*, 54'. 28". Required the true distance, correcting these altitudes by means of *table VI. and VII.*, and the auxiliary angle by means of table XV.?

| Auxiliary angle. | Apparent altitude of the ☽ | 13° 11' (*Hor.* parall. 54'28") | | |
|---|---|---|---|---|
| | ☉ | 31. 34 ( *Table XIII.* ). | | |
| 6' 11",9 | Sum of apparent altitudes . | 44°45' | N. I . . | 291963 |
| + 4, 0 | *Compl.* corr.on ☉'s altit.e (3)+ | 58. 25, 1 | | 80 |
| + 2, 6 | Corr.on of ☽'s app.t altit.e + | 48. 31, 5 | | |
| — 5, 1 | For 28" of parallax (5) . . + | 7, 7 | | 192 |
| 0' 13",4 | Corrected sum of altitudes . | 46°32' 4",3 | N. II . . | 700287 |
| (7) | Apparent distance ( —13" ) = | 74. 53 | N. III . | 740003 |
| | Reserved seconds + | 13" | | 29 |
| | *Corrected* distance . . . . . | 74°29' 15",5 | (*sum*) . | 732554 |

| | | | |
|---|---|---|---|
| True distance . . . . . . . . . . . . | 74°29' 28",5 | | ]481 |
| By *M. de Borda's* method . . . . . | 74. 29. 28, 0 | 15",5 = r. | 73 |
| Difference . . . . . . | 0",5 | | |

**Exemple 2 (2).** » On a observé une distance apparente de 83° 57' 33" entre le Soleil et la Lune, dont les hauteurs apparentes étaient alors 48° 27' 30" et 27° 34' ; le baromètre était à 0m,790 et le thermomètre centigrade à 3° au-dessous de zéro : la parallaxe horizontale, diminuée d'après la *table III*, a été trouvée de 54' 58". On demande de la distance réduite, en corrigeant les hauteurs d'après la *table VI*, et l'angle auxiliaire d'après la *table XV* ?

| Hauteur appar.te { de la ☽ | 27°34' | (Parall.e corrigée 54' 58"). | | |
|---|---|---|---|---|
| du ☉ . | 48. 28 | ( *Table XIII* ). | | |
| Somme des hauteurs app.tes | 76° 2' | N. I. . . . 760225 | | Angle] |
| Corr.on { compl. ☉ (4) . .+ | 59. 9",3 | | 87 | auxil.re. |
| de hauteur ☽..+ | 46. 1, 8 | | | |
| Pour 58' de parallaxe (6) + | 41, 2 | | 36 | 13'28",8 |
| Somme des haut.rs *corrigées* | 77°47' 52,"3 | N. II . . . 228351 | | + 15, 8 |
| Distance app.le ( +27" ) = | 83. 58 | N. III . . 895582 | | + 3, 7 |
| Secondes restituées — | 27",0 | | 38 | — 5, 9 |
| Distance réduite, approchée | 83. 21. 25, 6 | (*somme*) 884319 | | 13' 42",4 |

| | | | | |
|---|---|---|---|---|
| Donc, distance réduite . . | 83°20' 58",6 | | ]196 | (8) |
| Par la méthode *de Borda* . | 83. 20. 58, 8 | (9) | *reste* 123 | = 25",6 |
| Différence . . . . | 0",2 (10)* | | | |

»*Scholium I.* In the preceding rules we find the apparent time at the ship, when the distance was observed, by means of the Sun's or Star's altitude, observed at the same time : but the apparent time may likewise be ascertained by means of an altitude taken before or after, in order to know the error of the watch in the meridian of that observation... In such cases the Sun's altitude may be observed in the circumstances the most advantageous for determining the time ( and, if possible, *when the Sun is passing by the first vertical* ) (12).

» *Example.* December 6, 1793, latitude 53°. 20' S. longitude by account 170°. 4' W. Some observations were made for finding the Longitude of the ship, and their means being corrected as ordinarily had given for *apparent* altitudes, of the ☉ 59°. 11'. 50", of the Moon 26°. 34'. 36", and for apparent distance 59°. 25'. 35". The apparent time at the ship (also corrected from a particular observation, *Problem IX.* ), was then 23h 54m 50s, and the horizontal parallax by Nautical Almanac 59'. 27' (14).

Apparent alt.e

» *Scolie I.* Dans le premier de ces deux exemples, l'heure du vaisseau correspondante à l'observation de la distance moyenne, a été conclue de la hauteur vraie du second astre : mais il vaudra beaucoup mieux la conclure de celle indiquée par une bonne montre à secondes, dont l'avance ou le retard auront été déterminés avec soin ( par des observations préalables ou subséquentes (11) ) ; parce que la hauteur du second astre, plus ou moins voisine du méridien, non-seulement n'est pas toujours convenable pour un pareil calcul, mais encore parce qu'ordinairement prise à la hâte (13) ou bien de nuit, elle peut être plus ou moins erronée.

*Exemple.* Le 8 Août 1814, par 32° 10' de latitude S. et 89° 30' de longitude orientale, on a pris des distances d'*Aldébaran* au bord de la Lune qui en était le plus rapproché, ainsi que des hauteurs des deux astres, d'où l'on a conclu pour distance apparente moyenne 21° 11' 16", pour hauteur apparente { de la ☽ 44° 19' 0" } { de l'☆ 33. 29. 30 } ; la montre marquait alors 16h 57m 38s et des observations subséquentes de hauteur du ☉ ont fait voir qu'elle retardait sur le temps vrai de 12m 22s ( *Problème IX* ). La parallaxe horizontale de la ☽ *diminuée* d'après la table III était de 58' 18". On demande la distance réduite et la Longitude observée ?

Hauteur app.te

---

il faudrait encore retrancher de chaque distance ainsi rectifiée, les 25 *secondes* d'accourcissement du demi-diamètre du Soleil, et même corriger l'heure de Paris, qui en serait ensuite conclue, au moyen de la table XX ( v. à cet égard page 415) ; mais en mer cela ne se pratique que très-rarement, tout résultat d'une médiocre précision étant reconnu pour beaucoup plus certain que celui obtenu par le meilleur chronomètre *isolé*. (Voir ce qu'en dit *M. Arago*, dans l'*Annuaire du Bureau des Longitudes* de 1838 et de 1840 ).

(18) Pour trouver l'heure de Paris en ayant égard aux différences secondes des distances, v. l'explication de la table XX.

(19) As by *M. de Borda's* method, nearly.

(1) *In this example, in great part borrowed from the Nautical Almanac of 1832 (page 5 of *M. W. Lax*'s method), we have supposed some atmospherical circumstances, the most extraordinary, *and which influence the refraction in the same sense.*

(2) *Dans cet exemple, en majeure partie emprunté à la Connaissance des Temps, on a encore supposé des circonstances atmosphériques des plus extraordinaires, et agissant aussi dans le même sens.

(3) Diminished by 7".5 according to *table VI.*

(4) Diminuée de 4",8, d'après la *table VI.*

(5) Diminished by 19",6 according to *table VII.* ( because the ☽'s altitude being small, table VI. could give a small error ).

(6) Diminué de 10",2, d'après la *table VI.*

(7) Diminished by 5",1 according to *table XV.*

(8) Diminué de 5",9, d'après la *table XV.*

(9) Tant par cette méthode proprement dite que par les différences logarithmiques

logarithmiques de *M. Burckhardt* ( qui supposent pour les petites hauteurs des réfractions très-différentes de celles de la Connaissance des Temps, v. les corrections de la table logarithmique de *M. Delambre*, dans le volume de Tables du Bureau des Longitudes, 1806 ).

(10) Cette très-petite différence peut, en ce cas, provenir d'une seule unité négligée en prenant les trois nombres et leurs parties proportionnelles; car la formule, aussi bien que celle *de Borda*, est de la dernière rigueur, comme on sait. Pour obtenir des résultats également rigoureux, il faudrait que ces nombres fussent recalculés avec une figure décimale de plus, et alors, *sans augmentation de format*, et moyennant l'application du système que nous avons proposé, *pour exprimer un certain nombre de figures décimales à la suite des figures imprimées*, on pourrait aisément en exprimer ici une de plus (v. notre *Essai, etc.*).

(11) Et autant que possible, par des hauteurs du Soleil prises aux environs de son passage au premier vertical ( où les changemens de hauteurs ont le plus de rapidité, comme on sait ).

(12) »This method will be particularly useful, when the Sun's altitude, observed with the distance, is disadvantageous, and when the distance is to a Star; as the observed altitude may then produce considerable error in the computed time, though it may be sufficiently accurate for the calculation of the true distance.»

(13) Pour se conformer aux exigences du principal observateur.

(14) * See note 7, page 435, and the Explanation of *table III.*

**Left column:**

```
                 Apparent altit.e of the { ☾  26° 35'  (Hor.¹ paral. 59'. 27")
Auxili-                                   { ☉  59. 12    (Table XIII.).
ary         Sum of apparent altitudes       85° 47'        N. I . . . 926991
angle.      Compl. corr.ᵒⁿ ☉'s altit.e+      59. 29",5             19
14' 20",0   Correction ☽'s altitude +        50. 50, 7
     7, 2   Pr. part for 27 seconds +            24, 2             76
     4, 2   Corrected sum of altitudes      87° 37' 44",4 N. II . . . 058726
14' 31",4   Apparent distance . . . .        59. 25      N. III . . 494802
                                                                    134
            Reserved seconds +                 35"
Corrected distance . . . . . . . .  58° 43'  4, 5 = (sum) 480748
True distance . . . . . . . . . . .  58° 43' 39",5              |29
Preceding distance, Dec. 7, at 9h — 57. 30. 45, 0     4",5 = r. 19
Difference . . . . . . . . . . . .    1° 12' 54",5 Pr. L. . . 39249
Augmentation en 3h . . . . . . . .    1. 38. 28   Pr. L. . . 26198
Apparent time at { Greenwich . . .  11h 13m 16s,8 = (diff.) 13051
                 { the ship, the 6, — 23. 54. 50, 0
Observed Longitude . . . . . (west) 11. 18. 26, 8 = 169°. 36'. 42"
```

»*Scholium II.* We have supposed , till now , that the altitudes for the reduction of the distance are actually observed ; but if these observations cannot be made , or from the time of night, or imperfect sight of the horizon , can only be made under disadvantageous circumstances , the true and apparent altitudes may be computed (*Problems XI. and XII.*), and with them the longitude will be concluded , following the preceding rules. »

»*Example.* July 26 , 1792 , in latitude 30°. 10' north , and longitude by account 113°. 32' W., some observations made at 9h 34m 0s, apparent time ( = 17h 8m 8s , at Greenwich ) , have given for apparent distance of the *Virgin's Spica* from the Moon's centre 16°. 39'. 47"... Required the Longitude of the ship?

By *Nautical Almanac*, for that time :

```
☉'s right ascension  8h 28m 21s        Virgin's Spica :
     { right ascension  14. 25. 0  | Right ascension . . 13h 14m 17s
☽'s  { declination S.   10° 45'    | Declination S. . . 10°. 4'. 18"
     { horiz.¹ parallax 58. 10'    ( Must be diminished, by t.III.).
```

*Computation of the two Moon's altitudes.*

```
Apparent time at the ship . 9h 34m 0s
☉'s right ascension . . . + 8. 28. 21
Right ascen- { mid-heaven . 18. 2. 21   (Tables XXI. , XXII.
sion of . . { the Moon . .  14. 25. 0        and XXIII.)
☽'s { horary angle . . (diff.) 3. 37. 21 L. versed . . 9.31909
    { declination . . . . S. 10° 45'   L. cosine . . 9.99231
Latitude of the ship . . N. 30. 10     L. cosine . . 9.93680
Merid.al zenith dist.ce (sum.) 40° 55'   L. secant . . 0.12167 (a)
             A = 57° 54' 25" L. versed (sum) 9.86987
                            L. secant A = 0.27466 (b)
☽'s true altitude . 23° 40' 16"  L. cosec. (a+b) = 0.39633
Corr.ᵒⁿ (table A) .   — 52.   (hereafter).
☽'s apparent altitude 22° 48' 56"
Corr.ᵒⁿˢ (table XI.) { + 51. 10, 9
                     { +      9, 2
```

*Computation of the two Star's altitudes.*

```
Right ascen- { mid-heaven 18h 2m 21s
sion of... { the ☆ . . .  13. 14. 17
☆'s { horary angle . . .  4. 48. 4   L. versed . . 9.53861
    { declination . . . . S. 10° 4'  L. cosine . . 9.99326
Latitude of the ship . . N. 30. 10   L. cosine . . 9.93680
Merid.al zenith dist.ce (sum.) 40° 14'  L. secant . . 0.11724 (a)
        A = 76. 45 L. versed ( sum ) 9.58591
                   L. secant A . . . = 0.63978 (b)
☆'s true altitude . . . . 10° 4' 38" L. cosec.(a+b)= 0.75702
                                              ☆'s true
```

**Right column:**

```
                     { de la ☾  44° 19'  (Parall.e corrigée 58' 18")
Hauteur apparente    { de l'☆   33. 29    (Table XIII).
Somme des hauteurs appar.tes 77° 48'     N. I. . . 791022 | Angle
       { compl.re de l'☆ . +  58. 32"            54 | auxil.re
Corr.ᵒⁿ { de la haut.r de ☾ + 40. 31                | 22' 23",0
       { pour 18" de parall.e+   13             209 |      7, 4
Somme des haut.rs corrigées  79° 27' 16" N. II. . . 199938 |   0, 1
Distance apparente (— 16" ) = 21. 11   N. III. . 077925 | 22' 30",5
            Secondes restituées +  16"              240
Distance réduite, approchée . 21° 28' 11" (som. ) 069388
Donc, distance réduite . . . 21° 28' 27" (1)      |369
Distance précédente, à 9h . . 22. 36. 37     reste 19=11",0
Différence . . . . . . . . .   1° 8' 10" log. prop.¹ . . . . . 42170
Diminution des dist.ces en 3h. 1. 42. 23 log. prop.¹ . . . . . 24504
Temps vrai de Paris . . . . 10h 59m 50s,5 = différence . 17666
  Idem du bord . . . . .    17. 10. 0, 0
Donc , Longitude observée . 6. 10. 9, 5 = 92° 32' 22",5 (est).*
```

»*Scolie II.* Jusqu'ici nous avons supposé que les hauteurs avaient été observées en même temps que la distance; mais si la nuit ou un horizon mal terminé mettent obstacle à de telles observations , les hauteurs de chaque astre peuvent être calculées , ainsi que la longitude , d'après les principes ci-dessus établis (*Problêmes XI , XII et XIII*).»

* *Exemple.* Le 26 Juillet 1842, par les 48° 26' de latitude nord et les 12° 34' de longitude occidentale (estimée), vers les 10h 39m 44s, temps moyen du bord (= 11h 30m, t. m. de Paris), on a fait des observations qui ont donné pour distance apparente du centre de la ☾ au centre de Jupiter 67° 26' 55". On demande la Longitude observée ?

* D'après la *Connaissance des Temps*, à cette heure-là :

```
Ascension  { du ☉ .    8h 23m 5s,9 | Parallaxe la ☾. . . . 54' 5",7
droite     { de la ☾  23. 26. 46, 6 | horiz.lede Jupiter . . 2, 1
           { de Jupiter 19. 8. 16. |
Déclinai-  { la ☾ B.   1° 29' 14"  | Parall.e de la ☾ corr. 54. 0.
son de     { Jupiter A. 22. 49. 29 | Id. de haut.r de Jupiter 2, 0
```

* *Calcul des deux hauteurs de Lune* (Problème XII ).

```
Temps moyen du bord 10h 39m 44s
Équation du temps —     6. 9, 5
Temps vrai du bord . 10. 33. 34, 5
Ascen- { du ☉ . . . + 8. 23. 5, 9
sion { du méridien. 18. 56. 40, 4   (Tables XXI, XXII,
droite { de la ☾ . . 23. 26. 46, 6      et XXIII).
Angle hor.e de la ☾ (diff.) 4. 30. 6 log. verse . . . . 9.48977
Déclinaison de idem B. 1° 29'       log. cosinus . . 9.99985
Latitude du lieu . N. 48. 26        log. cosinus . . 9.82184
Dist.ce zénith.e mérid.e 46° 57'    log. sécante . . . 0.16581 (a)
        A = 66° 26' 6" = log. verse (somme) 9.47727
                         log. sécante A. = 0.39817 (b)
Hauteur vraie de la ☾ 15° 50' 15" = log. coséc. (a+b) 0.56398
Correction approchée — 49    ( table A, ci-après).
Haut.r app.te de la ☾ 15° 1' 38",8
Correction exacte +   48. 36, 2 ( table XI).*
```

* *Calcul des deux hauteurs de Jupiter.*

```
Ascension { du méridien . 18h 56m 40s
droite    { de Jupiter . . 19. 8. 16
Angle horaire de id. (diff.) 0. 11. 36 log. verse . . . 6.80640
Déclinaison de idem A.. 22° 49'        log. cosinus . . 9.96461
Latitude du lieu N. . . . 48. 26       log. cosinus . . 9.82184
Différence (algébrique) . 71° 15'      log. sécante . . 0.49290(a)
        A = 4° 0' 2" log. verse(som.) 7.08575
                     Log. sécante A = . . 0.00106(b)
Donc, haut.r vraie de Jupiter 18° 42' 10" log. coséc. (a+b) 0.49396
                                              Hauteur vraie
```

(1) Par la méthode *de Borda*, 21° 28' 26",6. Dans les additions de *M. de Rossel* à la navigation de *Bézout*, le même exemple a été calculé par une méthode d'approximation de *M. de Mendoza*, publiée en 1797, et, avec des corrections *très-différentes*, on a trouvé 21° 28' 26".

☆'s true altitude . . . . . . . . . . 10° 4' 38"
Correction (*table IV.*) . . . . . . + 5. 15
Apparent altitude . . . . . . . . . . 10° 9' 53"

*Computation of the observed Longitude.*

Auxiliary angle.
12' 5",0
2, 3
1, 2
—————
12' 8",5

Appar.ᵗ altit.ᵈᵉ of the { ☾ 22° 49' (*Hor.* parallax 58'.10"). { ☆ 10. 10   (*Table XIII.*).
Sum of apparent altitudes  32° 59'         N. I . . . . 160248
Compl. corr.ᵒⁿ ☆'s alt.ᵉ +   54. 45"              60
Correction ☽'s altitude +    51. 11
For 10" of parallax . . +          9          148
Corrected sum of altit.ᵉˢ  34° 45' 5"      N. II . . . . 831308
Apparent dist.ᶜᵉ (+13") =  16. 40          N. III . . . 047808
                                                    68
Reserved seconds —              13"
Corrected distance . . .   17° 22' 38"   == (*sum*) . 045640
True distance . . . . . . . . . . . 17° 22' 25"                 ⌐580
Preceding distance, July 18, at 15h, 16. 12. 42 (at Green.). 38" =r. 54
Difference . . . . . . . . . . . . . 1° 9' 43"  Pr. L . . . 41194
Augm.ᵒⁿ of the distances in 3h .    1. 38. 12  Pr. L . . . 26316
Appar.ᵗ { Greenwich ( +15h ) = 17h 7m47s,3  Pr. L. (*diff.*) 14878
time at { the ship . . . . . . . 9. 34. 0
Observed Longitude (*west*) . . .  7. 33. 47 ,3 = 113°. 26'. 49",5

»*Remark.* The correction used, to deduce the Moon's apparent altitude from its true altitude (*by means of table A, second part, and table XI.*), is the same as must be included afterwards in the addition which gives the corrected sum of altitudes; and the auxiliary angle may be taken out of table XII. at the same opening of the book (*as aforesaid*). The *complementary* correction of Sun or Star's altitude, included likewise in that addition being the complement *to one degree* of the correction used for the deduction of the true altitude, it may be had by taking this complement at sight, without looking into table V. for that purpose (*as aforesaid also*).

**Scholium III.* For having the *apparent* distance of the Moon's centre from the Sun, Planet, or from a Star, when the true distance L' S' and the different altitudes are known, we may compute, first, the zenith angle L' Z S', and afterwards, by means of that angle and of the two zenith distances L Z and S Z, the apparent distance required. But it is much easier to use in this computation, either *M. de Borda's* method *inverted* (that is to say, by putting the true elements in the place of the apparent, and *vice versâ*), or the present Tables, which afford really the shortest of all means, as follows: *To the natural versed-sine of the true distance* (table **XIII.** on the right), *add the arithmetical complement of the sum of Numbers I., II. and of the three proportional parts aforesaid, and you will have Number III., answering to the apparent distance required.**

**Thus in the last example, the natural versed-sine of 17°. 22'. 25" is . . . . . . . . . . . . . . . . . . . . 045622
The complement of the said sum is . . . . . . . . . . . . 2168

Number III. answering to the app.ᵗ dist.ᶜᵉ required (*sum*) 047790
Which number being found in the column of 12' of auxiliary angle, answers to 16". 39', with a remainder of 65, answering itself to 47". Therefore, the required distance is definitively 16°. 39'. 47" (as in the said example). The last proportional part 47" may be found page 74, on the left (2), by means of the difference 83 for one minute of apparent distance, and by taking the answering number of seconds, which is 13, from 60.*

Table A. (4)

(1) Par la méthode *de Borda* 67° 15' 25",6.

(2) * Or better, page 73, on the right.

(3) *Ou mieux, pages 173 et 175, partie à droite (en prenant la moyenne des deux résultats).

Hauteur vraie de Jupiter . . . . . . 18° 42' 10"
Corrections { (*table IV.*) . . . . + 2. 50 { (*table IX.*) . . . . − 2
Donc, haut.ʳ app.ᵗᵉ de Jupiter . . . 18° 44' 58" *

** Calcul de la Longitude observée.*

Hauteur app.ᵗᵉ de { la ☾ . 15° 2'  (Parallaxe corrigée 54' 0"). { Jupiter 18. 45   (*Table XIII*).
Somme des haut.ʳˢ appar.ᵗᵉˢ  33° 47'          N. I . . . 171787   | Angle auxil.ʳᵉ
Corr.ᵒⁿ*compl.* de h.ʳ Jupit.+  57. 12, 0                  77   | 7' 10",3
Parallaxe — réfraction ☾ +     48. 36, 2                  32   | 0, 7
Somme des haut.ʳˢ *corrigées*  35° 32' 48",2  N. II . . . 823632  |
Distance apparenté (+5") =     67. 27          N. III . . 617804  | 35 | 7' 11"
Secondes restituées —                 5",0         (*Somme*) 613427 |
Distance réduite, approchée    67. 15. 30, 8                 289 |
Distance réduite . . . . (1)   67° 15' 25",8      reste 138 = 30",8
Précédente à 9h . . . . . −     66. 6. 26, 0
Différence . . . . . . .        1° 8' 59",8  log. prop.¹ . . . 41645
*Idem* pour 3h . . . . +        1. 29. 34   log. prop.¹ . . . 30313
Temps moyen { de Paris . . 11h 18m39s,6  log. prop.¹ (*diff.*) 11332 { du bord . . 10. 39. 44, 0
Donc, Longitude observée.      0. 38. 55, 6 = 9° 43' 54" (*ouest*).*

« *Remarque.* La correction employée ci-dessus pour convertir la hauteur vraie de la Lune en hauteur apparente (*au moyen de la table A, seconde partie, et de la table XI, page 22*), est la même que celle qui figure ensuite dans la réduction de la distance; (et l'angle auxiliaire peut être pris en même temps dans la table XII, page 23, comme on l'a déjà dit). Quant à la correction *complémentaire* de la hauteur du second astre, qui figure aussi dans cette réduction, comme elle est le complément *à un degré* de la réfraction moins la parallaxe (*2' 48", tables IV et IX*), on peut la prendre à vue, sans recourir à la table V.

**Scolie III.* Pour obtenir la distance *apparente* de deux astres dont la distance vraie L' S' et les différentes hauteurs sont connues, on est dans l'usage de calculer premièrement l'angle au zénith L' Z S', et ensuite, au moyen de cet angle et des deux distances zénithales L Z et S Z, d'en conclure la distance demandée. Mais il est beaucoup plus simple de se servir, soit de la méthode *de Borda* renversée (c'est-à-dire, en y remplaçant les élémens apparens par les élémens vrais, *et vice versâ*); soit des présentes tables, qui offrent un moyen encore plus court, ainsi qu'il suit : *Au sinus verse naturel de la distance vraie* (table XIII, partie à droite), *ajoutez le complément arithmétique de la somme des Nombres I, II et des trois parties proportionnelles, et vous aurez le Nombre III* correspondant à la distance apparente demandée.*

** Ainsi, dans le dernier exemple, le sinus verse naturel de 67°. 15'. 25",8 est . . . . . . . . . . . . . . . . . . . . . . 613405
Le complément de la susdite somme est . . . . . . . . . 4437

Nombre III correspondant à la distance appar.ᵗᵉ (*somme*) 617842
Lequel nombre étant cherché page 174, dans la colonne de 7 minutes d'angle auxiliaire, correspond à 67°. 26' avec un reste de . . . . . . . . . . . . . . . . . . . . . . . . . . . . . 246 ⌐596
correspondant lui-même à 55", parce que la différence pour une minute de distance étant 268, on trouve cette partie proportionnelle dans la partie gauche de la même table, en prenant le complément à 60, du nombre de secondes trouvé qui est 5 (3). La distance apparente demandée est donc définitivement 67°. 26' 55" (comme ci-dessus).*

Table A. (5)

(4) *The following Tables and *Errata* may be bound advantageously at the end of the other Tables ( which terminate at the page 400 ); but then it will be necessary to take notice of this inversion.

(5) *Les Tables et *Errata* suivans peuvent être avantageusement reliés à la suite des autres tables (qui finissent page 400); mais alors il conviendra de se rappeler de cette inversion.

## C. TABLE D. — *Differences of Latitude, and Departures.*
### from 31 to 45 degrees and from 45 to 59 degrees of Course.

The body is a dense traverse table. The top of each double-column pair is labelled **N.S.** (differences of latitude) and **E.O.** (departures); the degree of course for each pair is printed at the foot of the columns: **45°, 46°, 47°, 48°, 49°, 50°, 51°, 52°, 53°, 54°, 55°, 56°, 57°, 58°, 59°**. The outer column is **Dist.** (distance), running 51, 52, 53, 54, 55, 56, 57, 58, 59, 60, 61, 62, 63, 64, 65, 66, 67, 68, 69, 70, 71, 72, 73, 74, 75, 76, 77, 78, 79, 80, 81, 82, 83, 84, 85, 86, 87, 88, 89, 90, 91, 92, 93, 94, 95, 96, 97, 98, 99, 100.

Side note (upper right):

> ouest pour un changement nord et sud, et la distance correspondante à ce changement sera la différence en Longitude demandée. — Si les nombres à trouver sont trop grands, or en prendra la moitié, le tiers ou le quart, sauf ensuite à doubler, tripler ou quadrupler le résultat final.

Note (lower right):

> Argument : *de 45 à 59 degrés de Rumb de vent.*
> Étant donnés le chemin total est et ouest, ainsi que la latitude du parallèle moyen, pour en déduire le changement du vaisseau en Longitude, prenez dans cette table *ladite latitude latitude pour un Rumb de vent,* le nombre de milles est et

Thermom. — Argument : English or French Barometer. — *Baromètre Anglais ou Baromètre Français.*

| of Fahrenheit | Centigrade | $28^{in},27$<br>$0^m,718$ | $28^{in},31$<br>$0^m,719$ | $28^{in},35$<br>$0^m,720$ | $28^{in},39$<br>$0^m,721$ | $28^{in},43$<br>$0^m,722$ | $28^{in},46$<br>$0^m,723$ | $28^{in},50$<br>$0^m,724$ | $28^{in},54$<br>$0^m,725$ | $28^{in},58$<br>$0^m,726$ | $28^{in},62$<br>$0^m,727$ | $28^{in},66$<br>$0^m,728$ | $28^{in},70$<br>$0^m,729$ | $28^{in},74$<br>$0^m,730$ | $28^{in},78$<br>$0^m,731$ | $28^{in},82$<br>$0^m,732$ | $28^{in},86$<br>$0^m,733$ | $28^{in},90$<br>$0^m,734$ | $28^{in},94$<br>$0^m,735$ | Differences. |
|---|---|---|---|---|---|---|---|---|---|---|---|---|---|---|---|---|---|---|---|---|
| 24,8 | − 4° | 9.99896 | 9.99957 | 0.00017 | 0.00077 | 0.00137 | 0.00197 | 0.00258 | 0.00317 | 0.00377 | 0.00437 | 0.00497 | 0.00556 | 0.00616 | 0.00675 | 0.00735 | 0.00794 | 0.00853 | 0.00912 | 173 |
| 26,6 | 3 | 9.99723 | 9.99784 | 9.99844 | 9.99904 | 9.99964 | 0.00024 | 0.00085 | 0.00144 | 0.00204 | 0.00264 | 0.00324 | 0.00383 | 0.00443 | 0.00502 | 0.00562 | 0.00621 | 0.00680 | 0.00739 | 172 |
| 28,4 | 2 | 9.99551 | 9.99612 | 9.99672 | 9.99732 | 9.99792 | 9.99852 | 9.99913 | 9.99972 | 0.00032 | 0.00092 | 0.00152 | 0.00211 | 0.00271 | 0.00330 | 0.00390 | 0.00449 | 0.00508 | 0.00567 | 172 |
| 30,2 | 1 | 9.99379 | 9.99440 | 9.99500 | 9.99560 | 9.99620 | 9.99680 | 9.99741 | 9.99800 | 9.99860 | 9.99920 | 9.99980 | 0.00039 | 0.00099 | 0.00158 | 0.00218 | 0.00277 | 0.00336 | 0.00395 | 171 |
| 32,0 | 0 | 9.99208 | 9.99269 | 9.99329 | 9.99389 | 9.99449 | 9.99509 | 9.99570 | 9.99629 | 9.99689 | 9.99749 | 9.99809 | 9.99868 | 9.99928 | 9.99987 | 0.00047 | 0.00106 | 0.00165 | 0.00224 | 170 |
| 33,8 | + 1 | 9.99038 | 9.99099 | 9.99159 | 9.99219 | 9.99279 | 9.99339 | 9.99400 | 9.99459 | 9.99519 | 9.99579 | 9.99639 | 9.99698 | 9.99758 | 9.99817 | 9.99877 | 9.99936 | 9.99995 | 0.00054 | 170 |
| 35,6 | 2 | 9.98868 | 9.98929 | 9.98989 | 9.99049 | 9.99109 | 9.99169 | 9.99230 | 9.99289 | 9.99349 | 9.99409 | 9.99469 | 9.99528 | 9.99588 | 9.99647 | 9.99707 | 9.99766 | 9.99825 | 9.99884 | 169 |
| 37,4 | 3 | 9.98699 | 9.98760 | 9.98820 | 9.98880 | 9.98940 | 9.99000 | 9.99061 | 9.99120 | 9.99180 | 9.99240 | 9.99300 | 9.99359 | 9.99419 | 9.99478 | 9.99538 | 9.99597 | 9.99656 | 9.99715 | 169 |
| 39,2 | 4 | 9.98530 | 9.98591 | 9.98651 | 9.98711 | 9.98771 | 9.98831 | 9.98892 | 9.98951 | 9.99011 | 9.99071 | 9.99131 | 9.99190 | 9.99250 | 9.99309 | 9.99369 | 9.99428 | 9.99487 | 9.99546 | 168 |
| 41,0 | 5 | 9.98362 | 9.98423 | 9.98483 | 9.98543 | 9.98603 | 9.98663 | 9.98724 | 9.98783 | 9.98843 | 9.98903 | 9.98963 | 9.99022 | 9.99082 | 9.99141 | 9.99201 | 9.99260 | 9.99319 | 9.99378 | 167 |
| 42,8 | 6 | 9.98195 | 9.98256 | 9.98316 | 9.98376 | 9.98436 | 9.98496 | 9.98557 | 9.98616 | 9.98676 | 9.98736 | 9.98796 | 9.98855 | 9.98915 | 9.98974 | 9.99034 | 9.99093 | 9.99152 | 9.99211 | 167 |
| 44,6 | 7 | 9.98028 | 9.98089 | 9.98149 | 9.98209 | 9.98269 | 9.98329 | 9.98390 | 9.98449 | 9.98509 | 9.98569 | 9.98629 | 9.98688 | 9.98748 | 9.98807 | 9.98867 | 9.98926 | 9.98985 | 9.99044 | 166 |
| 46,4 | 8 | 9.97862 | 9.97923 | 9.97983 | 9.98043 | 9.98103 | 9.98163 | 9.98224 | 9.98283 | 9.98343 | 9.98403 | 9.98463 | 9.98522 | 9.98582 | 9.98641 | 9.98701 | 9.98760 | 9.98819 | 9.98878 | 166 |
| 48,2 | 9 | 9.97696 | 9.97757 | 9.97817 | 9.97877 | 9.97937 | 9.97997 | 9.98058 | 9.98117 | 9.98177 | 9.98237 | 9.98297 | 9.98356 | 9.98416 | 9.98475 | 9.98535 | 9.98594 | 9.98653 | 9.98712 | 165 |
| 50,0 | 10 | 9.97531 | 9.97592 | 9.97652 | 9.97712 | 9.97772 | 9.97832 | 9.97893 | 9.97952 | 9.98012 | 9.98072 | 9.98132 | 9.98191 | 9.98251 | 9.98310 | 9.98370 | 9.98429 | 9.98488 | 9.98547 | 164 |
| 51,8 | 11 | 9.97367 | 9.97428 | 9.97488 | 9.97548 | 9.97608 | 9.97668 | 9.97729 | 9.97788 | 9.97848 | 9.97908 | 9.97968 | 9.98027 | 9.98087 | 9.98146 | 9.98206 | 9.98265 | 9.98324 | 9.98383 | 164 |
| 53,6 | 12 | 9.97203 | 9.97264 | 9.97324 | 9.97384 | 9.97444 | 9.97504 | 9.97565 | 9.97624 | 9.97684 | 9.97744 | 9.97804 | 9.97863 | 9.97923 | 9.97982 | 9.98042 | 9.98101 | 9.98160 | 9.98219 | 164 |
| 55,4 | 13 | 9.97039 | 9.97100 | 9.97160 | 9.97220 | 9.97280 | 9.97340 | 9.97401 | 9.97460 | 9.97520 | 9.97580 | 9.97640 | 9.97699 | 9.97759 | 9.97818 | 9.97878 | 9.97937 | 9.97996 | 9.98055 | 163 |
| 57,2 | 14 | 9.96876 | 9.96937 | 9.96997 | 9.97057 | 9.97117 | 9.97177 | 9.97238 | 9.97297 | 9.97357 | 9.97417 | 9.97477 | 9.97536 | 9.97596 | 9.97655 | 9.97715 | 9.97774 | 9.97833 | 9.97892 | 162 |
| 59,0 | 15 | 9.96714 | 9.96775 | 9.96835 | 9.96895 | 9.96955 | 9.97015 | 9.97076 | 9.97135 | 9.97195 | 9.97255 | 9.97315 | 9.97374 | 9.97434 | 9.97493 | 9.97553 | 9.97612 | 9.97671 | 9.97730 | 162 |
| 60,8 | 16 | 9.96552 | 9.96613 | 9.96673 | 9.96733 | 9.96793 | 9.96853 | 9.96914 | 9.96973 | 9.97033 | 9.97093 | 9.97153 | 9.97212 | 9.97272 | 9.97331 | 9.97391 | 9.97450 | 9.97509 | 9.97568 | 161 |
| 62,6 | 17 | 9.96391 | 9.96452 | 9.96512 | 9.96572 | 9.96632 | 9.96692 | 9.96753 | 9.96812 | 9.96872 | 9.96932 | 9.96992 | 9.97051 | 9.97111 | 9.97170 | 9.97230 | 9.97289 | 9.97348 | 9.97407 | 160 |
| 64,4 | 18 | 9.96231 | 9.96292 | 9.96352 | 9.96412 | 9.96472 | 9.96532 | 9.96593 | 9.96652 | 9.96712 | 9.96772 | 9.96832 | 9.96891 | 9.96951 | 9.97010 | 9.97070 | 9.97129 | 9.97188 | 9.97247 | 160 |
| 66,2 | 19 | 9.96071 | 9.96132 | 9.96192 | 9.96252 | 9.96312 | 9.96372 | 9.96433 | 9.96492 | 9.96552 | 9.96612 | 9.96672 | 9.96731 | 9.96791 | 9.96850 | 9.96910 | 9.96969 | 9.97028 | 9.97087 | 160 |
| 68,0 | 20 | 9.95911 | 9.95972 | 9.96032 | 9.96092 | 9.96152 | 9.96212 | 9.96273 | 9.96332 | 9.96392 | 9.96452 | 9.96512 | 9.96571 | 9.96631 | 9.96690 | 9.96750 | 9.96809 | 9.96868 | 9.96927 | 159 |
| 69,8 | 21 | 9.95752 | 9.95813 | 9.95873 | 9.95933 | 9.95993 | 9.96053 | 9.96114 | 9.96173 | 9.96233 | 9.96293 | 9.96353 | 9.96412 | 9.96472 | 9.96531 | 9.96591 | 9.96650 | 9.96709 | 9.96768 | 158 |
| 71,6 | 22 | 9.95594 | 9.95655 | 9.95715 | 9.95775 | 9.95835 | 9.95895 | 9.95956 | 9.96015 | 9.96075 | 9.96135 | 9.96195 | 9.96254 | 9.96314 | 9.96373 | 9.96433 | 9.96492 | 9.96551 | 9.96610 | 158 |
| 73,4 | 23 | 9.95436 | 9.95497 | 9.95557 | 9.95617 | 9.95677 | 9.95737 | 9.95798 | 9.95857 | 9.95917 | 9.95977 | 9.96037 | 9.96096 | 9.96156 | 9.96215 | 9.96275 | 9.96334 | 9.96393 | 9.96452 | 158 |
| 75,2 | 24 | 9.95278 | 9.95339 | 9.95399 | 9.95459 | 9.95519 | 9.95579 | 9.95640 | 9.95699 | 9.95759 | 9.95819 | 9.95879 | 9.95938 | 9.95998 | 9.96057 | 9.96117 | 9.96176 | 9.96235 | 9.96294 | 157 |
| 77,0 | 25 | 9.95121 | 9.95182 | 9.95242 | 9.95302 | 9.95362 | 9.95422 | 9.95483 | 9.95542 | 9.95602 | 9.95662 | 9.95722 | 9.95781 | 9.95841 | 9.95900 | 9.95960 | 9.96019 | 9.96078 | 9.96137 | 156 |
| 78,8 | 26 | 9.94965 | 9.95026 | 9.95086 | 9.95146 | 9.95206 | 9.95266 | 9.95327 | 9.95386 | 9.95446 | 9.95506 | 9.95566 | 9.95625 | 9.95685 | 9.95744 | 9.95804 | 9.95863 | 9.95922 | 9.95981 | 156 |
| 80,6 | 27 | 9.94809 | 9.94870 | 9.94930 | 9.94990 | 9.95050 | 9.95110 | 9.95171 | 9.95230 | 9.95290 | 9.95350 | 9.95410 | 9.95469 | 9.95529 | 9.95588 | 9.95648 | 9.95707 | 9.95766 | 9.95825 | 156 |
| 82,4 | 28 | 9.94653 | 9.94714 | 9.94774 | 9.94834 | 9.94894 | 9.94954 | 9.95015 | 9.95074 | 9.95134 | 9.95194 | 9.95254 | 9.95313 | 9.95373 | 9.95432 | 9.95492 | 9.95551 | 9.95610 | 9.95669 | 155 |
| 84,2 | 29 | 9.94498 | 9.94559 | 9.94619 | 9.94679 | 9.94739 | 9.94799 | 9.94860 | 9.94919 | 9.94979 | 9.95039 | 9.95099 | 9.95158 | 9.95218 | 9.95277 | 9.95337 | 9.95396 | 9.95455 | 9.95514 | 154 |
| 86,0 | 30 | 9.94344 | 9.94405 | 9.94465 | 9.94525 | 9.94585 | 9.94645 | 9.94706 | 9.94765 | 9.94825 | 9.94885 | 9.94945 | 9.95004 | 9.95064 | 9.95123 | 9.95183 | 9.95242 | 9.95301 | 9.95360 | 154 |
| 87,8 | 31 | 9.94190 | 9.94251 | 9.94311 | 9.94371 | 9.94431 | 9.94491 | 9.94552 | 9.94611 | 9.94671 | 9.94731 | 9.94791 | 9.94850 | 9.94910 | 9.94969 | 9.95029 | 9.95088 | 9.95147 | 9.95206 | 153 |
| 89,6 | 32 | 9.94037 | 9.94098 | 9.94158 | 9.94218 | 9.94278 | 9.94338 | 9.94399 | 9.94458 | 9.94518 | 9.94578 | 9.94638 | 9.94697 | 9.94757 | 9.94816 | 9.94876 | 9.94935 | 9.94994 | 9.95053 | 153 |
| 91,4 | 33 | 9.93884 | 9.93945 | 9.94005 | 9.94065 | 9.94125 | 9.94185 | 9.94246 | 9.94305 | 9.94365 | 9.94425 | 9.94485 | 9.94544 | 9.94604 | 9.94663 | 9.94723 | 9.94782 | 9.94841 | 9.94900 | 153 |
| 93,2 | 34 | 9.93731 | 9.93792 | 9.93852 | 9.93912 | 9.93972 | 9.94032 | 9.94093 | 9.94152 | 9.94212 | 9.94272 | 9.94332 | 9.94391 | 9.94451 | 9.94510 | 9.94570 | 9.94629 | 9.94688 | 9.94747 | 152 |
| 95,0 | 35 | 9.93579 | 9.93640 | 9.93700 | 9.93760 | 9.93820 | 9.93880 | 9.93941 | 9.94000 | 9.94060 | 9.94120 | 9.94180 | 9.94239 | 9.94299 | 9.94358 | 9.94418 | 9.94477 | 9.94536 | 9.94595 | 151 |
| 96,8 | 36 | 9.93428 | 9.93489 | 9.93549 | 9.93609 | 9.93669 | 9.93729 | 9.93790 | 9.93849 | 9.93909 | 9.93969 | 9.94029 | 9.94088 | 9.94148 | 9.94207 | 9.94267 | 9.94326 | 9.94385 | 9.94444 | 151 |
| 98,6 | 37 | 9.93277 | 9.93338 | 9.93398 | 9.93458 | 9.93518 | 9.93578 | 9.93639 | 9.93698 | 9.93758 | 9.93818 | 9.93878 | 9.93937 | 9.93997 | 9.94056 | 9.94116 | 9.94175 | 9.94234 | 9.94293 | 151 |
| 100,4 | 38 | 9.93126 | 9.93187 | 9.93247 | 9.93307 | 9.93367 | 9.93427 | 9.93488 | 9.93547 | 9.93607 | 9.93667 | 9.93727 | 9.93786 | 9.93846 | 9.93905 | 9.93965 | 9.94024 | 9.94083 | 9.94142 | 150 |
| 102,2 | 39 | 9.92976 | 9.93037 | 9.93097 | 9.93157 | 9.93217 | 9.93277 | 9.93338 | 9.93397 | 9.93457 | 9.93517 | 9.93577 | 9.93636 | 9.93696 | 9.93755 | 9.93815 | 9.93874 | 9.93933 | 9.93992 | 149 |
| 104,0 | 40 | 9.92827 | 9.92888 | 9.92948 | 9.93008 | 9.93068 | 9.93128 | 9.93189 | 9.93248 | 9.93308 | 9.93368 | 9.93428 | 9.93487 | 9.93547 | 9.93606 | 9.93666 | 9.93725 | 9.93784 | 9.93843 | 149 |
| 105,8 | 41 | 9.92678 | 9.92739 | 9.92799 | 9.92859 | 9.92919 | 9.92979 | 9.93040 | 9.93099 | 9.93159 | 9.93219 | 9.93279 | 9.93338 | 9.93398 | 9.93457 | 9.93517 | 9.93576 | 9.93635 | 9.93694 | 148 |
| 107,6 | 42 | 9.92530 | 9.92591 | 9.92651 | 9.92711 | 9.92771 | 9.92831 | 9.92892 | 9.92951 | 9.93011 | 9.93071 | 9.93131 | 9.93190 | 9.93250 | 9.93309 | 9.93369 | 9.93428 | 9.93487 | 9.93546 | 148 |
| 109,4 | 43 | 9.92382 | 9.92443 | 9.92503 | 9.92563 | 9.92623 | 9.92683 | 9.92744 | 9.92803 | 9.92863 | 9.92923 | 9.92983 | 9.93042 | 9.93102 | 9.93161 | 9.93221 | 9.93280 | 9.93339 | 9.93398 | 148 |
| 111,2 | 44 | 9.92234 | 9.92295 | 9.92355 | 9.92415 | 9.92475 | 9.92535 | 9.92596 | 9.92655 | 9.92715 | 9.92775 | 9.92835 | 9.92894 | 9.92954 | 9.93013 | 9.93073 | 9.93132 | 9.93191 | 9.93250 | 147 |
| 113,0 | 45 | 9.92087 | 9.92148 | 9.92208 | 9.92268 | 9.92328 | 9.92388 | 9.92449 | 9.92508 | 9.92568 | 9.92628 | 9.92688 | 9.92747 | 9.92807 | 9.92866 | 9.92926 | 9.92985 | 9.93044 | 9.93103 |  |

Difference for one hundredth of an inch 15. — *Différence par millimètre* 60. — ( V. note 2, page 405 ).

Argument : Baromètre Anglais ou Baromètre Français. — English or French Barometer.

| Thermom. of Fahrenheit | Centi-grade | $28^{in},98$ ($0^m,736$) | $29^{in},02$ ($0^m,737$) | $29^{in},06$ ($0^m,738$) | $29^{in},09$ ($0^m,739$) | $29^{in},13$ ($0^m,740$) | $29^{in},17$ ($0^m,741$) | $29^{in},21$ ($0^m,742$) | $29^{in},25$ ($0^m,743$) | $29^{in},29$ ($0^m,744$) | $29^{in},33$ ($0^m,745$) | $29^{in},37$ ($0^m,746$) | $29^{in},41$ ($0^m,747$) | $29^{in},45$ ($0^m,748$) | $29^{in},49$ ($0^m,749$) | $29^{in},53$ ($0^m,750$) | $29^{in},57$ ($0^m,751$) | $29^{in},61$ ($0^m,752$) | $29^{in},65$ ($0^m,753$) | Différences |
|---|---|---|---|---|---|---|---|---|---|---|---|---|---|---|---|---|---|---|---|---|
| 24,8 | − 4 | 0.00971 | 0.01030 | 0.01089 | 0.01148 | 0.01207 | 0.01265 | 0.01324 | 0.01383 | 0.01441 | 0.01499 | 0.01558 | 0.01616 | 0.01674 | 0.01732 | 0.01790 | 0.01848 | 0.01905 | 0.01963 | 173 |
| 26,6 | 3 | 0.00798 | 0.00857 | 0.00916 | 0.00975 | 0.01034 | 0.01092 | 0.01151 | 0.01210 | 0.01268 | 0.01326 | 0.01385 | 0.01443 | 0.01501 | 0.01559 | 0.01617 | 0.01675 | 0.01732 | 0.01790 | 172 |
| 28,4 | 2 | 0.00626 | 0.00685 | 0.00744 | 0.00803 | 0.00862 | 0.00920 | 0.00979 | 0.01038 | 0.01096 | 0.01154 | 0.01213 | 0.01271 | 0.01329 | 0.01387 | 0.01445 | 0.01503 | 0.01560 | 0.01618 | 172 |
| 30,2 | 1 | 0.00454 | 0.00513 | 0.00572 | 0.00631 | 0.00690 | 0.00748 | 0.00807 | 0.00866 | 0.00924 | 0.00982 | 0.01041 | 0.01099 | 0.01157 | 0.01215 | 0.01273 | 0.01331 | 0.01388 | 0.01446 | 171 |
| 32,0 | 0 | 0.00283 | 0.00342 | 0.00401 | 0.00460 | 0.00519 | 0.00577 | 0.00636 | 0.00695 | 0.00753 | 0.00811 | 0.00870 | 0.00928 | 0.00986 | 0.01044 | 0.01102 | 0.01160 | 0.01217 | 0.01275 | 170 |
| 33,8 | + 1 | 0.00113 | 0.00172 | 0.00231 | 0.00290 | 0.00349 | 0.00407 | 0.00466 | 0.00525 | 0.00583 | 0.00641 | 0.00700 | 0.00758 | 0.00816 | 0.00874 | 0.00932 | 0.00990 | 0.00047 | 0.01105 | 170 |
| 35,6 | 2 | 9.99943 | 0.00002 | 0.00061 | 0.00120 | 0.00179 | 0.00237 | 0.00296 | 0.00355 | 0.00413 | 0.00471 | 0.00530 | 0.00588 | 0.00646 | 0.00704 | 0.00762 | 0.00820 | 0.00877 | 0.00935 | 169 |
| 37,4 | 3 | 9.99774 | 9.99833 | 9.99892 | 9.99951 | 0.00010 | 0.00068 | 0.00127 | 0.00186 | 0.00244 | 0.00302 | 0.00361 | 0.00419 | 0.00477 | 0.00535 | 0.00593 | 0.00651 | 0.00708 | 0.00766 | 169 |
| 39,2 | 4 | 9.99605 | 9.99664 | 9.99723 | 9.99782 | 9.99841 | 9.99899 | 9.99958 | 0.00017 | 0.00075 | 0.00133 | 0.00192 | 0.00250 | 0.00308 | 0.00366 | 0.00424 | 0.00482 | 0.00539 | 0.00597 | 168 |
| 41,0 | 5 | 9.99437 | 9.99496 | 9.99555 | 9.99614 | 9.99673 | 9.99731 | 9.99790 | 9.99849 | 9.99907 | 9.99965 | 0.00024 | 0.00082 | 0.00140 | 0.00198 | 0.00256 | 0.00314 | 0.00371 | 0.00429 | 167 |
| 42,8 | 6 | 9.99270 | 9.99329 | 9.99388 | 9.99447 | 9.99506 | 9.99564 | 9.99623 | 9.99682 | 9.99740 | 9.99798 | 9.99857 | 9.99915 | 9.99973 | 0.00031 | 0.00089 | 0.00147 | 0.00204 | 0.00262 | 167 |
| 44,6 | 7 | 9.99103 | 9.99162 | 9.99221 | 9.99280 | 9.99339 | 9.99397 | 9.99456 | 9.99515 | 9.99573 | 9.99631 | 9.99690 | 9.99748 | 9.99806 | 9.99864 | 9.99922 | 9.99980 | 0.00037 | 0.00095 | 166 |
| 46,4 | 8 | 9.98937 | 9.98996 | 9.99055 | 9.99114 | 9.99173 | 9.99231 | 9.99290 | 9.99349 | 9.99407 | 9.99465 | 9.99524 | 9.99582 | 9.99640 | 9.99698 | 9.99756 | 9.99814 | 9.99871 | 9.99929 | 166 |
| 48,2 | 9 | 9.98771 | 9.98830 | 9.98889 | 9.98948 | 9.99007 | 9.99065 | 9.99124 | 9.99183 | 9.99241 | 9.99299 | 9.99358 | 9.99416 | 9.99474 | 9.99532 | 9.99590 | 9.99648 | 9.99705 | 9.99763 | 165 |
| 50,0 | 10 | 9.98606 | 9.98665 | 9.98724 | 9.98783 | 9.98842 | 9.98900 | 9.98959 | 9.99018 | 9.99076 | 9.99134 | 9.99193 | 9.99251 | 9.99309 | 9.99367 | 9.99425 | 9.99483 | 9.99540 | 9.99598 | 165 |
| 51,8 | 11 | 9.98442 | 9.98501 | 9.98560 | 9.98619 | 9.98678 | 9.98736 | 9.98795 | 9.98854 | 9.98912 | 9.98970 | 9.99029 | 9.99087 | 9.99145 | 9.99203 | 9.99261 | 9.99319 | 9.99376 | 9.99434 | 164 |
| 53,6 | 12 | 9.98278 | 9.98337 | 9.98396 | 9.98455 | 9.98514 | 9.98572 | 9.98631 | 9.98690 | 9.98748 | 9.98806 | 9.98865 | 9.98923 | 9.98981 | 9.99039 | 9.99097 | 9.99155 | 9.99212 | 9.99270 | 164 |
| 55,4 | 13 | 9.98114 | 9.98173 | 9.98232 | 9.98291 | 9.98350 | 9.98408 | 9.98467 | 9.98526 | 9.98584 | 9.98642 | 9.98701 | 9.98759 | 9.98817 | 9.98875 | 9.98933 | 9.98991 | 9.99048 | 9.99106 | 164 |
| 57,2 | 14 | 9.97951 | 9.98010 | 9.98069 | 9.98128 | 9.98187 | 9.98245 | 9.98304 | 9.98363 | 9.98421 | 9.98479 | 9.98538 | 9.98596 | 9.98654 | 9.98712 | 9.98770 | 9.98828 | 9.98885 | 9.98943 | 163 |
| 59,0 | 15 | 9.97789 | 9.97848 | 9.97907 | 9.97966 | 9.98025 | 9.98083 | 9.98142 | 9.98201 | 9.98259 | 9.98317 | 9.98376 | 9.98434 | 9.98492 | 9.98550 | 9.98608 | 9.98666 | 9.98723 | 9.98781 | 162 |
| 60,8 | 16 | 9.97627 | 9.97686 | 9.97745 | 9.97804 | 9.97863 | 9.97921 | 9.97980 | 9.98039 | 9.98097 | 9.98155 | 9.98214 | 9.98272 | 9.98330 | 9.98388 | 9.98446 | 9.98504 | 9.98561 | 9.98619 | 162 |
| 62,6 | 17 | 9.97466 | 9.97525 | 9.97584 | 9.97643 | 9.97702 | 9.97760 | 9.97819 | 9.97878 | 9.97936 | 9.97994 | 9.98053 | 9.98111 | 9.98169 | 9.98227 | 9.98285 | 9.98343 | 9.98400 | 9.98458 | 161 |
| 64,4 | 18 | 9.97306 | 9.97365 | 9.97424 | 9.97483 | 9.97542 | 9.97600 | 9.97659 | 9.97718 | 9.97776 | 9.97834 | 9.97893 | 9.97951 | 9.98009 | 9.98067 | 9.98125 | 9.98183 | 9.98240 | 9.98298 | 160 |
| 66,2 | 19 | 9.97146 | 9.97205 | 9.97264 | 9.97323 | 9.97382 | 9.97440 | 9.97499 | 9.97558 | 9.97616 | 9.97674 | 9.97733 | 9.97791 | 9.97849 | 9.97907 | 9.97965 | 9.98023 | 9.98080 | 9.98138 | 160 |
| 68,0 | 20 | 9.96986 | 9.97045 | 9.97104 | 9.97163 | 9.97222 | 9.97280 | 9.97339 | 9.97398 | 9.97456 | 9.97514 | 9.97573 | 9.97631 | 9.97689 | 9.97747 | 9.97805 | 9.97863 | 9.97920 | 9.97978 | 160 |
| 69,8 | 21 | 9.96827 | 9.96886 | 9.96945 | 9.97004 | 9.97063 | 9.97121 | 9.97180 | 9.97239 | 9.97297 | 9.97355 | 9.97414 | 9.97472 | 9.97530 | 9.97588 | 9.97646 | 9.97704 | 9.97761 | 9.97819 | 159 |
| 71,6 | 22 | 9.96669 | 9.96728 | 9.96787 | 9.96846 | 9.96905 | 9.96963 | 9.97022 | 9.97081 | 9.97139 | 9.97197 | 9.97256 | 9.97314 | 9.97372 | 9.97430 | 9.97488 | 9.97546 | 9.97603 | 9.97661 | 158 |
| 73,4 | 23 | 9.96511 | 9.96570 | 9.96629 | 9.96688 | 9.96747 | 9.96805 | 9.96864 | 9.96923 | 9.96981 | 9.97039 | 9.97098 | 9.97156 | 9.97214 | 9.97272 | 9.97330 | 9.97388 | 9.97445 | 9.97503 | 158 |
| 75,2 | 24 | 9.96353 | 9.96412 | 9.96471 | 9.96530 | 9.96589 | 9.96647 | 9.96706 | 9.96765 | 9.96823 | 9.96881 | 9.96940 | 9.96998 | 9.97056 | 9.97114 | 9.97172 | 9.97230 | 9.97287 | 9.97345 | 158 |
| 77,0 | 25 | 9.96196 | 9.96255 | 9.96314 | 9.96373 | 9.96432 | 9.96490 | 9.96549 | 9.96608 | 9.96666 | 9.96724 | 9.96783 | 9.96841 | 9.96899 | 9.96957 | 9.97015 | 9.97073 | 9.97130 | 9.97188 | 157 |
| 78,8 | 26 | 9.96040 | 9.96099 | 9.96158 | 9.96217 | 9.96276 | 9.96334 | 9.96393 | 9.96452 | 9.96510 | 9.96568 | 9.96627 | 9.96685 | 9.96743 | 9.96801 | 9.96859 | 9.96917 | 9.96974 | 9.97032 | 156 |
| 80,6 | 27 | 9.95884 | 9.95943 | 9.96002 | 9.96061 | 9.96120 | 9.96178 | 9.96237 | 9.96296 | 9.96354 | 9.96412 | 9.96471 | 9.96529 | 9.96587 | 9.96645 | 9.96703 | 9.96761 | 9.96818 | 9.96876 | 156 |
| 82,4 | 28 | 9.95728 | 9.95787 | 9.95846 | 9.95905 | 9.95964 | 9.96022 | 9.96081 | 9.96140 | 9.96198 | 9.96256 | 9.96315 | 9.96373 | 9.96431 | 9.96489 | 9.96547 | 9.96605 | 9.96662 | 9.96720 | 156 |
| 84,2 | 29 | 9.95573 | 9.95632 | 9.95691 | 9.95750 | 9.95809 | 9.95867 | 9.95926 | 9.95985 | 9.96043 | 9.96101 | 9.96160 | 9.96218 | 9.96276 | 9.96334 | 9.96392 | 9.96450 | 9.96507 | 9.96565 | 155 |
| 86,0 | 30 | 9.95419 | 9.95478 | 9.95537 | 9.95596 | 9.95655 | 9.95713 | 9.95772 | 9.95831 | 9.95889 | 9.95947 | 9.96006 | 9.96064 | 9.96122 | 9.96180 | 9.96238 | 9.96296 | 9.96353 | 9.96411 | 154 |
| 87,8 | 31 | 9.95265 | 9.95324 | 9.95383 | 9.95442 | 9.95501 | 9.95559 | 9.95618 | 9.95677 | 9.95735 | 9.95793 | 9.95852 | 9.95910 | 9.95968 | 9.96026 | 9.96084 | 9.96142 | 9.96199 | 9.96257 | 154 |
| 89,6 | 32 | 9.95112 | 9.95171 | 9.95230 | 9.95289 | 9.95348 | 9.95406 | 9.95465 | 9.95524 | 9.95582 | 9.95640 | 9.95699 | 9.95757 | 9.95815 | 9.95873 | 9.95931 | 9.95989 | 9.96046 | 9.96104 | 153 |
| 91,4 | 33 | 9.94959 | 9.95018 | 9.95077 | 9.95136 | 9.95195 | 9.95253 | 9.95312 | 9.95371 | 9.95429 | 9.95487 | 9.95546 | 9.95604 | 9.95662 | 9.95720 | 9.95778 | 9.95836 | 9.95893 | 9.95951 | 153 |
| 93,2 | 34 | 9.94806 | 9.94865 | 9.94924 | 9.94983 | 9.95042 | 9.95100 | 9.95159 | 9.95218 | 9.95276 | 9.95334 | 9.95393 | 9.95451 | 9.95509 | 9.95567 | 9.95625 | 9.95683 | 9.95740 | 9.95798 | 153 |
| 95,0 | 35 | 9.94654 | 9.94713 | 9.94772 | 9.94831 | 9.94890 | 9.94948 | 9.95007 | 9.95066 | 9.95124 | 9.95182 | 9.95241 | 9.95299 | 9.95357 | 9.95415 | 9.95473 | 9.95531 | 9.95588 | 9.95646 | 152 |
| 96,8 | 36 | 9.94503 | 9.94562 | 9.94621 | 9.94680 | 9.94739 | 9.94797 | 9.94856 | 9.94915 | 9.94973 | 9.95031 | 9.95090 | 9.95148 | 9.95206 | 9.95264 | 9.95322 | 9.95380 | 9.95437 | 9.95495 | 151 |
| 98,6 | 37 | 9.94352 | 9.94411 | 9.94470 | 9.94529 | 9.94588 | 9.94646 | 9.94705 | 9.94764 | 9.94822 | 9.94880 | 9.94939 | 9.94997 | 9.95055 | 9.95113 | 9.95171 | 9.95229 | 9.95286 | 9.95344 | 151 |
| 100,4 | 38 | 9.94201 | 9.94260 | 9.94319 | 9.94378 | 9.94437 | 9.94495 | 9.94554 | 9.94613 | 9.94671 | 9.94729 | 9.94788 | 9.94846 | 9.94904 | 9.94962 | 9.95020 | 9.95078 | 9.95135 | 9.95193 | 151 |
| 102,2 | 39 | 9.94051 | 9.94110 | 9.94169 | 9.94228 | 9.94287 | 9.94345 | 9.94404 | 9.94463 | 9.94521 | 9.94579 | 9.94638 | 9.94696 | 9.94754 | 9.94812 | 9.94870 | 9.94928 | 9.94985 | 9.95043 | 150 |
| 104,0 | 40 | 9.93902 | 9.93961 | 9.94020 | 9.94079 | 9.94138 | 9.94196 | 9.94255 | 9.94314 | 9.94372 | 9.94430 | 9.94489 | 9.94547 | 9.94605 | 9.94663 | 9.94721 | 9.94779 | 9.94836 | 9.94894 | 149 |
| 105,8 | 41 | 9.93753 | 9.93812 | 9.93871 | 9.93930 | 9.93989 | 9.94047 | 9.94106 | 9.94165 | 9.94223 | 9.94281 | 9.94340 | 9.94398 | 9.94456 | 9.94514 | 9.94572 | 9.94630 | 9.94687 | 9.94745 | 149 |
| 107,6 | 42 | 9.93605 | 9.93664 | 9.93723 | 9.93782 | 9.93841 | 9.93899 | 9.93958 | 9.94017 | 9.94075 | 9.94133 | 9.94192 | 9.94250 | 9.94308 | 9.94366 | 9.94424 | 9.94482 | 9.94539 | 9.94597 | 148 |
| 109,4 | 43 | 9.93457 | 9.93516 | 9.93575 | 9.93634 | 9.93693 | 9.93751 | 9.93810 | 9.93869 | 9.93927 | 9.93985 | 9.94044 | 9.94102 | 9.94160 | 9.94218 | 9.94276 | 9.94334 | 9.94391 | 9.94449 | 148 |
| 111,2 | 44 | 9.93309 | 9.93368 | 9.93427 | 9.93486 | 9.93545 | 9.93603 | 9.93662 | 9.93721 | 9.93779 | 9.93837 | 9.93896 | 9.93954 | 9.94012 | 9.94070 | 9.94128 | 9.94186 | 9.94243 | 9.94301 | 148 |
| 113,0 | 45 | 9.93162 | 9.93221 | 9.93280 | 9.93339 | 9.93398 | 9.93456 | 9.93515 | 9.93574 | 9.93632 | 9.93690 | 9.93749 | 9.93807 | 9.93865 | 9.93923 | 9.93981 | 9.94039 | 9.94096 | 9.94154 | 147 |

Différence par millimètre 58. — Difference for one hundredth of an inch 15. — ( See note 2, page 405 ).

# C. TABLE E. — Sums of the two Logarithmic Factors found in Table VII.
## Sommes des deux logarithmes facteurs donnés par la Table VII.

Argument : English or French Barometer. — Baromètre Anglais ou Baromètre Français.

| Thermom. of Fahrenheit | Centigrade | $29^{in},69$<br>$0^m,754$ | $29^{in},72$<br>$0^m,755$ | $29^{in},76$<br>$0^m,756$ | $29^{in},80$<br>$0^m,757$ | $29^{in},84$<br>$0^m,758$ | $29^{in},88$<br>$0^m,759$ | $29^{in},92$<br>$0^m,760$ | $29^{in},96$<br>$0^m,761$ | $30^{in},00$<br>$0^m,762$ | $30^{in},04$<br>$0^m,763$ | $30^{in},08$<br>$0^m,764$ | $30^{in},12$<br>$0^m,765$ | $30^{in},16$<br>$0^m,766$ | $30^{in},20$<br>$0^m,767$ | $30^{in},24$<br>$0^m,768$ | $30^{in},28$<br>$0^m,769$ | $30^{in},31$<br>$0^m,770$ | $30^{in},35$<br>$0^m,771$ | Differences. |
|---|---|---|---|---|---|---|---|---|---|---|---|---|---|---|---|---|---|---|---|---|
| 24°,8 | —4° | 0.02021 | 0.02078 | 0.02136 | 0.02193 | 0.02251 | 0.02308 | 0.02365 | 0.02422 | 0.02479 | 0.02536 | 0.02593 | 0.02650 | 0.02707 | 0.02763 | 0.02820 | 0.02876 | 0.02933 | 0.02989 | |
| 26,6 | 3 | 0.01848 | 0.01905 | 0.01963 | 0.02020 | 0.02078 | 0.02135 | 0.02192 | 0.02249 | 0.02306 | 0.02363 | 0.02420 | 0.02477 | 0.02534 | 0.02590 | 0.02647 | 0.02703 | 0.02760 | 0.02816 | 173 |
| 28,4 | 2 | 0.01676 | 0.01733 | 0.01791 | 0.01848 | 0.01905 | 0.01963 | 0.02020 | 0.02077 | 0.02134 | 0.02191 | 0.02248 | 0.02305 | 0.02362 | 0.02418 | 0.02475 | 0.02531 | 0.02588 | 0.02644 | 172 |
| 30,2 | 1 | 0.01504 | 0.01561 | 0.01619 | 0.01676 | 0.01734 | 0.01791 | 0.01848 | 0.01905 | 0.01962 | 0.02019 | 0.02076 | 0.02133 | 0.02190 | 0.02246 | 0.02303 | 0.02359 | 0.02416 | 0.02472 | 172 |
| 32,0 | 0 | 0.01333 | 0.01390 | 0.01448 | 0.01505 | 0.01563 | 0.01620 | 0.01677 | 0.01734 | 0.01791 | 0.01848 | 0.01905 | 0.01962 | 0.02019 | 0.02075 | 0.02132 | 0.02188 | 0.02245 | 0.02301 | 171 |
| 33,8 | +1 | 0.01163 | 0.01220 | 0.01278 | 0.01335 | 0.01393 | 0.01450 | 0.01507 | 0.01564 | 0.01621 | 0.01678 | 0.01735 | 0.01792 | 0.01849 | 0.01905 | 0.01962 | 0.02018 | 0.02075 | 0.02131 | 170 |
| 35,6 | 2 | 0.00993 | 0.01050 | 0.01108 | 0.01165 | 0.01223 | 0.01280 | 0.01337 | 0.01394 | 0.01451 | 0.01508 | 0.01565 | 0.01622 | 0.01679 | 0.01735 | 0.01792 | 0.01848 | 0.01905 | 0.01961 | 170 |
| 37,4 | 3 | 0.00824 | 0.00881 | 0.00939 | 0.00996 | 0.01054 | 0.01111 | 0.01168 | 0.01225 | 0.01282 | 0.01339 | 0.01396 | 0.01453 | 0.01510 | 0.01566 | 0.01623 | 0.01679 | 0.01736 | 0.01792 | 169 |
| 39,2 | 4 | 0.00655 | 0.00712 | 0.00770 | 0.00827 | 0.00885 | 0.00942 | 0.00999 | 0.01056 | 0.01113 | 0.01170 | 0.01227 | 0.01284 | 0.01341 | 0.01397 | 0.01454 | 0.01510 | 0.01567 | 0.01623 | 169 |
| 41,0 | 5 | 0.00487 | 0.00544 | 0.00602 | 0.00659 | 0.00717 | 0.00774 | 0.00831 | 0.00888 | 0.00945 | 0.01002 | 0.01059 | 0.01116 | 0.01173 | 0.01229 | 0.01286 | 0.01342 | 0.01399 | 0.01455 | 168 |
| 42,8 | 6 | 0.00320 | 0.00377 | 0.00435 | 0.00492 | 0.00550 | 0.00607 | 0.00664 | 0.00721 | 0.00778 | 0.00835 | 0.00892 | 0.00949 | 0.01006 | 0.01062 | 0.01119 | 0.01175 | 0.01232 | 0.01288 | 167 |
| 44,6 | 7 | 0.00153 | 0.00210 | 0.00268 | 0.00325 | 0.00383 | 0.00440 | 0.00497 | 0.00554 | 0.00611 | 0.00668 | 0.00725 | 0.00782 | 0.00839 | 0.00895 | 0.00952 | 0.01008 | 0.01065 | 0.01121 | 167 |
| 46,4 | 8 | 9.99987 | 0.00044 | 0.00102 | 0.00159 | 0.00217 | 0.00274 | 0.00331 | 0.00388 | 0.00445 | 0.00502 | 0.00559 | 0.00616 | 0.00673 | 0.00729 | 0.00786 | 0.00842 | 0.00899 | 0.00955 | 166 |
| 48,2 | 9 | 9.99821 | 9.99878 | 9.99936 | 9.99993 | 0.00051 | 0.00108 | 0.00165 | 0.00222 | 0.00279 | 0.00336 | 0.00393 | 0.00450 | 0.00507 | 0.00563 | 0.00620 | 0.00676 | 0.00733 | 0.00789 | 166 |
| 50,0 | 10 | 9.99656 | 9.99713 | 9.99771 | 9.99828 | 9.99886 | 9.99943 | 0.00000 | 0.00057 | 0.00114 | 0.00171 | 0.00228 | 0.00285 | 0.00342 | 0.00398 | 0.00455 | 0.00511 | 0.00568 | 0.00624 | 165 |
| 51,8 | 11 | 9.99492 | 9.99549 | 9.99607 | 9.99664 | 9.99722 | 9.99779 | 9.99836 | 9.99893 | 9.99950 | 0.00007 | 0.00064 | 0.00121 | 0.00178 | 0.00234 | 0.00291 | 0.00347 | 0.00404 | 0.00460 | 164 |
| 53,6 | 12 | 9.99328 | 9.99385 | 9.99443 | 9.99500 | 9.99558 | 9.99615 | 9.99672 | 9.99729 | 9.99786 | 9.99843 | 9.99900 | 9.99957 | 0.00014 | 0.00070 | 0.00127 | 0.00183 | 0.00240 | 0.00296 | 164 |
| 55,4 | 13 | 9.99164 | 9.99221 | 9.99279 | 9.99336 | 9.99394 | 9.99451 | 9.99508 | 9.99565 | 9.99622 | 9.99679 | 9.99736 | 9.99793 | 9.99850 | 9.99906 | 9.99963 | 0.00019 | 0.00076 | 0.00132 | 164 |
| 57,2 | 14 | 9.99001 | 9.99058 | 9.99116 | 9.99173 | 9.99231 | 9.99288 | 9.99345 | 9.99402 | 9.99459 | 9.99516 | 9.99573 | 9.99630 | 9.99687 | 9.99743 | 9.99800 | 9.99856 | 9.99913 | 9.99969 | 163 |
| 59,0 | 15 | 9.98839 | 9.98896 | 9.98954 | 9.99011 | 9.99069 | 9.99126 | 9.99183 | 9.99240 | 9.99297 | 9.99354 | 9.99411 | 9.99468 | 9.99525 | 9.99581 | 9.99638 | 9.99694 | 9.99751 | 9.99807 | 162 |
| 60,8 | 16 | 9.98677 | 9.98734 | 9.98792 | 9.98849 | 9.98907 | 9.98964 | 9.99021 | 9.99078 | 9.99135 | 9.99192 | 9.99249 | 9.99306 | 9.99363 | 9.99419 | 9.99476 | 9.99532 | 9.99589 | 9.99645 | 162 |
| 62,6 | 17 | 9.98516 | 9.98573 | 9.98631 | 9.98688 | 9.98746 | 9.98803 | 9.98860 | 9.98917 | 9.98974 | 9.99031 | 9.99088 | 9.99145 | 9.99202 | 9.99258 | 9.99315 | 9.99371 | 9.99428 | 9.99484 | 161 |
| 64,4 | 18 | 9.98356 | 9.98413 | 9.98471 | 9.98528 | 9.98586 | 9.98643 | 9.98700 | 9.98757 | 9.98814 | 9.98871 | 9.98928 | 9.98985 | 9.99042 | 9.99098 | 9.99155 | 9.99211 | 9.99268 | 9.99324 | 160 |
| 66,2 | 19 | 9.98196 | 9.98253 | 9.98311 | 9.98368 | 9.98426 | 9.98483 | 9.98540 | 9.98597 | 9.98654 | 9.98711 | 9.98768 | 9.98825 | 9.98882 | 9.98938 | 9.98995 | 9.99051 | 9.99108 | 9.99164 | 160 |
| 68,0 | 20 | 9.98036 | 9.98093 | 9.98151 | 9.98208 | 9.98266 | 9.98323 | 9.98380 | 9.98437 | 9.98494 | 9.98551 | 9.98608 | 9.98665 | 9.98722 | 9.98778 | 9.98835 | 9.98891 | 9.98948 | 9.99004 | 160 |
| 69,8 | 21 | 9.97877 | 9.97934 | 9.97992 | 9.98049 | 9.98107 | 9.98164 | 9.98221 | 9.98278 | 9.98335 | 9.98392 | 9.98449 | 9.98506 | 9.98563 | 9.98619 | 9.98676 | 9.98732 | 9.98789 | 9.98845 | 159 |
| 71,6 | 22 | 9.97719 | 9.97776 | 9.97834 | 9.97891 | 9.97949 | 9.98006 | 9.98063 | 9.98120 | 9.98177 | 9.98234 | 9.98291 | 9.98348 | 9.98405 | 9.98461 | 9.98518 | 9.98574 | 9.98631 | 9.98687 | 158 |
| 73,4 | 23 | 9.97561 | 9.97618 | 9.97676 | 9.97733 | 9.97791 | 9.97848 | 9.97905 | 9.97962 | 9.98019 | 9.98076 | 9.98133 | 9.98190 | 9.98247 | 9.98303 | 9.98360 | 9.98416 | 9.98473 | 9.98529 | 158 |
| 75,2 | 24 | 9.97403 | 9.97460 | 9.97518 | 9.97575 | 9.97633 | 9.97690 | 9.97747 | 9.97804 | 9.97861 | 9.97918 | 9.97975 | 9.98032 | 9.98089 | 9.98145 | 9.98202 | 9.98258 | 9.98315 | 9.98371 | 158 |
| 77,0 | 25 | 9.97246 | 9.97303 | 9.97361 | 9.97418 | 9.97476 | 9.97533 | 9.97590 | 9.97647 | 9.97704 | 9.97761 | 9.97818 | 9.97875 | 9.97932 | 9.97988 | 9.98045 | 9.98101 | 9.98158 | 9.98214 | 157 |
| 78,8 | 26 | 9.97090 | 9.97147 | 9.97205 | 9.97262 | 9.97320 | 9.97377 | 9.97434 | 9.97491 | 9.97548 | 9.97605 | 9.97662 | 9.97719 | 9.97776 | 9.97832 | 9.97889 | 9.97945 | 9.98002 | 9.98058 | 156 |
| 80,6 | 27 | 9.96934 | 9.96991 | 9.97049 | 9.97106 | 9.97164 | 9.97221 | 9.97278 | 9.97335 | 9.97392 | 9.97449 | 9.97506 | 9.97563 | 9.97620 | 9.97676 | 9.97733 | 9.97789 | 9.97846 | 9.97902 | 156 |
| 82,4 | 28 | 9.96778 | 9.96835 | 9.96893 | 9.96950 | 9.97008 | 9.97065 | 9.97122 | 9.97179 | 9.97236 | 9.97293 | 9.97350 | 9.97407 | 9.97464 | 9.97520 | 9.97577 | 9.97633 | 9.97690 | 9.97746 | 156 |
| 84,2 | 29 | 9.96623 | 9.96680 | 9.96738 | 9.96795 | 9.96853 | 9.96910 | 9.96967 | 9.97024 | 9.97081 | 9.97138 | 9.97195 | 9.97252 | 9.97309 | 9.97365 | 9.97422 | 9.97478 | 9.97535 | 9.97591 | 155 |
| 86,0 | 30 | 9.96469 | 9.96526 | 9.96584 | 9.96641 | 9.96699 | 9.96756 | 9.96813 | 9.96870 | 9.96927 | 9.96984 | 9.97041 | 9.97098 | 9.97155 | 9.97211 | 9.97268 | 9.97324 | 9.97381 | 9.97437 | 154 |
| 87,8 | 31 | 9.96315 | 9.96372 | 9.96430 | 9.96487 | 9.96545 | 9.96602 | 9.96659 | 9.96716 | 9.96773 | 9.96830 | 9.96887 | 9.96944 | 9.97001 | 9.97057 | 9.97114 | 9.97170 | 9.97227 | 9.97283 | 154 |
| 89,6 | 32 | 9.96162 | 9.96219 | 9.96277 | 9.96334 | 9.96392 | 9.96449 | 9.96506 | 9.96563 | 9.96620 | 9.96677 | 9.96734 | 9.96791 | 9.96848 | 9.96904 | 9.96961 | 9.97017 | 9.97074 | 9.97130 | 153 |
| 91,4 | 33 | 9.96009 | 9.96066 | 9.96124 | 9.96181 | 9.96239 | 9.96296 | 9.96353 | 9.96410 | 9.96467 | 9.96524 | 9.96581 | 9.96638 | 9.96695 | 9.96751 | 9.96808 | 9.96864 | 9.96921 | 9.96977 | 153 |
| 93,2 | 34 | 9.95856 | 9.95913 | 9.95971 | 9.96028 | 9.96086 | 9.96143 | 9.96200 | 9.96257 | 9.96314 | 9.96371 | 9.96428 | 9.96485 | 9.96542 | 9.96598 | 9.96655 | 9.96711 | 9.96768 | 9.96824 | 153 |
| 95,0 | 35 | 9.95704 | 9.95761 | 9.95819 | 9.95876 | 9.95934 | 9.95991 | 9.96048 | 9.96105 | 9.96162 | 9.96219 | 9.96276 | 9.96333 | 9.96390 | 9.96446 | 9.96503 | 9.96559 | 9.96616 | 9.96672 | 152 |
| 96,8 | 36 | 9.95553 | 9.95610 | 9.95668 | 9.95725 | 9.95783 | 9.95840 | 9.95897 | 9.95954 | 9.96011 | 9.96068 | 9.96125 | 9.96182 | 9.96239 | 9.96295 | 9.96352 | 9.96408 | 9.96465 | 9.96521 | 151 |
| 98,6 | 37 | 9.95402 | 9.95459 | 9.95517 | 9.95574 | 9.95632 | 9.95689 | 9.95746 | 9.95803 | 9.95860 | 9.95917 | 9.95974 | 9.96031 | 9.96088 | 9.96144 | 9.96201 | 9.96257 | 9.96314 | 9.96370 | 151 |
| 100,4 | 38 | 9.95251 | 9.95308 | 9.95366 | 9.95423 | 9.95481 | 9.95538 | 9.95595 | 9.95652 | 9.95709 | 9.95766 | 9.95823 | 9.95880 | 9.95937 | 9.95993 | 9.96050 | 9.96106 | 9.96163 | 9.96219 | 151 |
| 102,2 | 39 | 9.95101 | 9.95158 | 9.95216 | 9.95273 | 9.95331 | 9.95388 | 9.95445 | 9.95502 | 9.95559 | 9.95616 | 9.95673 | 9.95730 | 9.95787 | 9.95843 | 9.95900 | 9.95956 | 9.96013 | 9.96069 | 150 |
| 104,0 | 40 | 9.94952 | 9.95009 | 9.95067 | 9.95124 | 9.95182 | 9.95239 | 9.95296 | 9.95353 | 9.95410 | 9.95467 | 9.95524 | 9.95581 | 9.95638 | 9.95694 | 9.95751 | 9.95807 | 9.95864 | 9.95920 | 149 |
| 105,8 | 41 | 9.94803 | 9.94860 | 9.94918 | 9.94975 | 9.95033 | 9.95090 | 9.95147 | 9.95204 | 9.95261 | 9.95318 | 9.95375 | 9.95432 | 9.95489 | 9.95545 | 9.95602 | 9.95658 | 9.95715 | 9.95771 | 149 |
| 107,6 | 42 | 9.94655 | 9.94712 | 9.94770 | 9.94827 | 9.94885 | 9.94942 | 9.94999 | 9.95056 | 9.95113 | 9.95170 | 9.95227 | 9.95284 | 9.95341 | 9.95397 | 9.95454 | 9.95510 | 9.95567 | 9.95623 | 148 |
| 109,4 | 43 | 9.94507 | 9.94564 | 9.94622 | 9.94679 | 9.94737 | 9.94794 | 9.94851 | 9.94908 | 9.94965 | 9.95022 | 9.95079 | 9.95136 | 9.95193 | 9.95249 | 9.95306 | 9.95362 | 9.95419 | 9.95475 | 148 |
| 111,2 | 44 | 9.94359 | 9.94416 | 9.94474 | 9.94531 | 9.94589 | 9.94646 | 9.94703 | 9.94760 | 9.94817 | 9.94874 | 9.94931 | 9.94988 | 9.95045 | 9.95101 | 9.95158 | 9.95214 | 9.95271 | 9.95327 | 148 |
| 113,0 | 45 | 9.94212 | 9.94269 | 9.94327 | 9.94384 | 9.94442 | 9.94499 | 9.94556 | 9.94613 | 9.94670 | 9.94727 | 9.94784 | 9.94841 | 9.94898 | 9.94954 | 9.95011 | 9.95067 | 9.95124 | 9.95180 | 147 |

Difference for one hundredth of an inch 14. — Différence par millimètre 57.

**Thermom.** — **Argument : Baromètre Anglais ou Baromètre Français. — *English or French Barometer.*** — *Différences.*

| of Fahrenheit | Centigrade | $30^{in},39$ $0^m,772$ | $30^{in},43$ $0^m,773$ | $30^{in},47$ $0^m,774$ | $30^{in},51$ $0^m,775$ | $30^{in},55$ $0^m,776$ | $30^{in},59$ $0^m,777$ | $30^{in},63$ $0^m,778$ | $30^{in},67$ $0^m,779$ | $30^{in},71$ $0^m,780$ | $30^{in},75$ $0^m,781$ | $30^{in},79$ $0^m,782$ | $30^{in},83$ $0^m,783$ | $30^{in},87$ $0^m,784$ | $30^{in},91$ $0^m,785$ | $30^{in},94$ $0^m,786$ | $30^{in},98$ $0^m,787$ | $31^{in},02$ $0^m,788$ | $31^{in},06$ $0^m,789$ | Différences |
|---|---|---|---|---|---|---|---|---|---|---|---|---|---|---|---|---|---|---|---|---|
| 24°8 | — 4° | 0.03045 | 0.03102 | 0.03158 | 0.03214 | 0.03270 | 0.03326 | 0.03382 | 0.03437 | 0.03493 | 0.03549 | 0.03605 | 0.03660 | 0.03715 | 0.03771 | 0.03826 | 0.03881 | 0.03936 | 0.03991 | 173 |
| 26,6 | 3 | 0.02872 | 0.02929 | 0.02985 | 0.03041 | 0.03097 | 0.03153 | 0.03209 | 0.03264 | 0.03320 | 0.03376 | 0.03432 | 0.03487 | 0.03542 | 0.03598 | 0.03653 | 0.03708 | 0.03763 | 0.03818 | 172 |
| 28,4 | 2 | 0.02700 | 0.02757 | 0.02813 | 0.02869 | 0.02925 | 0.02981 | 0.03037 | 0.03092 | 0.03148 | 0.03204 | 0.03260 | 0.03315 | 0.03370 | 0.03426 | 0.03481 | 0.03536 | 0.03591 | 0.03646 | 172 |
| 30,2 | 1 | 0.02528 | 0.02585 | 0.02641 | 0.02697 | 0.02753 | 0.02809 | 0.02865 | 0.02920 | 0.02976 | 0.03032 | 0.03088 | 0.03143 | 0.03198 | 0.03254 | 0.03309 | 0.03364 | 0.03419 | 0.03474 | 171 |
| 32,0 | 0 | 0.02357 | 0.02414 | 0.02470 | 0.02526 | 0.02582 | 0.02638 | 0.02694 | 0.02749 | 0.02805 | 0.02861 | 0.02917 | 0.02972 | 0.03027 | 0.03083 | 0.03138 | 0.03193 | 0.03248 | 0.03303 | 170 |
| 33,8 | + 1 | 0.02187 | 0.02244 | 0.02300 | 0.02356 | 0.02412 | 0.02468 | 0.02524 | 0.02579 | 0.02635 | 0.02691 | 0.02747 | 0.02802 | 0.02857 | 0.02913 | 0.02968 | 0.03023 | 0.03078 | 0.03133 | 170 |
| 35,6 | 2 | 0.02017 | 0.02074 | 0.02130 | 0.02186 | 0.02242 | 0.02298 | 0.02354 | 0.02409 | 0.02465 | 0.02521 | 0.02577 | 0.02632 | 0.02687 | 0.02743 | 0.02798 | 0.02853 | 0.02908 | 0.02963 | 170 |
| 37,4 | 3 | 0.01848 | 0.01905 | 0.01961 | 0.02017 | 0.02073 | 0.02129 | 0.02185 | 0.02240 | 0.02296 | 0.02352 | 0.02408 | 0.02463 | 0.02518 | 0.02574 | 0.02629 | 0.02684 | 0.02739 | 0.02794 | 169 |
| 39,2 | 4 | 0.01679 | 0.01736 | 0.01792 | 0.01848 | 0.01904 | 0.01960 | 0.02016 | 0.02071 | 0.02127 | 0.02183 | 0.02239 | 0.02294 | 0.02349 | 0.02405 | 0.02460 | 0.02515 | 0.02570 | 0.02625 | 169 |
| 41,0 | 5 | 0.01511 | 0.01568 | 0.01624 | 0.01680 | 0.01736 | 0.01792 | 0.01848 | 0.01903 | 0.01959 | 0.02015 | 0.02071 | 0.02126 | 0.02181 | 0.02237 | 0.02292 | 0.02347 | 0.02402 | 0.02457 | 168 |
| 42,8 | 6 | 0.01344 | 0.01401 | 0.01457 | 0.01513 | 0.01569 | 0.01625 | 0.01681 | 0.01736 | 0.01792 | 0.01848 | 0.01904 | 0.01959 | 0.02014 | 0.02070 | 0.02125 | 0.02180 | 0.02235 | 0.02290 | 167 |
| 44,6 | 7 | 0.01177 | 0.01234 | 0.01290 | 0.01346 | 0.01402 | 0.01458 | 0.01514 | 0.01569 | 0.01625 | 0.01681 | 0.01737 | 0.01792 | 0.01847 | 0.01903 | 0.01958 | 0.02013 | 0.02068 | 0.02123 | 167 |
| 46,4 | 8 | 0.01011 | 0.01068 | 0.01124 | 0.01180 | 0.01236 | 0.01292 | 0.01348 | 0.01403 | 0.01459 | 0.01515 | 0.01571 | 0.01626 | 0.01681 | 0.01737 | 0.01792 | 0.01847 | 0.01902 | 0.01957 | 166 |
| 48,2 | 9 | 0.00845 | 0.00902 | 0.00958 | 0.01014 | 0.01070 | 0.01126 | 0.01182 | 0.01237 | 0.01293 | 0.01349 | 0.01405 | 0.01460 | 0.01515 | 0.01571 | 0.01626 | 0.01681 | 0.01736 | 0.01791 | 166 |
| 50,0 | 10 | 0.00680 | 0.00737 | 0.00793 | 0.00849 | 0.00905 | 0.00961 | 0.01017 | 0.01072 | 0.01128 | 0.01184 | 0.01240 | 0.01295 | 0.01350 | 0.01406 | 0.01461 | 0.01516 | 0.01571 | 0.01626 | 165 |
| 51,8 | 11 | 0.00516 | 0.00573 | 0.00629 | 0.00685 | 0.00741 | 0.00797 | 0.00853 | 0.00908 | 0.00964 | 0.01020 | 0.01076 | 0.01131 | 0.01186 | 0.01242 | 0.01297 | 0.01352 | 0.01407 | 0.01462 | 164 |
| 53,6 | 12 | 0.00352 | 0.00409 | 0.00465 | 0.00521 | 0.00577 | 0.00633 | 0.00689 | 0.00744 | 0.00800 | 0.00856 | 0.00912 | 0.00967 | 0.01022 | 0.01078 | 0.01133 | 0.01188 | 0.01243 | 0.01298 | 164 |
| 55,4 | 13 | 0.00188 | 0.00245 | 0.00301 | 0.00357 | 0.00413 | 0.00469 | 0.00525 | 0.00580 | 0.00636 | 0.00692 | 0.00748 | 0.00803 | 0.00858 | 0.00914 | 0.00969 | 0.01024 | 0.01079 | 0.01134 | 164 |
| 57,2 | 14 | 0.00025 | 0.00082 | 0.00138 | 0.00194 | 0.00250 | 0.00306 | 0.00362 | 0.00417 | 0.00473 | 0.00529 | 0.00585 | 0.00640 | 0.00695 | 0.00751 | 0.00806 | 0.00861 | 0.00916 | 0.00971 | 163 |
| 59,0 | 15 | 9.99863 | 9.99920 | 9.99976 | 0.00032 | 0.00088 | 0.00144 | 0.00200 | 0.00255 | 0.00311 | 0.00367 | 0.00423 | 0.00478 | 0.00533 | 0.00589 | 0.00644 | 0.00699 | 0.00754 | 0.00809 | 162 |
| 60,8 | 16 | 9.99701 | 9.99758 | 9.99814 | 9.99870 | 9.99926 | 9.99982 | 0.00038 | 0.00093 | 0.00149 | 0.00205 | 0.00261 | 0.00316 | 0.00371 | 0.00427 | 0.00482 | 0.00537 | 0.00592 | 0.00647 | 162 |
| 62,6 | 17 | 9.99540 | 9.99597 | 9.99653 | 9.99709 | 9.99765 | 9.99821 | 9.99877 | 9.99932 | 9.99988 | 0.00044 | 0.00100 | 0.00155 | 0.00210 | 0.00266 | 0.00321 | 0.00376 | 0.00431 | 0.00486 | 161 |
| 64,4 | 18 | 9.99380 | 9.99437 | 9.99493 | 9.99549 | 9.99605 | 9.99661 | 9.99717 | 9.99772 | 9.99828 | 9.99884 | 9.99940 | 9.99995 | 0.00050 | 0.00106 | 0.00161 | 0.00216 | 0.00271 | 0.00326 | 160 |
| 66,2 | 19 | 9.99220 | 9.99277 | 9.99333 | 9.99389 | 9.99445 | 9.99501 | 9.99557 | 9.99612 | 9.99668 | 9.99724 | 9.99780 | 9.99835 | 9.99890 | 9.99946 | 0.00001 | 0.00056 | 0.00111 | 0.00166 | 160 |
| 68,0 | 20 | 9.99060 | 9.99117 | 9.99173 | 9.99229 | 9.99285 | 9.99341 | 9.99397 | 9.99452 | 9.99508 | 9.99564 | 9.99620 | 9.99675 | 9.99730 | 9.99786 | 9.99841 | 9.99896 | 9.99951 | 0.00006 | 160 |
| 69,8 | 21 | 9.98901 | 9.98958 | 9.99014 | 9.99070 | 9.99126 | 9.99182 | 9.99238 | 9.99293 | 9.99349 | 9.99405 | 9.99461 | 9.99516 | 9.99571 | 9.99627 | 9.99682 | 9.99737 | 9.99792 | 9.99847 | 159 |
| 71,6 | 22 | 9.98743 | 9.98800 | 9.98856 | 9.98912 | 9.98968 | 9.99024 | 9.99080 | 9.99135 | 9.99191 | 9.99247 | 9.99303 | 9.99358 | 9.99413 | 9.99469 | 9.99524 | 9.99579 | 9.99634 | 9.99689 | 158 |
| 73,4 | 23 | 9.98585 | 9.98642 | 9.98698 | 9.98754 | 9.98810 | 9.98866 | 9.98922 | 9.98977 | 9.99033 | 9.99089 | 9.99145 | 9.99200 | 9.99255 | 9.99311 | 9.99366 | 9.99421 | 9.99476 | 9.99531 | 158 |
| 75,2 | 24 | 9.98427 | 9.98484 | 9.98540 | 9.98596 | 9.98652 | 9.98708 | 9.98764 | 9.98819 | 9.98875 | 9.98931 | 9.98987 | 9.99042 | 9.99097 | 9.99153 | 9.99208 | 9.99263 | 9.99318 | 9.99373 | 158 |
| 77,0 | 25 | 9.98270 | 9.98327 | 9.98383 | 9.98439 | 9.98495 | 9.98551 | 9.98607 | 9.98662 | 9.98718 | 9.98774 | 9.98830 | 9.98885 | 9.98940 | 9.98996 | 9.99051 | 9.99106 | 9.99161 | 9.99216 | 157 |
| 78,8 | 26 | 9.98114 | 9.98171 | 9.98227 | 9.98283 | 9.98339 | 9.98395 | 9.98451 | 9.98506 | 9.98562 | 9.98618 | 9.98674 | 9.98729 | 9.98784 | 9.98840 | 9.98895 | 9.98950 | 9.99005 | 9.99060 | 156 |
| 80,6 | 27 | 9.97958 | 9.98015 | 9.98071 | 9.98127 | 9.98183 | 9.98239 | 9.98295 | 9.98350 | 9.98406 | 9.98462 | 9.98518 | 9.98573 | 9.98628 | 9.98684 | 9.98739 | 9.98794 | 9.98849 | 9.98904 | 156 |
| 82,4 | 28 | 9.97802 | 9.97859 | 9.97915 | 9.97971 | 9.98027 | 9.98083 | 9.98139 | 9.98194 | 9.98250 | 9.98306 | 9.98362 | 9.98417 | 9.98472 | 9.98528 | 9.98583 | 9.98638 | 9.98693 | 9.98748 | 156 |
| 84,2 | 29 | 9.97647 | 9.97704 | 9.97760 | 9.97816 | 9.97872 | 9.97928 | 9.97984 | 9.98039 | 9.98095 | 9.98151 | 9.98207 | 9.98262 | 9.98317 | 9.98373 | 9.98428 | 9.98483 | 9.98538 | 9.98593 | 155 |
| 86,0 | 30 | 9.97493 | 9.97550 | 9.97606 | 9.97662 | 9.97718 | 9.97774 | 9.97830 | 9.97885 | 9.97941 | 9.97997 | 9.98053 | 9.98108 | 9.98163 | 9.98219 | 9.98274 | 9.98329 | 9.98384 | 9.98439 | 154 |
| 87,8 | 31 | 9.97339 | 9.97396 | 9.97452 | 9.97508 | 9.97564 | 9.97620 | 9.97676 | 9.97731 | 9.97787 | 9.97843 | 9.97899 | 9.97954 | 9.98009 | 9.98065 | 9.98120 | 9.98175 | 9.98230 | 9.98285 | 154 |
| 89,6 | 32 | 9.97186 | 9.97243 | 9.97299 | 9.97355 | 9.97411 | 9.97467 | 9.97523 | 9.97578 | 9.97634 | 9.97690 | 9.97746 | 9.97801 | 9.97856 | 9.97912 | 9.97967 | 9.98022 | 9.98077 | 9.98132 | 153 |
| 91,4 | 33 | 9.97033 | 9.97090 | 9.97146 | 9.97202 | 9.97258 | 9.97314 | 9.97370 | 9.97425 | 9.97481 | 9.97537 | 9.97593 | 9.97648 | 9.97703 | 9.97759 | 9.97814 | 9.97869 | 9.97924 | 9.97979 | 153 |
| 93,2 | 34 | 9.96880 | 9.96937 | 9.96993 | 9.97049 | 9.97105 | 9.97161 | 9.97217 | 9.97272 | 9.97328 | 9.97384 | 9.97440 | 9.97495 | 9.97550 | 9.97606 | 9.97661 | 9.97716 | 9.97771 | 9.97826 | 153 |
| 95,0 | 35 | 9.96728 | 9.96785 | 9.96841 | 9.96897 | 9.96953 | 9.97009 | 9.97065 | 9.97120 | 9.97176 | 9.97232 | 9.97288 | 9.97343 | 9.97398 | 9.97454 | 9.97509 | 9.97564 | 9.97619 | 9.97674 | 152 |
| 96,8 | 36 | 9.96577 | 9.96634 | 9.96690 | 9.96746 | 9.96802 | 9.96858 | 9.96914 | 9.96969 | 9.97025 | 9.97081 | 9.97137 | 9.97192 | 9.97247 | 9.97303 | 9.97358 | 9.97413 | 9.97468 | 9.97523 | 151 |
| 98,6 | 37 | 9.96426 | 9.96483 | 9.96539 | 9.96595 | 9.96651 | 9.96707 | 9.96763 | 9.96818 | 9.96874 | 9.96930 | 9.96986 | 9.97041 | 9.97096 | 9.97152 | 9.97207 | 9.97262 | 9.97317 | 9.97372 | 151 |
| 100,4 | 38 | 9.96275 | 9.96332 | 9.96388 | 9.96444 | 9.96500 | 9.96556 | 9.96612 | 9.96667 | 9.96723 | 9.96779 | 9.96835 | 9.96890 | 9.96945 | 9.97001 | 9.97056 | 9.97111 | 9.97166 | 9.97221 | 151 |
| 102,2 | 39 | 9.96125 | 9.96182 | 9.96238 | 9.96294 | 9.96350 | 9.96406 | 9.96462 | 9.96517 | 9.96573 | 9.96629 | 9.96685 | 9.96740 | 9.96795 | 9.96851 | 9.96906 | 9.96961 | 9.97016 | 9.97071 | 150 |
| 104,0 | 40 | 9.95976 | 9.96033 | 9.96089 | 9.96145 | 9.96201 | 9.96257 | 9.96313 | 9.96368 | 9.96424 | 9.96480 | 9.96536 | 9.96591 | 9.96646 | 9.96702 | 9.96757 | 9.96812 | 9.96867 | 9.96922 | 149 |
| 105,8 | 41 | 9.95827 | 9.95884 | 9.95940 | 9.95996 | 9.96052 | 9.96108 | 9.96164 | 9.96219 | 9.96275 | 9.96331 | 9.96387 | 9.96442 | 9.96497 | 9.96553 | 9.96608 | 9.96663 | 9.96718 | 9.96773 | 149 |
| 107,6 | 42 | 9.95679 | 9.95736 | 9.95792 | 9.95848 | 9.95904 | 9.95960 | 9.96016 | 9.96071 | 9.96127 | 9.96183 | 9.96239 | 9.96294 | 9.96349 | 9.96405 | 9.96460 | 9.96515 | 9.96570 | 9.96625 | 148 |
| 109,4 | 43 | 9.95531 | 9.95588 | 9.95644 | 9.95700 | 9.95756 | 9.95812 | 9.95868 | 9.95923 | 9.95979 | 9.96035 | 9.96091 | 9.96146 | 9.96201 | 9.96257 | 9.96312 | 9.96367 | 9.96422 | 9.96477 | 148 |
| 111,2 | 44 | 9.95383 | 9.95440 | 9.95496 | 9.95552 | 9.95608 | 9.95664 | 9.95720 | 9.95775 | 9.95831 | 9.95887 | 9.95943 | 9.95998 | 9.96053 | 9.96109 | 9.96164 | 9.96219 | 9.96274 | 9.96329 | 148 |
| 113,0 | 45 | 9.95236 | 9.95293 | 9.95349 | 9.95405 | 9.95461 | 9.95517 | 9.95573 | 9.95628 | 9.95684 | 9.95740 | 9.95796 | 9.95851 | 9.95906 | 9.95962 | 9.96017 | 9.96072 | 9.96127 | 9.96182 | 147 |

Différence par millimètre 56. — *Difference for one hundredth of an inch 14.*

452 CONTENTS.

# TABLE DES MATIÈRES.

454





## THE END.

## FIN.

---

Second Errata.—Faults to be corrected or, at least, to be avoided (*those of orthography*). — (See, page 420, a First Errata for the English Edition, where are indicated some other faults which have been found too late for being *all* corrected in the present Edition). — C denotes *column of proportional parts*, L Line, R *from the bottom*, and T *Lateral Table*.

Second Errata. — *Fautes à corriger, ou de langue anglaise à éviter.* — ( *V. page 420 un Premier Errata, pour l'Édition de 1805, où sont indiquées quelques autres fautes qui ont été trouvées trop tard pour être* toutes *corrigées dans la présente Édition*). — C *signifie* colonne de parties proportionnelles, L Ligne, R en remontant, *et* T Table latérale.

| Pages | Lignes / Lines | Au lieu de : / For : | Lisez : / Read : |
|---|---|---|---|
| 6 | 1 R | The Table V. | Table V (1) |
| 9 | 1 R | Planete | Planet (1) |
| 14 | 4 | Farenheit | Fahrenheit (1) |
| 16 | 1 R | *advertise of* | *indicate* (1) |
| 16 | 1 R | *unity* | *unit* (1) |
| 55 | 5 | *additive* | *additives* |
| 65 | 4 | *wich* | *which* (1) |
| 15 B. | | Transposition de secondes et de virgules dans la petite table de parties proportionnelles, au milieu de la page (*v. au bas de celle-ci*). | |

| Pages | Lignes / Lines | For : / Au lieu de : | Read : / Lisez : |
|---|---|---|---|
| 149 | 5 | corrected | corrected (1) |
| 370 | 1 R | mean | means (1) |
| 379 | 1 | spheroidal | spheroidal (1) |
| 389 | 2 | *sécantes* | Log.s *sécantes* |
| 401 | 1 R | toutes | presque toutes |
| 404 | 30 | required | required ) |
| 404 | 34 | barometer. | barometer ). |
| 421 | 2 R | 13 secondes | 14 secondes |
| 435 | 12 R | the deduct.on of | computing |
| 437 | 14 | en | in |

| Pages | Arguments 1.st—1.er | 2.d | For : / Pour : | Read : / Lisez : |
|---|---|---|---|---|
| 5 | L 3 R | ...... | of | from |
| 14 | L 1 | | his | its |
| 18 | 6" 34' | 61' | 45,7 | 45,6 |
| 56 | 84. 38 | 55 | 3,2 | 3,3 |
| 100 | 30. 2 | 4me C. | 15 | 14 |
| 320 | 140. 46 | T | 6382 | 6392 |
| 375 | L 1 R | ...... | to | from |
| 404 | L 9 | ...... | from | by |
| 5 | L 1 R, *après le mot* vertical *ajoutez:* with the terrestrial radius. | | | |

Pages 60, 64, etc., Ligne 2 R. *Au lieu de :* advertises that etc. *Lisez :* denotes that the second figure must be augmented by one unit, from the sign ● which is always counted for a 0. — Même changement pour les pages 220, 224, etc., en substituant le mot *diminished* à celui *augmented*, et les chiffres ❾ et 9 aux chiffres ● et 0.

(1) You will be able to see that the same fault, avoided in the text, has been committed in some other places of Tables. — ( *On pourra voir que la même faute, évitée dans le texte, a été commise en d'autres endroits des Tables*; l'Éditeur n'ayant pas la prétention de bien savoir ce qu'il n'a jamais bien appris ).

---

*Third Errata.*—Numbers which, in several copies of the present Edition, have been corrected; but the correction of which may have been omitted or imperfectly made.

*Troisième Errata. — Nombres qui, dans des exemplaires de la présente Édition, ont dû éprouver quelque correction susceptible d'avoir été entièrement omise ou incomplètement faite.*

| Pages | Argumens 1.er | 2.d | Lisez : / Read : |
|---|---|---|---|
| 14 | 135 (2) | 720 | 97652 |
| 23 | 16° 0' | 56' | 0",7 |
| 29 | 27. 0 | 61 | 15 *m* |
| | | | 5",4 |
| 42 | 55. 8 | 53 | 37,8 |
| 47 | 63. 4 | 60 | 9 |
| 47 | 63. 6 | 60 | 46,4 |
| 57 | 85. 0 | 54 | 52,8 |
| 64 | 12. 23 | 15 | 0656 |
| 65 | 12. 24 | T | 3328 |
| 73 | 16. 44 | T | 2345 |
| 81 | 20. 41 | 31' | 9103 |

| Pages | Arguments 1.st | 2.d | Read : / Lisez : |
|---|---|---|---|
| 84 | 22° 24' | 9' | 9649 |
| 87 | 23. 42 | 31 | 8676 |
| 90 | . . . . | 16 | 16' |
| 90 | 25. 59 | 15 | 7881 |
| 91 | 25. 59 | 28 | 3789 |
| 92 | 26. 43 | 16 | 3970 |
| 99 | 29. 20 | 17 | +13. . . |
| 100 | 30. 10 | T | 873064 |
| 100 | 30. 57 | 3' | 3680 |
| 117 | 38. 22 | 30 | 7826 |
| 132 | 46. 0 | 4e C | 0 |
| 132 | 46. 1 | 4e C | 6 |

| Pages | Argumens 1.er | 2.d | Lisez : / Read : |
|---|---|---|---|
| 134 | 47° 26' | 8' | 6281 |
| 153 | 56. 25 | 30 | 5233 |
| 201 | 80. 44 | 26 | 1084 |
| 248 | 104. 3 | 1e C | 269 |
| 248 | 104. 24 | 3e C | 76 |
| 248 | 104.56 | 15' | 5615 |
| 264 | 112. 23 | 2e C | 117 |
| 284 | 122. 0 | 0' | 529652 |
| 285 | 122. 49 | 25 | 4838 |
| 303 | 131. 58 | 28 | 8904 |
| 321 | 140. 22 | 2e C | 248 |
| 340 | 150. 8 | T | 1487 |

| Pages | Arguments 1.er | 2.d | Read : / Lisez : |
|---|---|---|---|
| 356 | 158° 10' | 4e C | 393 |
| 365 | 1. 29 | 35" | 30305 |
| 367 | 2. 6 | 6 | 15456 |
| 367 | 2. 6 | 7 | 15450 |
| 378 | 0m,740 | +2° | 0,10 |
| 378 | 0, 740 | 3 | + 02 |
| 378 | 0, 740 | 4 | − 06 |
| 386 | 21" 0' | 14' | 3320 |
| 392 | 60. 15 | ... | 15' |
| 397 | 60. 0 | 30' | 30' |
| 398 | L 4 | | des ☆ , |
| 398 | L 5 | | ☆ s' ne. |

| Pages | Argumens 1.er | 2.d | Lisez : / Read : |
|---|---|---|---|
| 398 | 2° | 40' | 0,95 |
| 408 | L 8 R | . . . | D + A |
| 415 | L 14 | . . . | 35' 34" |
| 419 | L 5 R | . . . | 9", 62 |
| 441 | *Table C* | 33s | 33e |
| 443 | 53 | 8° | 52,5 |
| 412 | L 8 R sinus *ajouté:* de la latitude et | | |
| 420 | *Premier Errata.* — Sur la même ligne que page 320, il faut page 324 dans la colonne qui suit, | | |

Plusieurs chiffres disparus pendant le tirage ont été soigneusement réimprimés à la main, et l'état pourra en être fourni aux personnes qui le désireront. Quelques cartons reconnus trop fautifs ou pas assez nettement *venus* pour être publiés, ont également été remplacés. Si l'on prend la peine de comparer les sinus verses naturels des deux Éditions ( ainsi que les colonnes correspondantes à zéro d'angle auxiliaire, le tout dans la *Table XIII* ), on trouvera fréquemment des différences d'une unité, qui proviennent de corrections opérées par suite d'un commencement de vérification ( au moyen des *logarithmes sinus des Tables de* CALLET ).

Trois lectures et plusieurs vérifications ont d'ailleurs été faites de tout ce travail, et si l'on trouve que les fautes ci-dessus indiquées sont encore assez nombreuses, on voudra bien se rappeler que la première Édition en présentait davantage (*qui n'étaient pas indiquées*), et qu'à moins d'avoir recours à une dispendieuse stéréotypie, les plus habiles n'ont pu éviter un semblable inconvénient. « Je terminerai ce discours, écrivait *M. Delambre*, par la Table des fautes qui m'avaient d'abord échappé, *malgré trois lectures faites avec toute l'attention dont j'ai été capable...*» (Tables du Bureau des Longitudes, 1806, précitées ). (2) *Baromètre.*

---

## Additions à l'Errata de l'*Essai sur les Instrumens*, publié en 1840.

Page 141, note 1, ligne 1, au lieu de : *raccourcis par le bas* et les derniers *par le haut*, lisez : *allongés par le bas* et les autres *raccourcis dans l'un ou l'autre sens* ( pourvu que ce soient des chiffres dits *anglais* ).

Page 166, considérer comme prématurées les quatre premières lignes commençant par ces mots : *A l'instrument*, et qui expliquent un moyen d'observation trop imparfait pour être encore mis en usage.

*Avis au Relieur.* — ( V. avant la page 1 et, pour la meilleure disposition des Tables ajoutées à la fin du volume, la note 5 page 438.)

BY an act of high munificence and noble solicitude for the progress of Nautical Astronomy, the Government of *H. M. Louis-Philippe* ( then represented by H. E. Admiral *Duperré*, Minister of the Navy, etc.), either for facilitating to mariners the calculation of the observations the most necessary at Sea, or granting a powerful support to a modest undertaking of general utility (which offers but little chance of profit), has decided that a great number of Copies of the present edition should be purchased for the R. Navy and placed in the Schools of Hydrography as well as on board the ships of war.

This beneficent measure which we had solicited (and which will be the more approved in the learned world as it will be but little expensive), founded upon a peculiar examination of these Tables *on account of their correction*, has moreover been granted to the generous recommendations, both of Vice-Admiral *Halgan*, Peer of France, Director general of the Deposite of the Navy, and the right honourable Commodore *Fleuriau*, Master of requests in the Council of State, Director of the officers and other french seamen.

Finally, to give a more extensive idea of the march followed in this affair, we feel it necessary to publish the two following documents, the first of which has furnished a part of our motto, and the last, recently sent by H. E. Admiral *de Mackau*, the present Minister of the Navy, did not arrive in time to be suitably quoted in our advertisement of page 3... (3).

Par un acte de haute munificence et de noble sollicitude pour les progrès de la navigation, le Gouvernement de *S. M. Louis-Philippe* ( alors représenté par S. E. l'Amiral *Duperré*, Ministre de la Marine, etc. ), soit pour faciliter aux marins le calcul de leurs observations les plus nécessaires, soit pour encourager puissamment une modeste entreprise d'utilité générale ( qui ne présente guère de chances de profit), a bien voulu décider qu'un grand nombre d'exemplaires de la présente édition seraient acquis au compte de la Marine et placés tant aux Écoles d'hydrographie qu'à bord des bâtimens armés.

Cette bienfaisante mesure que nous avions sollicitée ( et qui dans le monde savant rencontrera d'autant plus d'approbateurs qu'elle sera peu dispendieuse ), basée sur un examen particulier de ces Tables *sous le rapport de la correction*, a d'ailleurs été accordée aux généreuses recommandations de M. le Vice-Amiral *Halgan*, Pair de France, Directeur général du Dépôt de la Marine, et de l'honorable Commandant *Fleuriau*, Maître des requêtes au Conseil d'État, Directeur du personnel, etc. (1).

Au surplus, pour mieux faire connaître la marche suivie dans cette affaire, nous croyons devoir publier les deux documens suivans, dont le premier a déjà fourni une partie de notre épigraphe, et dont le dernier, récemment envoyé par S. E. l'Amiral *de Mackau*, Ministre actuel de la Marine (2), ne nous est pas arrivé à temps pour être **convenablement** cité dans notre *avis* de la page 3... (4). **Paris**

---

(1) Comme ce n'est ici ni la seule ni même la plus grande obligation que nous ayions contractée envers ces respectables chefs de la Marine ( qu'on est toujours sûr et trop heureux de trouver sur son chemin en pareil cas), on ne sera pas étonné de voir que leurs noms avaient été inscrits d'avance sur certaine liste ci-après... Pour n'être injuste envers personne, nous eussions même dû y ajouter les noms de la plupart des Membres du Conseil d'Amirauté, des Préfets maritimes, etc., qui, à diverses époques, nous ont honoré de leur bienveillance et de leur intérêt.

Du reste, les personnes qui avaient le plus de droit à y être mentionnées étaient MM. les Amiraux *Lemarant* et *Halgan*, *MM. Pernety* frères, M. le Baron *Du Buc*, *M. Fleuriau*, etc., et à l'avenir nous devrons y joindre les noms de LL. EE. les Amiraux *Duperré* et *De Mackau*; et aussi ceux de M. le Vice-Amiral *Grivel*, de M. le

contre-amiral *Casy*, de S. A. R. Mgr le Prince *de Joinville*, de M. le baron *Tupinier*, de *M. Beautemps-Beaupré*, de *M. Coster*, Chef de division au Ministère, de M. le commandant *Hernoux*, Membre de la Chambre des Députés, etc., qui, dans ces derniers temps, ont bien voulu contribuer au succès de nos démarches.

(2) Inutile d'ajouter que S. E. s'est empressée de considérer comme bonne et valable la décision prise par son illustre prédécesseur, et qu'en cela, elle ne s'est pas écartée des règles de cette sage économie qu'elle considérait naguère comme une puissance, et qui en effet s'accorde au mieux avec l'encouragement des sciences et des arts.

(3) The addition of the present preamble, made at last, has therefore been necessitated by the said act of munificence.

(4) C'est assez dire que l'addition du présent feuillet, faite en dernier lieu, a été la conséquence de l'acte de munificence précité.

Paris, 10<sup>th</sup> March 1841.

Sir,

» By a letter dated 22<sup>nd</sup> January, you expressed to me the desire of seeing the R. Navy subscribe to *Mendoza's* Tables revised and perfected by you. »

» The utility of *Mendoza's* Tables is not contested and I appreciate much your idea of promoting the use of them in the french navy. But the merit of such a work consists principally in the correction and it is necessary to see all the said Tables printed, before authorizing the purchase of a number of Copies. »

» Therefore, it will be only after the publication of this work that your request can be deliberated upon : and consequently I have ordered that note should be taken of it in the offices of the Ministry, in order that it might be presented to me in due time. »

» Accept, Sir, etc.

» The Minister Secretary of State for the Navy and Colonies, signed *Admiral DUPERRÉ.* »

To M.<sup>r</sup> L.<sup>t</sup> R., ancient commander R. N. *editor.*

———

Paris, 24<sup>th</sup> January 1843.

*Extract of a Report of Commodore* Fleuriau, *Master of requests in the Council of State, Director of the french officers, seamen, etc., to H. E. Baron* Duperré, *Admiral and Peer of France, Minister etc., etc.*

» M.<sup>r</sup> Richard, ancient c.<sup>der</sup> R. N. addressed to the Minister, the 10<sup>th</sup> of last November, a Copy of *Mendoza's* Tables, revised and perfected by him, in expressing to H. E. his desire of seeing them adopted by the R. Navy. »

» Vice-Admiral *Halgan*, invited to order the examination of this work and to give his own opinion upon the request of M. R., has just addressed on this subject to the Minister a Report in which he proposes to buy 500 Copies of *Mendoza's* Tables, in order to place them in the Schools of Hydrography and on board the ships of war. »

» I have the honour to beg the Minister to approve the proposition of Vice-Admiral *Halgan*. »

( This Report received the approbation of H. E. Admiral *Duperré* the 24<sup>th</sup> of January 1843 ).

———

Paris, le 10 Mars 1841.

» Monsieur, par une lettre en date du 22 Janvier dernier, vous m'avez exprimé le désir de voir la Marine souscrire aux Tables *de Mendoza,* revues et perfectionnées par vous. »

»L'utilité des Tables *de Mendoza* est incontestée, et j'apprécie beaucoup l'idée que vous avez eue d'en répandre l'usage dans la marine. Mais le mérite d'un ouvrage semblable consiste principalement dans la correction, et il est nécessaire que l'on puisse juger l'ensemble des tables dont il s'agit, avant d'autoriser l'acquisition d'un certain nombre d'exemplaires. Ce ne sera donc que lorsque cet ouvrage sera imprimé qu'il pourra être statué sur votre demande, et j'en ai fait prendre note dans les bureaux du Ministère pour qu'elle me soit représentée en temps opportun. »

» Recevez, Monsieur, etc.

» Le Ministre Secrétaire d'État de la Marine et des Colonies, signé *Amiral DUPERRÉ.* »

A M.<sup>r</sup> L.<sup>t</sup> R., Cap.<sup>ne</sup> de corvette, *éditeur.*

———

Paris, le 24 Janvier 1843.

*Extrait d'un Rapport de M. le commandant* Fleuriau, *Maître des requêtes au Conseil d'État, Directeur du personnel de la Marine, à S. E. le Baron* Duperré, *Amiral et Pair de France, Ministre etc., etc.*

» M. Richard, capitaine de corvette en retraite, a adressé au Ministre, le 10 Novembre dernier, un exemplaire des Tables *de Mendoza,* revues et perfectionnées par lui, en exprimant à S. E. le désir de voir la Marine souscrire à ces Tables. »

»M. le Vice-Amiral *Halgan*, invité à faire examiner l'ouvrage dont il s'agit et à faire connaître son avis sur la demande de M. Richard, vient d'adresser à ce sujet au Ministre un rapport dans lequel il propose d'acheter 500 exemplaires des Tables *de Mendoza,* afin d'en distribuer dans les Écoles d'hydrographie et à bord des bâtimens de l'État. »

» J'ai l'honneur de prier le Ministre d'approuver la proposition de M. le Vice-Amiral Halgan. »

( Ce rapport a reçu l'approbation de S. E. l'Amiral *Duperré*, le 24 Janvier 1843 ).

———

TO THE RIGHT

# M.<sup>R</sup> DE

# MENDOZA'S

## PRINCIPAL TABLES

( FOR DEDUCING VERY READILY THE LONGITUDE FROM LUNAR DISTANCES ),

REVISED, CORRECTED OR RECOMPOSED WITH CARE;

### *And moreover perfected and completed*

*AS TO THE EXACTNESS OF RESULTS.*

### — WITH TITLES AND EXPLANATIONS

### BOTH IN ENGLISH AND FRENCH,

*By L. Richard,*

ancient commander R. N., knight of the *Légion d'Honneur*,
inventor of the *Horizoscope*, etc.

> » This new Method, by its exactness and the brevity of computation,
> » deserves to be peculiarly recommended to Navigators who, doubtless
> » upon trial, will not hesitate to adopt it : the simplicity of the for-
> » mula from which it is derived, and the ingenious manner in which
> » the Tables serving to its application are disposed, render the compu-
> » tation of the reduced distance, till now considered as the longest and
> » most painful of all, as short as that of an horary angle ( *M. de Rossel*,
> » Voyage de *D'Entrecasteaux*, T. 2, page 188 ). »
>
> . . . . . . . . . . . . . . . . . . . . . . . . . . . . . . . . . . . . . . . .
>
> » The utility of *Mendoza's* Tables is not contested and I appreciate much
> » your idea of promoting the use of them in the french navy ( H. E.
> » Baron DUPERRÉ, Admiral and Peer of France, Minister-secretary of state
> » of the Navy and Colonies, etc. etc., in 1841 ). »

BREST :

PRINTED AND SOLD BY EDWARD ANNER, *RUE SAINT-YVES* 32, AND THE OTHER
BOOK-SELLERS OF THE NAVY, IN FRANCE AND ELSEWHERE.

1842 — 1843.

( *Price six shillings and six pence, in sheets* ).

9 782013 573924